THE QUEEN OF CRIME
繁體中文版
20週年
紀念珍藏

魂縈舊恨

阿嘉莎・克莉絲蒂——著

陳亦君、曾胡——譯

Sparkling Cyanide

Agatha Christie

通俗是一種功力

吳念真（導演、作家）

通俗是一種功力。絕對自覺的通俗更是一種絕對的功力。

這樣的話從我這種俗氣的人的嘴巴說出來，大概很多人要笑破褲底了。不過，笑完之後請容我稍稍申訴。這申訴說得或許會比較長一點，以及，通俗一點。

小時候身材很爛，各種遊戲競爭完全任人宰割，唯一隱遁逃避的方法是躲起來看書或聽大人瞎掰。那年頭窮鄉僻壤的小孩能看的書不多，小學二年級時最喜歡的是超大本的《文壇》，老師借的。看著看著，某天老師發現我的造句竟出現：「捧著：朝陽捧著一臉笑顏為群山剪綵」這樣亂七八糟的文字，就拒絕再讓我看那些超齡的東西了。

老師的書不給看，我開始抓大人的書看。一種是厚得跟磚塊一樣的日文書，對我來說那完全是天書，但插圖好看，經常有限制級的素描。另一種書是比較薄的，通常藏得很嚴密，只是裡面有太多專有名詞、重複的單字和毫無限制的標點，比如「啊啊啊」、「……！！！」

老讓我百思不解。有一天，充滿求知欲地詢問大人竟然換來一巴掌後，那種閱讀的機會和樂趣也隨著消失了。

所幸這些閱讀的失落感，很快從大人的龍門陣中重新得到養分。講到這裡，我似乎先得跟一個村中長輩游條春先生致敬，並願他在天之靈安息。

我所成長的礦區，幾乎全是為著黃金而從四面八方擁至的冒險型人物，每人幾乎都有一段異於常人的傳奇故事。這些故事當事人說來未必精采，但一透過游條春先生的嘴巴重現，有時連當事人都聽得忘我，甚至涕泗縱橫，彷彿聽的是別人的故事。

條春伯沒當過日本兵，可是他可以綜合一堆台籍日本兵的遭遇，一如連續劇般從入伍、受訓、逃亡荒島，面對同鄉同袍的死亡，並取下他們的骨骸寄望帶回故鄉，乃至骨骸過多搞不清哪是誰的等等，讓聽的人完全隨他的敘述或悲或笑，彷彿跟他一起打了一場太平洋戰爭。此外他也可以把新聞事件說得讓一個三、四年級的小孩，到現在仍記得當時腦中被觸動的畫面。例如當年瑠公圳分屍案的凶手做案之後帶著小孩到安東街吃麵（這讓我一直以為台北的安東街是條專門賣麵的街道），還有甘迺迪總統被暗殺、賈桂琳抱住她先生、安全人員跳上飛快的車子保護賈桂琳……當然，這記憶全來自條春伯的嘴巴而不是報紙。我的記憶全是畫面，有畫面，是因為條春伯說得精采，說得有如親臨他至死都還搞不清地理位置的達拉斯命案現場。

於是這小孩長大後無條件地相信：通俗是一種功力，絕對自覺的通俗更是一種絕對的功力。透過那樣自覺的通俗傳播，即使連大字都不識一個的人，都能得到和高階閱讀者一樣的感動、快樂、共鳴，和所謂的知識、文化自然順暢的接軌。也許就是因為這些活生生的例子，俗氣的自己始終相信：講理念容易講故事難，講人人皆懂、皆能入迷的故事更難，而能隨時把這樣的故事講個不停的人，絕對值得立碑立傳。

條春伯嚴格地說是有自覺的轉述者，至於創作者，我的心目中有兩個。一個是日本導演山田洋次，一個是推理小說家阿嘉莎．克莉絲蒂。

山田洋次創造了寅次郎這個集合所有男人優點跟缺點的角色，在以《男人真命苦》為名的系列下，總共完成百部左右的電影。它們的敘述風格、開頭、結尾的方法不變，唯一改變的是故事，是時代，是遍歷日本小鄉小鎮的場景。數十年來，看《男人真命苦》幾已成為日本人每年的一種儀式，一如新春的神社參拜。

數十年前訪問過山田導演，他說，當他發現電影已然有它被期待的性格時，電影已經不是導演自己的。他說：當所有人都感動於美人魚的歌聲時，你願意為了讓她擁有跟你一樣的腳，而讓她失去人間少有的嗓音嗎？

人間少有的嗓音與動人的歌聲，都來自山田導演絕對自覺的通俗創造。

再如阿嘉莎．克莉絲蒂，如果我們光拿出她說過的故事和聽過她故事的人口數字，就足以嚇死你。五十多年的寫作生涯，她總共寫出六十六本長篇推理小說，外加一百多篇短篇小說和劇本。其中有二十六本推理小說被改編，拍了四十多部電影和電視劇集。作品被翻譯成一百零三種文字的版本，銷量超過二十億本。

夠了。你還想知道什麼？知道二十億本的意義是什麼嗎？二十億本的意義是全世界平均三個人就有一個人讀過她的書，聽過她說的故事。

說來巧合，她和山田洋次一樣，創造出個性鮮明的固定主角（當然，前前後後她弄出來好幾個），然後由他（或是她）帶引我們走進一個犯罪現場，追尋真正的罪犯。

故事就這樣？沒錯，應該說這是通常的架構。那你要我看什麼？不急，真的不急，克莉絲蒂會慢慢冒出一堆足夠讓你疑惑、驚嚇、意外，甚至滿足你的想像力、考驗你的耐心和智商的事件來。

推理小說不都是這樣嗎？你說得沒錯，大部分是這樣，不一樣的是……對了，她像條春伯，像山田洋次，她真會說，而且她用文字說。

文字的敘述可以讓全世界幾代的人「聽」得過癮、「聽」個不停，除了聖經，也許就是克莉絲蒂。她不是神，但她真的夠神。

數十年前，台灣剛剛出現她的推理系列中譯本，那時是我結婚前，常有同齡的文藝青年來我租住的地方借宿，瞄到我在看克莉絲蒂，表情詭異地說：「啊？你在看三毛促銷的這個喔？」

我只記得他抓了一本進廁所，清晨四點多，他敲開我的房門說：「幹，我實在很討厭那個白羅……再拿一本來看看，我跟你說真的，要不是你的書，我真的很想把那個矮儸壓到馬桶吃屎！」

我知道他毀了，愛吃又假客氣，撐著尊嚴騙自己。克莉絲蒂再度優雅地撕破一個高貴的知識份子的假面具，她的手法簡單，那手法叫通俗，絕對自覺的通俗，無與倫比、無法招架的功力。

昔日的文藝青年如今跟我一樣，已然老去，但不時還會看到他寫一些充滿理念和使命感極重的文章，在報紙和雜誌上出現。我知道他要說什麼，只是常常疑惑他想跟誰說；同樣，我記得他說過什麼，但轉眼間忘記他說了什麼。但請原諒我，幾十年前那個晚上，他在我家看完的那兩本克莉絲蒂的小說內容，我可還記得清清楚楚。

也許有一天再遇到他的時候，我會問他之後是否還看過克莉絲蒂其他的書，如果沒有，我會跟他說，想讀要趁早，因為你會老、會來不及。至於白羅那個矮儸，大概永遠不會消失。哦，對了，還有一個叫瑪波，你說不定會來不及認識……

歡快氣氛下的解謎樂

龍貓大王通信

一九八〇年代，美國電視觀眾最喜歡的作品類型之一，是看俊男美女在電視上「床頭吵床尾和」。一九八二年，浪漫推理劇《龍鳳妙探》（*Remington Steele*）大受歡迎，男主角皮爾斯・布洛斯南（Pierce Brendan Brosnan）高大帥氣，女主角史蒂芬妮・齊姆帕勒（Stephanie Zimbalist）嬌小可愛，他們之間不但有最萌身高差，還有最凶的吵架音量，你一嘴我一嘴地互嘴黜臭，其實偷渡的是勢均力敵的甜蜜情意。一九八六年的《雙面嬌娃》（*Moonlighting*）吵得更凶，布魯斯・威利（Bruce Willis）與西碧兒・雪柏（Cybill Shepherd）這對歡喜冤家從鏡頭前吵到鏡頭外，但觀眾只認識鏡頭前流氓與淑女的美味關係，而這已經足夠讓布魯斯・威利的星運一飛沖天。

情侶神探的公式不只讓八〇年代的觀眾買單，其實早在二〇年代就被證明很有賣點。謀殺天后阿嘉莎・克莉絲蒂的經典中，恰巧就包括一對龍鳳妙探的系列作品，他們是克莉絲蒂創作的蛋頭神探與阿嬤神探之外的唯一一組情侶神探：湯米與陶品絲。

這對情侶在一九二二年出版的《隱身魔鬼》首度登場；一九二九年出版的短篇集《鴛鴦神探》裡已經結為夫妻；一九四一年的《密碼》裡勇破二戰諜網；一九六八年已步入老年的貝里福夫妻，繼續在《顫刺的預兆》裡偵查老人療養院的死亡祕辛；最終在一九七三年的《死亡暗道》裡，老先生、老太太已經決定退休，還買了一棟退休房……聽起來他們似乎沒有繼續關心凶手與謎案的必要了，對吧？怎麼可能，陶品絲搬進新家整理環境時，在前屋主留下的書中，竟然找到一段塵封已久的祕密訊息：「瑪麗喬丹並非自然死亡，凶手是我們其中的一個。」

有誰只是整理書櫃也會突然變身偵探？湯米與陶品絲就會，這多少能證明，克莉絲蒂在這對鴛鴦神探身上放進不少玩心。也許是她為湯米與陶品絲設計的浪漫關係，令克莉絲蒂為他們而寫的故事也格外輕巧俏皮。別誤會，湯米與陶品絲出場的處女秀《隱身魔鬼》有國際陰謀、有失竊的機密文件、有神祕又奸詐的犯罪首腦「布朗先生」（這下你就懂書名《隱身魔鬼》是在說誰了）。這看來是一部暗潮洶湧的諜報小說，而確實湯米與陶品絲也穩穩地踩中大部分的可怕陷阱，但克莉絲蒂將這對男女寫得實在太過可愛……你潛意識裡早就知道，他們絕對要邊吵架邊談情地（順便推理）百年好合，不會在這個險境裡就GG（完結）。

湯米與陶品絲的情誼首先是建立在「好哥兒們」的友情之上，從《隱身魔鬼》的開場就看得出來：

「湯米，你這個老東西！」

「陶品絲，老朋友！」

兩個年輕人熱情地相互問候……那兩個「老」字頗易讓人誤解，其實兩人年齡加起來絕不超過四十五歲。

二〇年代已經不是封建時代，但男女之間還是有別。而湯米與陶品絲之間的情誼，能夠打破這種隔閡，他們首先是鐵打的好友，彼此在軍醫院認識，因此他們之間有太多戰場回憶可以閒聊，也深知對方的個性與偏好，更重要的是，他們都是一窮二白。這對日後的鴛鴦神探久別重逢，既不談情也不破案，而是討論如何賺錢。克莉絲蒂可不會那麼輕易就灑糖，但從湯米與陶品絲彼此互補的性格設定，你很快就會了解這段友情遲早要昇華成戀情。

你可以懷疑，金庸筆下的郭靖、黃蓉這對射鵰俠侶設定，是不是抄襲自湯米與陶品絲。因為郭靖和湯米一樣，是個有點遲鈍的傻大個——湯米的傻可不是我說的，是克莉絲蒂這樣寫：「湯米不太聰明……但他的慧眼絕對能一眼看穿真偽。」不只如此，克莉絲蒂還形容他「有張（看得過去）的醜臉」。到底什麼樣的長相是「醜但看得過去」？克莉絲蒂只說這種長相是「很難歸類」，而且是「綜合紳士與運動員的臉孔」。這種先踹後捧的寫法我是不會買單的，湯米擺明就是個不會被稱為男神的樸拙男性。

而陶品絲與湯米完全相反，下面這段克莉絲蒂的形容，會不會讓你腦中浮現一個二〇年代的黃蓉模樣？

陶品絲稱不上漂亮，可是那張小臉蛋上有著精靈般的線條、堅毅的下巴，還有一雙隔得很開、從平直的黑眉毛下望去迷迷濛濛的灰色大眼，在在表現出個性和魅力……她的外表散發著一股敢作敢為、精明能幹的味道。

「精靈般」、「個性魅力」、「敢作敢為精明能幹」，這是一位充滿行動力又特立獨行的女性，剛好補足了湯米謹慎緩行的保守個性。當久違重逢的湯米與陶品絲一起討論該如何賺錢，他們在排除繼承遺產（沒有任何親戚有遺產）與為錢結婚（兩人的異性緣都少得可憐）兩個途徑後，決定還是親力親為白手起家。但是誰先提出一起合夥開公司的點子呢？當然是即知即行的陶品絲！他們決定開一家「青年冒險家企業」，名稱響噹噹，事實上，他們開的是《銀魂》裡的「萬事屋」生意：有錢，什麼活我們都幹。

這種歡快的氣氛，引領湯米與陶品絲穿梭一個又一個謎團，大到《密碼》裡追捕兩名納粹間諜，小到《顫刺的預兆》裡的養老院祕密。即便他們沒有在解謎，光是看湯米與陶品絲鬥嘴聊天就很有趣，而這是有別於白羅系列或瑪波小姐系列的獨特樂趣。

這種創作上的玩心有時不是那麼容易發現，例如在《鴛鴦神探》這本短篇小說集裡，每個小短篇不但都是貝里福夫妻的探險歷程，同時也是克莉絲蒂的諧仿之作——每一篇內容都隱射推理黃金年代的名作家或名角色。例如〈女士失蹤了〉致敬了福爾摩斯的〈法蘭西斯．卡法克小姐的失蹤〉（*The Disappearance of Lady Frances Carfax*）；〈霧中人〉則諧仿了史上最厲害的「神父偵探」布朗神父……克莉絲蒂甚至諧仿自己，在《鴛鴦神探》的最後一個故事〈代號十六的人〉裡，湯米自稱是「沒長鬍鬚但智力過人」的白羅！

湯米與陶品絲系列的五本小說，自《隱身魔鬼》到最後的《死亡暗道》，克莉絲蒂創作的時間橫跨五十年，我們可以看著貝里福夫妻逐漸變老。福爾摩斯也會老，白羅也會老到糊塗，但是湯米與陶品絲卻老得很愉快。他們始終愉快，不管是年輕或蒼老，這讓閱讀五本湯米與陶品絲系列的體驗，宛如身處春風之中一樣愉快，值得推薦給長期與雨劍風刀相伴的推理粉絲。

當然，除了湯米與陶品絲系列之外，克莉絲蒂還有不少經典：《一個都不留》自然不用多提；《無辜者的試煉》是我個人特別喜愛的一本小說，我在遠流的 App「謀殺天后密室」裡的「密室之聲」Podcast 第十六集裡，談過這本講述家庭內情勒暴力的小說；此外還有曾與白羅合作過的雷斯上校探案《褐衣男子》與《魂縈舊恨》，以及性格沒那麼出彩的穩重蘇格蘭警場刑事主任巴鬥，他的幾本小說包括《煙囪的祕密》、《七鐘面》、《殺人不難》與《本末倒置》也包含在內，特別值得一提的是，《本末倒置》是克莉絲蒂本人最喜歡的十部作品之一。而《謎樣的鬼豔先生》中的哈利．鬼豔，是唯一獲得克莉絲蒂獻詞的偵探。

獻詞

阿嘉莎．克莉絲蒂是世界讀者最眾，也最廣受喜愛的女作家。
身為克莉絲蒂的孫兒，我相信奶奶會非常樂見這次出版，
因為她極以自己作品中的趣味與娛樂為豪。
歡迎所有喜歡本系列的台灣新讀者參與這場饗宴！

——馬修．培察（Mathew Prichard）

第一部

羅絲瑪莉

Sparkling Cyanide

我如何才能抹去雙眼所烙下的記憶？

01 艾麗絲・馬爾

（六個人同時想及一年前逝世的羅絲瑪莉・巴頓……）

艾麗絲・馬爾正思念著她的姐姐，羅絲瑪莉。

快一年了，她一直努力想把羅絲瑪莉從腦海裡排除出去。她不願回憶。

這事太痛苦……太可怕了！

那氰化鉀中毒後的鐵青面孔，那渾身抽搐而攥緊的手指……

那副模樣和那天以前那個快活可愛的羅絲瑪莉相比……哦，或許也不見得快活吧。她得了流行性感冒，一直很沮喪，無精打采……這些在偵訊過程中都已經提出來了。艾麗絲自己就很強調這一點。這就說明了羅絲瑪莉自殺的原因，不是嗎？

偵訊一結束，艾麗絲就刻意要把這一切都丟到腦後去。回憶又有什麼好處呢？全都忘掉吧！把這件可怕的事忘得一乾二淨。

可是眼下她終於明白了，她應該回憶，應該認真地回憶每一件看似無關緊要的瑣事……

昨夜和喬治展開那番特別的晤談後，她知道非回憶不可了。

事情來得如此突兀，又如此令人驚駭。且慢……它真的是突如其來嗎？它在事前真的沒有任何徵兆嗎？喬治愈來愈愛發呆，心不在焉，舉止乖張……還有，對，怪裡怪氣。這是唯一可以形容他的字眼！

昨天晚上，他終於把她叫到書房裡，從書桌抽屜裡拿出了一疊信。

現在沒有別的退路，她不得不去思索羅絲瑪莉……不得不回憶了。

羅絲瑪莉，她的姐姐……

艾麗絲心中一震，突然意識到，這是她有生以來第一次思索羅絲瑪莉；也就是說，客觀地把羅絲瑪莉當作一個人來思考。

以前，用不著去思索，羅絲瑪莉就是羅絲瑪莉。你是不會思考你的媽媽爸爸、姐姐妹妹或者阿姨姑媽的。他們不容置疑地存在著，親人就是親人。

你不會把他們當作一般人來研究。你不會問自己他們是什麼樣的人。

那麼羅絲瑪莉究竟是什麼樣的人呢？

現在，這一點也許是至關重要。許許多多的事可能與此密切相關。艾麗絲沉浸在往日的回憶之中，她和羅絲瑪莉的孩提時代……

羅絲瑪莉比她大六歲。

往事閃現在眼前，都是些轉瞬即逝的短暫片段。

她自己還是一個小孩子，吃著麵包，啜著牛奶，而羅絲瑪莉則了不起地紮著辮子在桌上「做功課」。

有一年夏天，在海邊……艾麗絲好嫉妒羅絲瑪莉，她是個「大女孩」，因此可以去游泳！

羅絲瑪莉上了寄宿學校，假日才回家。後來，她自己也上學了，這時羅絲瑪莉已經到巴黎「精雕細琢」去了。女學生時的羅絲瑪莉總是笨手笨腳，但從巴黎「精雕細琢」回來後，突然令人一新耳目，不僅氣質優雅，儀態雍容，嗓音柔美，亭亭玉立，而且擁有一頭金紅色秀髮，黑黑的眼圈將那對深藍色的大眼睛襯托得尤其出色。她已經屬於另一個世界，是一個成熟、撩人的美人兒了！

從那以後，她們彼此很少碰面，六歲之差將兩人分隔於天遠地遙。

羅絲瑪莉在社交場中十分活躍的時期，艾麗絲一直在學校念書。即便艾麗絲回到家裡，兩人的隔閡依然存在。羅絲瑪莉是這樣打發日子的：早上睡懶覺，中午和一批初進社交界的女孩去吃午飯，晚上則十之八九是去跳舞。而艾麗絲卻總是和女教師待在教室裡；要不就去公園散散步，九點吃晚飯，十點上床睡覺。姐妹之間的來往僅限於這樣的三言兩語：「喂，艾麗絲，給我打電話叫輛計程車來，小乖乖，我可能要遲到了。」

要不就是：「我不喜歡你那件新上衣，羅絲瑪莉。它根本不合身，既蓬鬆、又累贅。」

後來，羅絲瑪莉與喬治．巴頓訂了婚。接下來是一片忙亂，採購啊，川流不息的大包小包，準備女儐相們的服裝等等。
婚禮那天，她走在羅絲瑪莉的身後，聽見別人在竊竊私語。
「多美的新娘啊……」
羅絲瑪莉為什麼要嫁給喬治呢？即使當時艾麗絲少不經事，她也感到有些驚奇。有那麼多活潑的年輕小夥子給羅絲瑪莉打電話，帶她出去玩。為什麼偏偏選中了比她足足大十五歲的喬治·巴頓呢？雖然他為人厚道、脾氣好，但卻非常無聊乏味啊。
喬治家境優裕，但羅絲瑪莉不是為了錢才嫁給他。羅絲瑪莉自己有錢，許多許多的錢。
那是保羅叔叔的財產……
艾麗絲苦心思索，想要區別她過去了解的一切和現在知道的一切。比如說，保羅叔叔？其實他並不是她們的親叔叔，這個她早就知道了。雖然沒有人明確地向她們講過，不過她還是多少知道一點。保羅·貝內特曾經愛過她們的母親。而母親卻選中另外一個人，一個比他窮困的人。於是保羅·貝內特用一種羅曼蒂克的精神，接受了此番打擊。他成了這個家庭的朋友，對她母親保持著柏拉圖式的傾慕。於是他成了她們的保羅叔叔，並當了羅絲瑪莉的教父。他去世時，大家發現他已經把全部財產遺留給他的小教女，那時她才十三歲。
所以，羅絲瑪莉不僅擁有美貌，還繼承了一筆財產。可是她卻嫁給了那個善良而乏味的喬治·巴頓。
這是為什麼呢？艾麗絲當時就深感納悶，現在依然不解。艾麗絲不相信羅絲瑪莉愛過他。可是她和他在一起時看來十分快樂。她喜歡他，是的，她的確喜歡他。艾麗絲之所以知道這些事，是因為在他們婚後一年，她們可敬的母親維奧拉．馬爾去世了。十七歲的艾麗絲便過來和羅絲瑪莉及她的丈夫一塊生活。

十七歲的女孩。艾麗絲對著自己當年的照片沉思默想著……她當時是怎樣一個人呢？她有什麼感覺？都在想些什麼？又看到了什麼？

她逐漸得出一個結論：少女時代的艾麗絲是個遲鈍的女孩……不愛動腦筋，一聲不吭地安於現狀。譬如說，媽媽偏愛羅絲瑪莉，她曾有過怨恨嗎？大致而言，她沒有。她心悅誠服地承認，羅絲瑪莉比她更重要，羅絲瑪莉是「出類拔萃」的。自然，只要媽媽身體好，總是被大女兒霸占住，這是再自然不過的事了。總有一天，這樣的關注也會轉移到自己身上。維奧拉．馬爾是位有些淡漠的媽媽，她的主要精力都花在關注自己的身體健康，而把孩子們交給保母、家庭教師和學校。可是，在與孩子們相處的短暫時刻裡，她總是能顯示那種特有的魅力。艾麗絲五歲時，父親赫特．馬爾過世了。父親是因為飲酒過度而損害了身體的概念，只是輕微的滲透在她母親的腦海裡，所以，她根本無法想像同樣的事會發生在自己身上。

十七歲的艾麗絲．馬爾對生活是逆來順受。她為媽媽的去世而哀痛，穿上黑色的喪服，來到坐落在艾瓦頓廣場的那棟房子裡，和姐姐、姐夫生活在一起。

有時，她覺得住在這棟房子裡很沉悶，可是一直到了隔年，艾麗絲才開始正式出門。在這段時間裡，她每週上三次法文和德文課，此外還學習家政課程。很多時候，她覺得無事可做，也無人可交談。喬治是個和藹可親的人，始終用慈愛的兄長態度對待她。他的這種態度從來沒變過，現在也依然如故。

可是羅絲瑪莉怎麼樣呢？艾麗絲很少見到她。她經常外出，找裁縫啦、參加雞尾酒會啦、打橋牌啦……

想到羅絲瑪莉，她真的對她了解一些什麼呢？她知道她的興趣嗎？知道她追求什麼嗎？她恐懼的又是什麼？真可怕，你對一個和你同住在一棟屋子裡的人竟會了解得如此之少！她們姐妹之間只有很少的——或根本就沒有——姐妹情誼。

可是現在她不能不仔細思考、不能不回憶了。這也許是至關重要的。

當然，羅絲瑪莉看起來是夠幸福的了……

直到那一天……出事前一個星期的那一天。

她，艾麗絲，永遠不會忘記那一天。那天的情景，每一個細枝末節，每一個字語都依然歷歷在目。閃光發亮的紅木桌子，被推向後面的椅子，那匆忙寫下的字跡……

艾麗絲闔起了雙眼，回憶著那個場景……

她獨自走進羅絲瑪莉房間的客廳時，猛地站住了。

眼前的情景使她大吃一驚。只見羅絲瑪莉坐在寫字桌前，臉埋在直伸的雙臂之間。羅絲瑪莉正在悲痛欲絕地哭泣。她從未見過羅絲瑪莉掉淚……這樣痛苦、劇烈的哭泣，真把她給嚇壞了。

確實，羅絲瑪莉前一段時間感冒得很嚴重，一兩天前才剛剛下床。人所共知，流行性感冒是會使人精神抑鬱。可是……

艾麗絲也哭了起來，聲音裡充滿了稚氣和惶恐。

「啊，羅絲瑪莉，你是怎麼啦？」

羅絲瑪莉坐起身來，把頭髮從涕泗縱橫的臉上往後一掠。她極力想控制自己，很快地說：「沒事，什麼事也沒……別那樣盯著我看！」

她站了起來，擦過妹妹的身邊，跑出了房間。

艾麗絲迷惑不解，心煩意亂，她朝房間裡面走去，目光驚奇地投射到寫字桌上，她一眼就瞥見了自己的名字。莫非剛才羅絲瑪莉是在給她寫信？

她又走近一些，低頭看著那張藍色的便條紙，上面畫著又大又潦草的字體，由於拿筆的人相當倉卒和激動，字跡比平常更加潦草。

親愛的艾麗絲：

我寫不寫遺囑其實無關緊要，因為反正我的財產將歸你所有。但我要將某些遺物留贈給別的人。給喬治的，是他送給我的那些珠寶和我們訂婚時一起購買的那個小琺瑯首飾盒。

留給葛洛莉亞．金的，是我的那個白金菸盒。

留給梅西的，是我的那個中國瓷馬，對這匹馬她一直讚不絕口……

信寫到這裡中斷了，留下一個狂亂的筆尾，那是羅絲瑪莉扔下鋼筆開始難以抑制地痛哭時畫下的。

艾麗絲木然地站在那裡。

這是什麼意思？羅絲瑪莉該不會是想去死吧？她的確得過一場流行性感冒，病得很厲害，可是她現在痊癒了呀。不管怎麼說，人不會因為得到流行性感冒就想去死吧？當然，是有人會這樣，可是，羅絲瑪莉絕對不會，她現在身體完全好了，只不過是有點虛弱、精神不振而已。

艾麗絲的眼睛又溜過那幾行字，這次讀來，有一句話使她格外怵目驚心。

反正我的財產將歸你所有。

這是她第一次知道保羅·貝內特在遺囑上所寫下的條款。她還是個小孩子的時候，就知道羅絲瑪莉繼承了保羅叔叔的全部財產。羅絲瑪莉變有錢了，而她自己相形之下則拮据一些，但是直到現在為止，她還從未問過姐姐死後她的財產將歸於誰。

如果以前有人問她這個問題，她會回答，她認為這筆財產應屬於喬治所有，因為他是羅絲瑪莉的丈夫嘛。不過她還得添上一句：「但若以為羅絲瑪莉會死在喬治前頭，那可就是荒謬透頂了！」

可是這裡白紙黑字，分明是羅絲瑪莉的手書。羅絲瑪莉死後財產將由她艾麗絲繼承。那顯然是不合常理吧？理應做丈夫的或做妻子的人得到對方的財產，而不應該由姐妹來繼承。當然，除非保羅．貝內特叔叔在他的遺囑裡是這樣寫的。對，一定是這樣。保羅叔叔說過，如果羅絲瑪莉死了，財產就由她繼承。這樣就沒那麼不公平了……

不公平？一想到這個字眼，她不由得驚惶起來。難道她一直認為羅絲瑪莉一個人繼承保羅叔叔的全部財產是不公平的嗎？她料想，在自己心靈深處，她一直都是這樣認為的。那確實是不公平。她與羅絲瑪莉是同胞姐妹，同是媽媽的孩子，為什麼保羅叔叔偏偏把所有財產都給了羅絲瑪莉呢？

羅絲瑪莉總是要什麼有什麼。

她有宴會，有衣服，有男人愛她，還有一位敬慕她的丈夫。

羅絲瑪莉唯一一件不如意的事就是得了一次流行性感冒！而這次流行性感冒也不到一個星期就痊癒了！

艾麗絲站在寫字桌旁，心裡疑惑起來。這張紙……羅絲瑪莉胡亂放在這裡，是不是為了讓僕人們瞧見呢？

猶豫片刻之後，她拿起了那張紙，對摺起來，把它塞進了寫字桌的抽屜。

在那次可怕的生日宴會之後，他們發現了這張紙，它提供了一個旁證——如果需要證據的話——來證明羅絲瑪莉的確是病後精神頹唐，心情抑鬱，可能打從那時起她就有自殺的念頭了。

流行性感冒引起的精神抑鬱。這就是審訊時所歸納出來的自殺動機。艾麗絲上庭作證使這個結論更形成立了。也許這個結論下得並不合適，卻是唯一可能的解釋，因此也就被大家所接受了。那年的流行性感冒是一種惡性的疾病。

那個時候，無論是艾麗絲還是喬治·巴頓都想不出其他自殺動機。

她的回憶又回轉到發生在閣樓裡的一件事。艾麗絲想不通自己居然會這樣盲目。全部過程一定是在她的眼皮底下發生的！而她居然視而不見，聽而不聞！

她的思緒忽又轉到生日宴會的那場悲劇上……沒有必要去想這個！它已經過去了，結束了。撇開那個可怕的場面吧，撇開那次審訊和喬治抽搐的臉龐、充血的雙眼，直截了當地想想那樁發生在閣樓裡的事吧。

§

那是羅絲瑪莉死後大約六個月的事。

艾麗絲一直住在艾瓦頓廣場的那棟房子裡。葬禮之後，馬爾家的家庭律師見了艾麗絲。那律師是位彬彬有禮的老紳士，禿頂閃閃發亮，目光出奇地銳利。他極其清晰地說明：根據保羅·貝內特的遺囑，羅絲瑪莉繼承他所有的財產，她死後，由其子嗣繼承。如果羅絲瑪莉無嗣而亡，這筆財產就完全屬於艾麗絲。律師解釋說，這是一筆龐大的財產，到她二十一歲或她結婚時，將完全屬於她。

同時，有一件事情要首先確定下來，那就是她的住所問題。喬治．巴頓先生表示，他極希望她能繼續在這裡住下去，並提議請她的姑姑德雷克太太搬來一起住，陪伴她參加社交活動，何況德雷克太太由於兒子（他是馬爾家的害群之馬）需索無度，生活已面臨窘境，不知艾麗絲意下如何？

艾麗絲完全樂意。謝天謝地，這樣就不用另做安排了。在她印象中，露西拉姑姑是一位和藹可親的老婆婆，性情極其隨和。

事情就這樣定了下來。仍舊能和小姨子住在一起，喬治．巴頓感到心滿意足，他待她就像兄長對待小妹妹一樣的慈愛。至於德雷克太太，儘管說不上是一位有趣的伴侶，卻很順從艾麗絲的意願。一家人就這樣和睦地安頓下來了。

差不多六個月之後，艾麗絲在閣樓上發現了一件東西。

這閣樓是當作儲藏室用的，裡面堆著一些零星家具，還有一些大大小小的箱子。

有一天，艾麗絲打算找出一件她喜歡的紅色絨線套衫，可是找了半天都沒找到，於是她跑上了閣樓。喬治懇切要求她不要再為羅絲瑪莉帶孝了。他說，羅絲瑪莉生前最反對帶孝。艾麗絲知道他說的是實話，所以也就順從了，開始穿起平常的衣服。這多少引起了露西拉．德雷克太太的非議。她是一位老派人物，喜歡遵守她所謂的「禮俗」。她自己甚至還想為她死去二十多年的丈夫披黑紗帶孝呢。

艾麗絲知道，各色各樣不再穿的衣服都塞在樓上的箱子裡。於是她開始翻尋她的那件絨線套衫。在她翻箱倒櫃之際，偶然找出了一些早就被遺忘的東西：一套灰外衣和裙子，一堆長襪，她的滑雪衣，還有一兩件舊浴衣。

就在這時，她看到一件羅絲瑪莉的舊睡衣，這件睡衣不知怎麼搞的，沒有和羅絲瑪莉其他東西一起贈送給別人，放到這兒來了，這是一件有大口袋的男式花點綢睡衣。

艾麗絲將睡衣抖開，看到它還完好無損，於是仔細地把它疊好，放回箱子裡。正當她疊著那件衣服的時候，她的手覺得口袋裡有什麼東西在動。於是伸手進去，掏出一張揉皺了的紙片。上面是羅絲瑪莉的筆跡，於是她便將紙展平，看了起來。

親愛的豹子，你不會是這個意思……不會，絕對不會……我們彼此相愛，我們是天造地設的一對，這一點你鐵定和我同樣清楚！我們不能就此分手，冷冰冰地各奔東西。你知道，那是不可能的，親愛的，絕不可能！我們要永不分離，天長地久。我不是一個老派的女人，我不在乎人們的流言蜚語。對我來說，愛情至高無上。我們一起遠走高飛吧！我們會永遠幸福的……我會使你幸福的。你曾經對我說，如果沒有我，生活對你就如同糞土一般，你還記得嗎，親愛的豹子？可是現在，你居然能平心靜氣地寫信給我，說這一切最好結束，說這樣是為了我好。是為了我好嗎？可是沒有你，我就活不下去呀！我對不起喬治……他待我一直很好，然而他會理解的，他會給我自由的。要是夫妻不再相愛，就沒有道理生活在一起了。是老天讓我們相愛，親愛的，我知道，是老天要成全我們。我們將非常非常地幸福……但是我們必須有勇氣。我要親自告訴喬治。我打算和盤托出。不過得等我過完了生日才行。

我知道我是對的，親愛的豹子，我不能沒有你，不能，不能，不……能！我真傻，寫了這麼一大堆。其實只要寫兩行就夠了，那就是：「我愛你。我永遠不會讓你離開我。」啊，親愛的……

信在這裡中斷了。

艾麗絲一動不動地站在那裡，盯著信發愣。

她對自己的親姐姐了解得太少了！

這麼說，羅絲瑪莉有個祕密情人。她給他寫過熱情洋溢的情書，還打算和他一起私奔？發生了什麼事呢？羅絲瑪莉最後並沒有送出這封信。那麼，她送出的又是一封什麼樣的信？羅絲瑪莉和那位男子做出了什麼決定呢？

（「豹子」！人要是一旦墮入情網會多怪啊！真好笑。豹子，真是的！）

這個男人是誰？他對羅絲瑪莉也像羅絲瑪莉對他那樣一往情深嗎？他必定是深深愛著她的。羅絲瑪莉的確極其可愛。然而根據羅絲瑪莉的信來看，他提議「結束這一切」。這說明了什麼呢？為了安全嗎？他顯然說過，斷絕關係是為了羅絲瑪莉著想，為了她好。是的。然而男人說這種話不都是為了挽回自己的面子嗎？這是不是意味著那個人——不管他是誰——對這一切都厭倦了？也許對他來說，這只不過是一時消遣。也許他根本就沒用過真心。不知怎的，艾麗絲得出這樣的印象，就是那個不知姓名的男人執意要和羅絲瑪莉一刀兩斷……

然而羅絲瑪莉可不是這麼想，她打算不惜任何代價挽回。羅絲瑪莉下了決心……

艾麗絲渾身顫抖。

她，艾麗絲，竟然被蒙在鼓裡！甚至連猜都沒往這方面猜過！反而以為羅絲瑪莉的生活幸福美滿，以為她和喬治情投意合呢！簡直瞎了眼！對親姐姐的這種事毫無所知，不是瞎了眼是什麼！

可是，那個男人又是誰呢？

她沉浸在回想之中，思索著，追憶著。要說在羅絲瑪莉左右讚美她、打電話給她、帶她出門去玩的男人並不算少，但沒有誰顯得特別突出呀。不過有一點沒問題：這些男人中只有一個人真正舉足輕重，其他人都不過是他的煙幕彈。艾麗絲困惑地緊鎖著雙眉，在自己的記憶中仔細搜尋著。

她腦海中閃出了兩個名字。對了，一定是他們其中一個。是史蒂芬·法拉第嗎？鐵定是他。羅絲瑪莉看上他什麼了？也不過是一個死板、浮華的年輕人……其實算不上是多年輕。當然，人們都說他很有才幹，是一個大有前途的政客。人們預言不久的將來，他會當上次長，加上背後又有人脈豐沛的基德敏斯特家族為他撐腰，他甚至有可能登上首相之位！難道就因為這樣，他在羅絲瑪莉的眼中就有了魅力？可以肯定，她不會不顧一切愛上這個男人……這個冷冰冰、不苟言笑的傢伙！但是，聽人家說，他的太太狂熱地愛著他，她違抗了自己那個顯赫的家庭，硬要嫁給他……一個在政治上野心勃勃的猥瑣小人！不過，既然有一個女人會對他那樣傾心，那其他女人也未必不可能。是的，一定是史蒂芬．法拉第。

因為，假如不是史蒂芬．法拉第，那就必定是安東尼．布朗了。

但艾麗絲真不情願是安東尼．布朗。

是的，他就像是羅絲瑪莉的奴僕一樣對她俯首稱臣。他那張黧黑而俊美的臉龐總是帶著一種詼諧的憂鬱。但是，他的那份忠誠太公開、太明顯了，這樣很難發展成深刻的感情吧？

奇怪的是，羅絲瑪莉死後，他便不再露面了。從那時起，他們再也沒見過他。

其實這也不值得大驚小怪。他原本就是那種東奔西跑的人。他曾經談起過阿根廷、加拿大、烏干達和美國。在她的印象中，他不是美國人就是加拿大人，儘管從他的言談中聽不出什麼口音來。沒錯，後來大家再沒見到他根本不值得大驚小怪。

他的朋友是羅絲瑪莉，所以他用不著和其他人繼續社交下去。他是羅絲瑪莉的朋友，但不是她的情人！她打心眼裡不希望他是羅絲瑪莉的情人。那太令人傷心、太令人心碎了……

她低頭看著手中的信，將它揉成一團，想把它扔掉、燒毀……

可直覺阻止她這樣做。

也許有朝一日這封信會有重要的用處。

於是她將信展平，帶下樓去，鎖進了自己的首飾盒。

說不定有一天，它對揭開羅絲瑪莉自殺的疑團，將是一個重要的證物。

§

「您還要點什麼？」

這句滑稽、可笑的話無意中鑽進了艾麗絲的心裡，她的雙唇綻開了一絲苦笑。此時此刻，那嘴甜的店老闆的一句口頭禪，如此恰如其分地道出她追憶往事的思緒。

在回顧往事時，她不正是如此嗎？她已經仔細想過閣樓上那樁令人驚異的發現。可是現在，「你還要點什麼？」還有什麼可想的呢？

當然有。喬治的舉止愈來愈反常了。這要追溯到好久以前。昨夜那一番令人震驚的談話澄清了一些她久久迷惑不解的瑣事，一些互不關聯的話語和行為都找到了理由。

還要考慮安東尼·布朗重新露面這件事。是的，這件事在順序上應當緊接在閣樓事件之後，因為它正巧發生在她發現那封信的一個星期之後。

艾麗絲說不出她當時的確切感受……

羅絲瑪莉是十一月去世的。次年五月，艾麗絲就在露西拉·德雷克太太的監護下，開始了年輕女孩的社交生活，儘管她的興致不高，但她還是參加了一些午餐會、茶會和舞會。她總是覺得懶洋洋，興致索然。那是在將近六月底的一次枯燥舞會上，她聽見背後有人說話。

「這位是艾麗絲．馬爾吧？」

她一扭身，臉刷地脹紅了，她看到了安東尼——托尼[1]那黧黑、神情幽默的臉龐。

他說道：「我不敢期望你還能記得我，但是……」

她打斷了他的話。

「呃，但我記得你。我當然記得！」

「好極了，我還以為你把我忘了呢。我們有好久沒見面了。」

「是的，從羅絲瑪莉的生日宴會後就……」

她打住不說了。這句話是不假思索來到嘴邊的。她面頰上的色彩頓然退去，蒼白得毫無血色。她的嘴唇顫抖著，眼睛突然睜得老大，流露出沮喪的神情。

安東尼．布朗立即說道：「實在對不起，勾起了你的回憶，我真不應該。」

艾麗絲強忍住悲傷說道：「沒什麼。」

（自從羅絲瑪莉生日宴會後就沒再見過面。自從羅絲瑪莉自殺那晚之後就沒再見過面。

她不願想這件事。她真不願意想！）

1　安東尼的暱稱。

安東尼．布朗又說：「太對不起了，請原諒。我們跳支舞好嗎？」

她點了點頭。儘管剛才她已經答應和另外一個人跳舞了，可是當樂聲一起，她還是靠著安東尼的臂膀滑進了舞池。她看見那個被放鴿子的舞伴還站在那裡，東張西望地找她呢。那是個動不動就臉紅的毛頭小子，衣服的領口還顯得過大呢。她嘲弄地想道，像他那樣的人，不過是初進社交界的女孩不得不與之周旋的舞伴，他哪能比得上眼前這個男人……這個羅絲瑪莉的朋友啊！

她突然感到一陣痛楚。羅絲瑪莉的朋友。那封信。難道那是寫給這個正和她跳著舞的男人嗎？他的舞步輕快優雅，是這種像貓一樣輕盈的舞步才使他得到「豹子」的綽號吧。難道他和羅絲瑪莉……

她突然問道：「這些日子你都到哪兒去了？」

他略略把她推開一點，低頭注視著她的臉龐，他突然面無笑容，語調冷漠起來。

「我出門了……做生意去了。」

「哦，」她止不住地又往下說：「那你為何又回來了？」

他莞爾一笑，輕輕地說：「也許……是為了看你，艾麗絲．馬爾。」

他猛烈地把她摟近一些，用一個大膽的滑步，穿過了一對對的舞伴，顯示出神奇的節奏感和駕馭力。艾麗絲本來是應該感到害怕的，但不知為什麼，她反而覺得相當愉快。

從那以後，安東尼顯然成了她生活中的一部分。她一星期至少要和他見一次面。

他們在公園裡、在各種各樣的舞會上碰面，參加宴會時，他的座位總是排在她的身邊。只有一個地方他從不涉足，那就是艾瓦頓廣場。直到過了一些時日，她才發覺這一點，他總是非常巧妙地迴避或推辭到那裡去。當她覺察到這一點時，開始納悶了。難道是因為他和羅絲瑪莉……

後來，更使她吃驚的是，脾氣隨和、遇事採取不干涉態度的喬治和她談起了他。

「和你在一起的那個安東尼·布朗是個什麼樣的人？你了解他嗎？」

她睜大眼睛望著他。

「了解他？嗯，他是羅絲瑪莉的朋友哩！」

喬治的面孔抽搐了，他的眼睛閃動著，然後悶聲悶氣地說道：「對，當然了，他是羅絲瑪莉的朋友。」

艾麗絲悔恨地喊了起來。

「對不起。我不該勾起你的傷心事。」

喬治·巴頓搖搖頭，溫厚地說：「不，不，我不希望人們忘掉她，永遠也不。總之，」他笨嘴拙舌地說著，眼睛轉向他處。「她的名字意味著懷念。羅絲瑪莉（Rosemary）——懷念。」這時他又正眼瞧著她。「希望你不要忘了你姐姐，艾麗絲。」

她鬆了一口氣，說：「我永遠不忘。」

喬治接著說道：「安東尼·布朗這個年輕人，也許羅絲瑪莉喜歡過他，但我相信她對他並不很了解。你必須十分當心，艾麗絲，你是個非常富有的年輕女孩。」

她心頭升起一股怒火。

「托尼——安東尼，他自己就很有錢。噢，他每次到倫敦來，都住在克拉里奇飯店。」

喬治．巴頓微微一笑，喃喃地說：「很體面……也很奢華。儘管如此，親愛的，誰也不了解這個人。」

「他是個美國人。」

「也許是吧。但如果他真是一個美國人，美國大使館卻沒有替他做過擔保。他不常到這兒來，對吧？」

「對。而且我也能理解，因為你對他那麼反感！」

喬治搖了搖頭。

「看來我是多管閒事了。呃，好了，我只不過是想給你一個及時的告誡。我得向露西拉交代一聲。」

「露西拉！」艾麗絲輕蔑地說。

喬治急切地說：「沒什麼不如意的事吧？我是說，露西拉有沒有盡力安排你參加社交活動、宴會等諸如此類的事？」

「是的，她倒是很賣力……」

「要是她沒有，你知道，孩子，只要跟我說一聲就行了。我們可以另外找人，比如說，請一位更年輕、更時髦的人。我希望你能過得快活。」

「我很快活，喬治。哦，喬治，我過得很快活。」

他語重心長地說道：「那樣就好。這些事情我不在行，一直就是這樣。但我希望能滿足你所有的願望。不必擔心開銷。」

喬治就是這樣一個人，厚道、笨頭笨腦的，總是幫倒忙。

不過，他倒是真的實踐了他的諾言（或者說威脅），他把有關安東尼・布朗的事向德雷克太太「交代了一聲」。但偏偏在這當頭，命運捉弄人，德雷克太太根本無法集中精神聽他講話。

因為她恰好接到她那個不爭氣的兒子打來的電報。他是她的心肝寶貝，他懂得如何撥動母親的心弦以接濟自己，他玩這一套太在行了。

「請寄兩百英鎊。急用，生死關頭。維克托。」

露西拉正在那裡哭著。

「維克托是很厚道的孩子。他知道我手頭很緊，不到最後關頭，絕不會向我伸手要錢。他從來沒有這樣做過。我總是擔心他會開槍打死自己。」

「不會的。」喬治不動聲色地說。

「你不了解他。我是他媽，自然最了解自己的親生兒子。要是我不答應他的請求，我永遠不會寬恕自己。只要賣掉我那些股票就有辦法了。」

喬治嘆了口氣。

「嗯，露西拉，我可以給我在那兒的客戶打個電報，這樣我們就什麼都清楚了。我們可以弄清楚維克托到底是怎麼一個處境。可是，我對你的忠告是……讓他自己負責。除非你採取這個態度，否則他是永遠不會變好的。」

「你的心腸太硬了，喬治。這可憐的孩子總是運氣太差……」

喬治在這個問題上不再發表意見了，和女人爭論是爭不出什麼名堂來的。

他只說了一句：「我馬上叫露絲去辦這件事，明天我們就能聽到回覆了。」

露西拉這才稍微平靜了些。兩百英鎊最後減到五十英鎊，露西拉堅持不肯再少寄一分。

艾麗絲清楚，這五十英鎊事實上是喬治自己掏腰包給的，但是他對露西拉謊稱要賣掉她的股票。艾麗絲極為讚賞喬治的慷慨，並且把這個想法對他講了。他的回答十分簡單。

「在我看來，一個家庭總會出個敗類，也總會有人需要照顧。反正總得有人幫維克托掏腰包，這種事得等到他死了才會完結。」

「可是也輪不到你掏呀。他又不是你的家人。」

「羅絲瑪莉家的人就是我的家人。」

「你心地太好了，喬治。但是我不能出這筆錢嗎？你總是說，我是個有錢人哪。」

他對她咧了咧嘴。

「在你二十一歲之前，你還不能這樣做，小女孩。而且你要是明智的話，到了二十一歲你也別插手管這種事。我有個忠告：假如有個傢伙給你打電報說，要是他拿不到那幾百英鎊，那他就一切都完了的話，其實給他二十英鎊就足夠了……甚至有一張十英鎊的鈔票就夠了！你當然攔不住一位母親掏腰包，但是你可以讓她少掏一些……你要記住這一點。當然，維克托絕不會自尋短見，他不是那種人！嚷嚷著說要自殺的人是永遠不會自殺的。」

永遠不會？艾麗絲想到了羅絲瑪莉，但隨即又打消了這個念頭。喬治現在想到的並不是羅絲瑪莉，他想的是遠在里約熱內盧的那個放蕩不羈、油嘴滑舌的年輕人。

在艾麗絲這方面來說，露西拉的愛子心切，倒給她帶來了實際的好處，因為露西拉不能全神貫注於她和安東尼・布朗之間的交往了。

再回到那個「還要點什麼？」」。接下來就是喬治的變化了！艾麗絲再也不能視而不見。這是什麼時候開始的呢？到底是什麼原因呢？

回想起來，即使是眼下，艾麗絲也說不清這種變化是從什麼時候開始的。自從羅絲瑪莉死後，喬治就一直神情恍惚，有時心不在焉，有時沉思默想。他似乎蒼老了許多，總是心事重重。這倒是情理之中的事。但確切地說，從什麼時候開始，他那種出神發呆變得超乎情理之外了呢？

她認為，自從她和他為了安東尼・布朗的事發生衝突以後，她察覺到他總是用一種茫然不解的目光凝視著她。而後他又更加嚴重，就是每天早早從辦公室回家，把自己關在書房裡。他在那兒似乎什麼事也不做。有一次她走進書房，看見他坐在寫字桌前，眼睛直愣愣地瞪著前方。她走進去後，他用一種毫無光彩、失神的目光看著她，就像一個受過嚴重刺激的人似的。可是，當她問他怎麼了，他只是簡短地答道：「沒事。」

日復一日，他的神色日漸憔悴，一看便知道他心頭承受著某種憂慮、壓力。

誰也沒有特別注意到這些，艾麗絲也沒有。心事總是可以方便地解釋為「工作上的事」。還有，他會時時問一些沒頭沒腦的問題。從那以後，艾麗絲就把他這副樣子形容為「古怪」。

「艾麗絲，羅絲瑪莉平常和你聊得多嗎？」

艾麗絲張大眼睛看著他。

「啊，當然了，喬治。至少……呃，你是指哪方面的事呢？」

「噢，關於她自己，她的朋友們，她過得怎麼樣，她幸福還是不幸福……就是這類事。」

她認為她明白他在想什麼。他一定是聽到羅絲瑪莉那段痛苦戀情的風聲了。

她慢吞吞地說道：「她從來沒多談起。我是說，她總是很忙，忙著辦她的事。」

「你不過是個小孩子而已，是的，我知道。儘管如此，我想她總說過些什麼吧？」

他帶著打破砂鍋問到底的神態望著她，簡直有點像一隻乞食的狗了。

她不想傷害喬治的感情。再說，羅絲瑪莉真的什麼也沒講過呀。她搖了搖頭。

喬治嘆了口氣，沉重地說：「哦，算了，沒關係。」

有一天，他又沒頭沒腦地問她，誰是羅絲瑪莉最要好的女性朋友。

艾麗絲想了想答道：「葛洛莉亞．金、阿特渥太太……就是梅西．阿特渥，還有瓊．雷蒙。」

「她和她們來往密切嗎？」

「嗯，這我就不太清楚了。」

「我是說，你覺得她們當中有誰會和她說心裡話？」

「我真的不清楚……我覺得也不大可能……你指的是哪種心裡話呢？」

驀然間，她覺得她要是沒有提最後這個問題就好了。但喬治的答覆使她大吃一驚。

「羅絲瑪莉有說過她怕誰嗎？」

「怕？」艾麗絲眼睛都發直了。

「我的意思是，羅絲瑪莉有沒有仇人？」

「在女人當中？」

「不，不，不是。是真正的仇人。就你所知，有誰可能和她有仇？」

艾麗絲直盯著他，這似乎使他感到氣餒。他紅著臉，結結巴巴地說：「我知道，這話聽起來有些可笑。也許我說得過於誇張了，不過我的確有點懷疑。」

過了一兩天，他又開始詢問起法拉第夫婦來了。

「羅絲瑪莉和法拉第夫婦常見面嗎？」

艾麗絲滿腹狐疑。

「我不太清楚，喬治。」
「她曾經談起過他們嗎？」
「沒有，我想沒有。」
「他們來往是不是很密切呢？」
「羅絲瑪莉對政治很有興趣。」
「是的。她是在瑞士碰到法拉第夫婦，在那以前她對政治毫不關心。」
「是的，我想是史蒂芬·法拉第使她對政治發生興趣。他常借給她一些小冊子什麼的。」
喬治問道：「姍卓·法拉第對這些怎麼想呢？」
「對什麼？」
「對她的丈夫借小冊子給羅絲瑪莉。」
艾麗絲不大自在地說：「我不知道。」
喬治說：「她是個非常自重的女人，看起來冷若冰霜。可是，人家說她發瘋似地愛著法拉第。這樣的女人也許對他和其他女人的交往會十分惱恨。」
「也許吧。」
「羅絲瑪莉和法拉第太太處得來嗎？」
艾麗絲慢吞吞地說：「我想不很好。羅絲瑪莉譏笑姍卓，說她是那種搖木馬型的政治女性……你知道，她長得有些像馬。羅絲瑪莉常說：『她是繡花枕頭，一肚子草包。』」

喬治哼了兩聲。接著，他問道：「她和安東尼．布朗常見面嗎？」

「滿頻繁的。」艾麗絲冷冷地答道。

喬治沒有再度提出他的警告，反倒像是激起了興趣似的。

「他經常四處跑吧？他一定有不少新奇的經歷。他跟你說過嗎？」

「說得不多。當然，他常常外出旅行。」

「我想，是做生意吧。」

「我想是吧。」

「他做什麼生意？」

「我不知道。」

「和軍火公司有些來往，對吧？」

「他從未談過。」

「唔，不必向他提起我問過這些事。我只不過是好奇罷了。去年秋天他和迪斯伯里常來往，他是聯合軍火公司的董事長……羅絲瑪莉和安東尼．布朗常見面嗎？」

「是……呃，是的。」

「但是她和他認識的時間並不長……他們算是萍水相逢吧？他不是常帶她去跳舞嗎？」

「是的。」

「你知道，當她說她想叫他來參加生日宴會的時候，我覺得很驚訝，我沒有料到她和他那麼熟。」

艾麗絲平靜地說：「他舞跳得很好……」

「是，是，當然了……」

那天晚上的情景突然閃過了她的腦海，這是艾麗絲最不願意回想的。

盧森堡飯店的那張圓桌，帶罩的立燈和鮮花。樂隊演奏著清晰的節拍。七個人團團圍坐在桌旁，有她自己、安東尼．布朗、羅絲瑪莉、史蒂芬．法拉第、露絲．萊辛和喬治，喬治的右邊是史蒂芬．法拉第的太太姍卓．法拉第夫人。她那淺色的頭髮直挺挺的，鼻孔有些上拱，話音清晰而傲慢。那是一次愉快的聚會……或者不是？

宴會進行到一半時，羅絲瑪莉……不，不，別再去想這個。只需記得她自己是坐在托尼旁邊……這是她頭一次正式和他見面。在這之前，對她來講，他只不過是個名字，一個客廳裡的人影，一個陪著羅絲瑪莉在門口的台階下等候計程車的背影。

托尼……

她突然一驚，從沉思中清醒過來。這時喬治正重複著他提過的問題。

「有意思的是，在那以後他馬上就銷聲匿跡了。你知道他去哪兒了嗎？」

她含含糊糊地答道：「嗯，錫蘭，我想，或者是印度吧。」

「那天晚上他沒提到過他要走吧？」

艾麗絲尖銳地說：「他幹嘛要提呢？我們非得談那天晚上的事嗎？」

他的臉脹得通紅。

「不，不，當然不必。對不起，那都是過去的事了。對了，哪天晚上請安東尼來吃頓晚飯吧。我想再見見他。」

艾麗絲很高興。喬治改變態度了。這個邀請馬上送出，也被對方接受了。然而就在最後一刻，安東尼為了生意的事不得不北上一趟，因而未能赴約。

七月底的某一天，出乎露西拉和艾麗絲的意料，喬治告訴她們，他已經在鄉間買下了一棟房子。

「買下了一棟房子？」艾麗絲不太相信。「我還以為我們要去租下高靈那棟房子，住兩個月呢！」

「有一棟自己的房子豈不是更好嗎？這樣我們一年到頭都可以上那兒去度週末了。」

「房子在哪兒？在河邊嗎？」

「不完全是。實際上，完全不是。在薩塞克斯郡的馬林厄姆。那棟房子叫作『小修道院』。占地十二畝，是一棟喬治王朝式的小房子。」

「你是說，不等我們看一眼，你就把它買下來了？」

「完全是偶然的機遇。剛好仲介公司在拍賣這棟房子，於是我便搶下來了。」

德雷克太太說：「我看那房子一定得好好整理、裝修一番才行。」

喬治脫口說道：「哦，沒問題，露絲都安排了。」

她們兩人對喬治提起露絲．萊辛——她是喬治的能幹祕書——報以沉默的敬意。誰不曉得露絲呢，她差不多已經是這個家庭的成員了。要是把人截然分為兩類，她倒也算得上是漂亮，但她的真正價值在於辦事幹練又靈巧……

羅絲瑪莉生前總愛說：「這事讓露絲去處理吧。她真不簡單。啊，都交給露絲辦好了。」

在露絲小姐的妙手之下，什麼困難都能迎刃而解。她能帶著微笑、愉快和超然的表情排除一切障礙。她管理著喬治的辦公室，有人懷疑連喬治也被她管得死死的。他非常信任她、依賴她，對她言聽計從。她似乎沒有什麼個人的需求和欲望。

儘管如此，這一回露西拉還是感到惱火。

「親愛的喬治，就算露絲再能幹吧，不過我是說，哪家女人不按自己的心意布置房子，挑選客廳的色調什麼的呀？不然也該問問艾麗絲吧。我且不說自己，我倒無所謂。可是艾麗絲會覺得不痛快。」

喬治的臉上露出慚愧的神色。

「我不過是想讓你們感到驚喜！」

露西拉只好笑了笑。

「你可真是個大孩子啊，喬治。」

艾麗絲說：「我倒不在乎色調怎麼樣。我相信露絲會把一切都處理好。她很聰明。我們到那兒能做些什麼呢？我猜，那兒有個網球場吧。」

「有的，六英里以外有高爾夫球場，而且離海只有十四英里。此外，我們還會有幾家鄰居。我認為，到一些有熟朋友的地方去，應該不是一件壞事。」

「什麼樣的鄰居呢？」艾麗絲機警地問道。

喬治躲開她的眼睛。

「法拉第家，」他說，「他們離我們那裡大約只有一英里半，穿過一個公園就到了。」

艾麗絲目不轉睛地望著他。剎那間，她恍然大悟了，這樁煞費苦心的安排，買進並且整修這棟鄉間別墅，無非都是為了一個目的……使喬治有機會與史蒂芬、姍卓．法拉第的關係密切起來。鄉間結鄰，產業相毗，兩家人必然往來密切。要不，那就是有意冷淡對方了！

但這又是為了什麼呢？為何他執著地要和法拉第家結交呢？為什麼要莫名其妙地付出如此高的代價呢？

難道喬治懷疑羅絲瑪莉與史蒂芬．法拉第之間有什麼曖昧關係？莫非這是一種嫉妒延續到死後的奇特情結……當然，這是一種牽強附會吧！

喬治到底想從法拉第夫婦身上得到些什麼呢？他問那些連珠炮似的怪問題又是什麼意思呢？近來喬治是不是有一些怪裡怪氣的地方？

每天晚上他都是那麼迷迷茫茫的！露西拉解釋說，這都是因為貪杯的關係。真虧她想得出來！

不，最近喬治的確是有些怪。他好像被心緒激動和陷入麻木的空虛冷漠所夾攻著。

八月的大部分時間，他們是在鄉間的「小修道院」別墅裡度過的。這棟房子糟透了！艾麗絲渾身不自在。她討厭這棟房子，儘管它外型雅致，家具齊備，裝潢得十分協調（永遠挑不出露絲的毛病！）。然而奇怪的是，它顯得十分空盪。他們不是在那兒居住，而是占著那棟房子罷了。就像是戰爭中的士兵占據著一座瞭望哨似的。

它之所以如此可憎，是因為暑日生活太平淡無奇了。人們只有週末才會到這裡消磨時光，打打網球，與法拉第夫婦共進便餐。姍卓・法拉第對他們很好……就對待一個舊交兼新鄰居來說，她簡直無懈可擊。她把他們介紹給本地的紳士，指導喬治和艾麗絲騎馬，對露西拉則像對待一位長者那般謙恭有禮。

可是在她微微帶笑的蒼白面孔的背後，誰也摸不清她在想什麼。真是一個斯芬克斯[2]。

至於史蒂芬，他們很少見到。他忙得不可開交，常常因為政治事務而不能前來。在艾麗絲看來，他是在某種程度上想避開造訪「小修道院」。

就這樣，八月過去了，九月來臨。他們決定十月回到倫敦。

艾麗絲長長地舒了一口氣。也許他們回到倫敦後，喬治就會恢復常態。

但後來，就是昨天晚上，她被輕輕的叩門聲驚醒了。她擰亮檯燈，看了看時間，才一點。她是十點半上床睡覺的，所以覺得這時應該比一點晚得多。她匆匆披上睡衣，向門邊走去。這似乎比只喊一聲「請進」要自然一些。

喬治正站在門外，他還沒睡，依然穿著晚禮服。只見他呼吸不勻，臉上透著一種怪異的鐵青色。他說：「請到我的書房來一下，艾麗絲。我得和你談一談。我必須找人談談才行。」

她感到莫名其妙，而且睡意仍濃，但是她照辦了。

走進書房，他先關上門，然後叫她坐到寫字桌的對面。他將菸盒推給她，同時自己取了一根。他想點菸，可是由於手在發抖，點了兩三次才終於點燃。

她說：「出什麼事了嗎，喬治？」

現在她真的嚇到了。他的臉色死白。

喬治上氣不接下氣地講著，就像是一個剛剛奔跑過的人一樣。

「我憋不住了，我不能再悶在肚子裡了。你得告訴我，你是怎麼想的……這是不是真的，有沒有這個可能……」

「你在說什麼啊，喬治？」

「你一定注意過，看過。她一定說過什麼。這其中必有道理……」

她睜大眼睛瞧著他。

他用一隻手抓著腦袋。

2　斯芬克斯（Sphinx），希臘傳說中長著女人的頭和獅身的女怪物，相傳她常讓過往路人猜謎，猜不出者即遭殺害。後來比喻為不可思議的女人。

「你不明白我在說什麼，這我看得出來，別害怕，小姨子。你得幫幫我的忙。你得盡力回憶每一件悲慘的細節。啊，我明白我有些語無倫次，不過等你看完這些信以後，馬上就會明白……」

他將寫字桌側面的一個抽屜打開，取出兩頁紙來。這是兩頁淺藍色的紙，上面工整地印著幾行小小的字。

「你看吧。」喬治道。

艾麗絲低頭看著那兩頁紙。第一頁上面的意思一目了然，沒有任何拐彎抹角、晦澀不明之處：

你以為你太太是自殺而死。她不是自殺的，她是被殺的。

第二頁上寫著：

你的太太羅絲瑪莉不是自盡身亡的。她是被害死的。

在艾麗絲對著那幾行字發呆的當兒，喬治繼續說道：「這些信是我大約三個月前收到的。起初，我還以為是開玩笑……一個居心險惡的無聊玩笑。後來我開始思考羅絲瑪莉為什麼要自殺。」

艾麗絲用呆板的聲音說道：「感冒以後心情頹喪。」

「是的，但是你仔細想一想，這實際上是無稽之談，對吧？我是說，許許多多的人都得過流行性感冒，而且病後心情頹喪，那又怎樣？」

艾麗絲費勁地說道：「也許她……過得不幸福？」

「對。也許是。」喬治心平氣和地承認，「不過就算是這樣吧，我還是不明白羅絲瑪莉會僅僅因為覺得不幸福就去自殺。她也許會用自殺來威脅，但我並不認為事到臨頭她會真的這樣做。」

「可是她已經做了，喬治！除此之外還能有什麼解釋呢？他們還在她的手提包裡找到了物證。」

「這我知道，那全部合情合理，但自從我接到那些信以後，」他用指甲敲敲那些匿名信。「我心裡一直在反覆思索，而且我愈想愈感到其中大有文章。這就是我問你那些問題的原因……就是羅絲瑪莉是否有仇人、是否發現她怕誰等等。不管是誰殺害了她，那一定有個理由……」

「喬治，你瘋了……」

「有時我想我的確是瘋了。有時我又覺得自己想得對。但是我必須搞清楚，我得找到答案。你得幫助我，艾麗絲，你得好好動一下腦筋，你得回憶。對了，回憶。一次一次地回憶那天晚上的事。因為你明白，如果她真是被謀害的，那凶手一定是那天晚上在座的某個人。這一點你很清楚吧？」

是的，她已經明白了，再也不能迴避回想那天晚上的情景。她必須回憶那天晚上的全部經過。那音樂、那咚咚咚的鼓點、那轉暗的燈光、卡巴列舞表演，以及當燈光復明的時候，羅絲瑪莉趴在桌上，面色鐵青，四肢痙攣的慘象。

艾麗絲渾身戰慄。她這下開始害怕了，非常非常害怕……

她必須思索，必須追溯，必須回憶。

羅絲瑪莉，她使人懷念……

什麼都不能遺漏。

02 露絲・萊辛

露絲・萊辛在忙中偷閒的片刻，回憶起她主人的妻子——羅絲瑪莉・巴頓。

她很不喜歡羅絲瑪莉其人。一直到去年十一月的那個早晨她第一次與維克托・德雷克談話以後，她才意識到她有多不喜歡羅絲瑪莉。

與維克托的會面，使她開始將一連串的事聯繫起來。在這以前，她所感受到的許多事情，她都沒去在意，以至從未察覺。

她對喬治・巴頓忠心耿耿。這是始終如一的。當她開始為他工作的時候，這位二十三歲的精明女人就看出來，他需要有人照管一切，於是她就照管起他來了。她替他省錢，分憂解愁。她為他挑選朋友，引導他從事一些適當的消遣。在生意方面勸阻他做魯莽地投資，並在機運來到時，又鼓勵他審慎地去冒一些風險。在她與喬治的長期相處中，喬治對她的順從、盡職以及完全聽命於他，從未有過任何懷疑。喬治喜歡見到她。她有整潔而光亮的黑髮，穿著剪裁入時的裙子和縐紗的襯衣，端端正正的耳朵上垂著兩粒小巧的珍珠，蒼白的臉頰上細心地撲了一層香粉，嘴唇上抹著輕淡的玫瑰色口紅。

他覺得，露絲是絕對正確的。

他喜歡她那超然出眾的氣質，和她那絕不感情用事、故作親暱的習慣。因此，他常常和她談到許多自己的私事，而她總是那麼同情地聽著，提出一兩句有益的忠告。但是在他的婚姻問題上，她從未參與過任何意見。她不喜歡這個結合，卻接受了這個現實，並在婚禮的安排上提供不少寶貴意見，減輕了馬爾小姐的許多負擔。

在喬治與羅絲瑪莉．馬爾婚後一段時間，露絲與她雇主以往那種推心置腹的關係略有變化，她嚴格地限制自己只去處理辦公室的事務。喬治將大量的事都讓她經手去辦了。

儘管如此，由於她辦事效率極高，羅絲瑪莉不久便發現喬治的露絲小姐在各方面都是一個難能可貴的好幫手。萊辛小姐總是顯得那麼愉快，面帶微笑，彬彬有禮。

喬治、羅絲瑪莉和艾麗絲都管她叫露絲，她也常常到艾瓦頓廣場來吃午飯。儘管她現在已經二十九歲了，但她看起來還是像二十三歲的人。

雖然他們之間從未吐露過一句知心話，但她總能準確無誤地感覺到喬治最微弱的情緒變化。她知道喬治新婚生活的最初歡樂何時進入銷魂的階段，她也覺察到他們那種令人銷魂的滿足感何時被一些難以言喻的東西所取代。當他在什麼事上剛剛露出疏忽的態勢時，馬上就會被她的深謀遠慮所匡正。

不論喬治怎樣心不在焉，她從不顯出已有察覺的樣子。對此，他心中十分感激。

那是十一月的一個早晨，他向她談起了維克托·德雷克。

「我打算讓你替我辦一件不太愉快的事，露絲。」

她用詢問的目光望著他。無須說，她一定會去辦，這是無庸置疑的。

「每個家庭都會出個敗家子。」喬治說道。

她深有理解地點了點頭。

「我太太有個表弟……我看就是一個地地道道的無賴。他都快把他的母親折騰死了。這位做母親的是個糊塗而感情脆弱的人，為了兒子，她差不多賣光了她那一點點股票。他最早是在牛津大學偽造支票……後來人家把這件事掩蓋起來了。從那以後，他就跑遍了全世界。不管在哪兒，都惹出一身禍。」

露絲不感興趣地聽著，她太熟悉這種人了。這種人一會兒開橘子園、養雞場，一會兒跑到澳大利亞牧場去當工人，一會兒又在紐西蘭的凍肉工廠混飯吃。他們永遠做不出成績，在哪兒也待不長，總是將別人投資的錢花得精光。這種人一輩子也引不起她的興趣。她只佩服勝利者。

「他現在已經回到倫敦了，我發現他在找我妻子的麻煩。從她當學生的時候起，她就從不拿正眼瞧他。但他是那種善於花言巧語的惡棍，一直寫信向她要錢。這是我不能容忍的。我已經和他約好今天中午十二點在他住的旅館和他見面。我想請你去替我辦這件事。因為我不想和這個傢伙接觸。我從未和他見過面，也不想和他見面，我也不願意讓羅絲瑪莉去見他。我想，如果透過第三者去辦這件事，就可以純粹地公事公辦。」

「是的，這是個好辦法。事情該怎麼安排呢？」

「這是一百英鎊現款和一張去布宜諾斯艾利斯的船票。錢在他上船以後再給。」

露絲笑了笑。

「哦，你是想確保他已乘船離開！」

「我看你已經明白了。」

「這種事並不少見。」她無所謂地說。

「是的，到處都有這種人。」他躊躇起來。「你真的願意去辦這件事嗎？」

「當然啦。」她頗覺好玩。「我可以向你保證，我完全能夠辦妥這件事。」

「任何事你都有能力辦好。」

「船票怎麼訂？噢，他叫什麼名字？」

「維克托·德雷克。票在這兒。昨天我已經給輪船公司打過電話了。他會乘明天從蒂爾伯雷開來的聖克里托巴號輪船。」

露絲接過船票，掃了一眼，核對無誤之後，順手放進手提包。

「好，我會辦好的。十二點在什麼地方見面？」

「魯伯特旅館，靠近羅素廣場。」

她記了下來。

「露絲，親愛的，真不知道要是沒有你，我該怎麼辦……」他親切地將一隻手輕放在她的肩頭上，這是他頭一回這樣做。「你真是我的左右手，我的替身啊。」

她的臉刷地紅了，心裡卻很高興。

「我這個人不善辭令……我對你為我工作視為理所當然……然而，實際上並不止於此。你不知道我是怎樣地依賴你啊……」他重複道，「每一件事都依賴。你是世上心地最好、最可愛、最助人為樂的好女孩！」

為了掩飾自己的喜悅和窘迫，露絲笑著說道：「你說了這麼多好話，會把我寵壞的！」

「哦，我說的都是實話。你就是公司的一部分，露絲。生活中要是失去了你，那就不可想像了。」

她從他的話語中體會到溫暖，當她去魯伯特旅館辦事時，這暖意一直伴隨著她。

露絲對面臨的事情並不感到棘手。她相信自己能夠應付自如地處理各種局面。對不幸和倒楣的人她向來無動於衷。她準備把維克托的事當作例行公事來處理。

他幾乎就是她所想像的那種人，然而顯然更具有魅力。她對他的判斷是準確的。在維克托．德雷克身上找不到好因子。他的心地無比冷酷，為人老謀深算，卻以一種討人喜歡的玩笑態度偽裝著。她過於輕估的是他處世的能力和圓熟玩弄感情的本領。或許她也高估了自己對抗這種魅力的能耐。他的確是有魅力。

他是帶著一種驚喜的神情迎候她的。

「喬治派你來的？太妙了，真是令人驚訝之至！」

她以平淡的聲調說明喬治的安排。維克托極有風度地欣然贊同。

「有一百英鎊嗎？太棒了。可憐的老喬治。我本來可以只拿六十英鎊的……千萬別告訴他！他的條件無非是這幾條：不要打擾可愛的表姐羅絲瑪莉……不要去接觸天真無邪的表妹艾麗絲，不要讓可敬的表姐夫喬治為難。完全同意！誰會到聖克里托巴號上來給我送行呢？是你嗎，親愛的萊辛小姐？榮幸之至！」

他皺了皺鼻子，黑色的眼睛中閃爍著同情的光芒。他有一副淺棕色的臉龐，會使人油然想起鬥牛士……多浪漫的比喻！他能撩動女人的心弦，而且自己心裡有數！

「你和巴頓在一起很久了，對吧，萊辛小姐？」

「六年。」

「要是沒有你，他就會不知所措了！啊，是的，我全知道。關於你，我什麼都清楚，萊辛小姐。」

「你怎麼會知道？」她尖銳地問道。

維克托咧嘴一笑。

「羅絲瑪莉告訴我的。」

「羅絲瑪莉？但是……」

「哦，我並不是說要再去打擾羅絲瑪莉，她已經對我夠好了。我是說，她很同情我。實際上，我已經從她那裡拿到一百英鎊了。」

「你……」

露絲頓住了，維克托大笑。這笑聲是富有感染力的，她發現自己也跟著笑起來了。

「你真是夠壞的，維克托先生。」

「我是個很有能耐的寄生蟲，有高超完美的技術。比如說吧，只要我給媽媽打一份暗示要自殺的電報，馬上就會如願以償。」

「你應當感到害臊。」

「我深深譴責自己。我太壞了，萊辛小姐。我願意讓你知道我有多壞。」

「為什麼？」她覺得好奇。

「不知道。你不是個一般的人，我不能對你施展一般的技巧。你那對清澈的眼睛表明你是不會中計的，不會的。一個『受懲大於其過的可憐傢伙』對你是沒用的。你這人不會動憐憫之心。」

她板著面孔說：「我蔑視憐憫。」

「難道你忘了自己的名字嗎？你叫露絲，對吧？真有意思呀，取名叫憐憫，卻毫無憐憫之心[3]。」

「我不同情軟弱的人。」她說。

「誰說我是個軟弱的人？不，不，你錯了，親愛的。說我邪惡還差不多。可是，我身上還是有值得重視的東西。」

他略微噘了噘嘴，一副滿不在乎的樣子。

「是嗎？」

「我過得很痛快。是的，」他點點頭。「我過得痛快極了，露絲。我歷經滄桑。我當過演員、倉庫管理員、侍者、臨時工、腳夫，還當過馬戲團裡的道具呢！我當過輪船上的水手。我參加過南美一個共和國的總統競選。我還進過監獄！有生以來只有兩件事我沒幹過，一是沒做過正經的工作，二沒自己掏過腰包。」

他笑嘻嘻地望著她，她感到應該對此表示反感才是。然而維克托具有魔鬼般的力量，他能夠使罪惡變成有趣。他正以一種不可思議的透視力注視著她。

「你用不著那麼自命不凡，露絲！你並不像你自己想的那樣有道德感！你所崇拜的是成功。你是最後會嫁給老闆的那種人。你和喬治應該這樣才對。喬治不該和那個小傻瓜羅絲瑪莉結婚，他應該和你結婚。要是他這樣做，就他媽的快活多了。」

「我認為你這是在侮辱人。」

「羅絲瑪莉是個他媽的傻瓜，一向就是。可愛得像隻極樂鳥，笨得像隻兔子。男人一見她就鍾情，但絕不會忠實於她。她就是這麼一種人。而你呢？你就不一樣了，我的老天，要是一個男人愛上了你，絕不會厭倦的。」

他觸到了她的弱點。她突然露出真情說：「要是愛上我？可是他絕不會愛上我的！」

「你是指喬治嗎？別說傻話了，露絲。要是羅絲瑪莉有個三長兩短的話，喬治隨即就會娶你的。」

（是的，這是實話。於是，一切就這麼開始了。）

維克托察言觀色說：「這你和我一樣心知肚明。」

（喬治曾把手輕按在她的手上，他的嗓音親切熱情……是的，這是千真萬確的……他轉過身來，俯身向她……）

維克托輕聲地說：「你應當更有自信才是，親愛的小姐。你能把喬治捏在你那纖細的手指當中。羅絲瑪莉不過是個小傻瓜而已。」

這倒是實話，露絲想道，要不是有了羅絲瑪莉，我本來能讓喬治開口向我求婚的。我對他是有幫助的，我會好好照顧他。

她突然感到心頭升起一團無明火，湧起一股強烈的怨恨。維克托嘲弄地望著她。他喜歡把某些想法灌輸到別人腦裡去，而這一次，則是把人家的想法給掏了出來……

是的，事情就是這樣開頭的……就在和這個第二天就要到地球另一端去的人會面的時候

3 露絲的英文是Ruth，意思是憐憫、同情。

開了頭。回到辦公室的露絲已然不是離開時的露絲了，儘管誰也不曾在她的言談舉止中發覺異樣。

她剛剛回到辦公室，羅絲瑪莉就來了電話。

「巴頓先生出去吃午飯了。有什麼事我可以幫忙嗎？」

「啊，露絲，你能幫忙嗎？那個討厭的雷斯上校剛剛打來電報，說他不能準時來參加我的生日宴會了，問問喬治，他想請誰來頂替。我們的確得再請個男客，我們已經有四個女客了……艾麗絲算是一個，還有姍卓．法拉第，還有……還有誰？我想不起來了。」

「我想，第四位是我。你好意地邀請了我。」

「噢，當然了！看看我，竟然把你給忘了。」

羅絲瑪莉爽朗地輕聲笑了起來。她看不見露絲那陡然脹紅的臉龐和繃緊的下顎。那表示，她被邀請參加羅絲瑪莉的生日宴會是一種恩惠，而這不過是對喬治的一種體貼而已！

「啊，對啦，我們要邀請你的露絲．萊辛，她一定會因為受到邀請而感到高興。再說，她是極有價值的。何況她也頗能登大雅之堂呢。」

露絲．萊辛心中明白，她恨羅絲瑪莉．巴頓。

她恨她是因為她富有，她漂亮，她悠哉遊哉，她沒頭腦。羅絲瑪莉用不著整天在辦公室裡辛苦工作，所有東西都是盛在金盤子裡奉送到她手中。她有愛情，有個寵愛她的丈夫，用不著去工作、去算計……

一個可憎的、滿身優越感、傲慢、膚淺的美人……

「我巴不得你死了才好。」露絲低低地對著對方已經掛掉的話筒說道。

她的話使她自己也大吃一驚。這不像是她會說的話。她向來冷靜、自制、講求效率，從來不發火、不激動。

她自言自語道：「我怎麼了？」

整整一個下午，她對羅絲瑪莉都是忿恨不已。直至一年後的這一天，她對羅絲瑪莉依然夙怨難消。

也許有一天她能忘掉羅絲瑪莉吧，但現在還不行。

她刻意讓自己回憶著十一月的那些日子。

她坐在那裡，望著電話，仇恨的浪濤拍擊著她的心房……

她控制著自己，用愉快的語音向喬治轉達了羅絲瑪莉的交代，並說她可以不參加宴會，以便使出席的人數男女相等。喬治馬上就拒絕了這個建議！

第二天早晨，當她向喬治報告維克托已乘聖克里托巴號離去時，喬治鬆了一口氣，對她很是感激。

「這麼說，他真的坐那條船走了？」

「是的，我是在跳板撤去之前才將錢交給他。」她遲疑了一下，說道：「在船離開碼頭的時候，他揮著手告別，並且喊著：『問候喬治，替我親吻他，告訴他今晚我要為他的健康乾杯！』」

「豈有此理！」喬治說，他又好奇地問道：「你覺得他是個什麼樣的人，露絲？」

她故作冷漠地答道：「噢……和我判斷的差不多。一個意志薄弱的人。」

喬治居然聽而不聞，視而不見！她覺得自己真想喊出聲來。

「你為什麼要派我去見他？你難道不知道他會對我做什麼嗎？難道你不知道，從昨天起，我已經是另外一個人了？你難道看不出我是個危險人物？難道你不知道我什麼都可能做嗎？」

可是，她卻用公事公辦的口吻說道：「關於聖保羅的那封信……」

她儼然又是那個精明強悍的祕書了……

§

五天後。

羅絲瑪莉的生日。

這是辦公室裡最清靜的一天。她去了一趟美容院，穿上一件簇新的黑色外套，臉上巧妙地打扮了一下。鏡子裡照出的臉龐和平日大不一樣了。這是一張蒼白、堅定又懷有恨意的臉寵。

維克托・德雷克說得太好了。她是個毫無惻隱之心的人。

後來，當她注視著桌邊羅絲瑪莉那張發青而痙攣的面孔時，依然毫無惻隱之心。

現在，十一個月之後，她想起了羅絲瑪莉・巴頓，心中突然害怕起來……

03 安東尼・布朗

每當安東尼・布朗想到羅絲瑪莉・巴頓的時候，都不由得皺起眉頭。

和她混在一起，真是個大傻瓜。儘管一個男人這樣做是可以諒解的！當然，她是個容易叫人意亂情迷的女人。在多徹斯特的那個夜晚，他的眼中除了她以外，簡直是什麼都看不上眼了。漂亮得賽過女神……說不定也像女神那樣聰敏呢！

他迷上了她，費盡九牛二虎之力四處找人向她介紹自己。這正是他應當全神貫注於自己事業的時候，他這麼做的確不可寬恕。畢竟，他住在克拉里奇飯店並不是為了尋歡作樂。

但是憑良心講，羅絲瑪莉的可愛之處，足以為一時的失職提供藉口。現在來責備自己還不遲，而奇怪的是，為什麼他曾經那樣鬼迷心竅。幸好還沒做出什麼會懊悔的事。幾乎每次一和她交談，她的魅力就減少一點，於是，事情便恢復到正常的程度，這不是愛情，連迷戀也算不上，只不過是一起度過了一段美好的時光，如此而已。

沒錯，他曾經快樂過，而羅絲瑪莉也是。她跳起舞來就像個天使，無論他帶她走到什麼地方，男人們總是轉過身來目不轉睛地盯著她，這很叫她的同伴怡然自得，只要她別開口講話就行。謝天謝地，幸虧他沒和她結婚。但當你對於她那豔麗的臉蛋和勻稱的身段感到習以為常後，感覺又如何呢？她甚至不太能理解旁人的話。她是那種女孩……喜歡你每天一大清早就在飯桌上對她說你是如何如何熱愛她！

啊，回想起這些事真是愉快。

他曾經迷戀過她，不是嗎？向她獻殷勤，給她打電話，帶她出門，陪她跳舞，在計程車裡吻她。就在那個驚人且不可思議的日子之前，他還像個傻瓜一樣樂在其中呢！

他還能十分清楚地記起她的模樣：耳邊散落著一縷栗髮，深藍色的雙目在低垂的睫毛間閃閃發亮，櫻紅的軟唇微微翹著。

「安東尼．布朗。這真是個好名字。」

他輕輕地說：「這是個非常體面而高尚的名字。英王亨利八世有個大臣就叫安東尼．布朗。」

「我想他是你的一位祖先吧？」

「我不敢保證。」

「你應該不是！」

他揚起了雙眉。

「我是在美國的那一支。」
「不是義大利那一支？」
「哦，」他笑了。「就因為我的皮膚是橄欖色的緣故嗎？我媽媽是西班牙人。」
「這就難怪了。」
「難怪什麼？」
「很多事，安東尼·布朗先生。」
「你看來很喜歡我的名字？」
「我講過了，它是個好名字。」
接著，像打了一個霹靂似的，她說道：「比托尼·莫雷利這個名字要好。」
剎那間，他簡直不敢相信自己的耳朵。真是不可思議！這是不可能的！
他抓住了她的手臂。由於抓得太緊，她甩脫了。
「啊，你抓痛我了！」
「你是從哪兒知道這個名字的？」
他的聲音嚴厲且語帶威脅。
她笑了，為自己製造的效果而感到高興。令人難以置信的小傻瓜！
「誰告訴你的？」
「一個認識你的人。」

「是誰？這可開不得玩笑，羅絲瑪莉。我得知道這人是誰。」

她瞟了他一眼。

「是我一位沒出息的表弟，維克托．德雷克。」

「我從來沒碰過叫這名字的人。」

「我想，你認識他的時候，他不是用這個名字。這是為了顧全家族的面子。」

安東尼緩緩地說：「我明白了。那是在……監獄裡？」

「是的，我正在數落維克托那些放蕩不羈的行為，我告訴他，他是我們大家的恥辱。當然了，他根本沒放在心上。後來他咧著嘴笑說：『我看你也不很講究這些嘛，寶貝。那天晚上，我看見你和一個從前犯過罪的人在一塊兒跳舞……事實上，他是你最好的男朋友之一。我聽說，他自稱安東尼．布朗，可是在監獄裡的時候，他叫托尼．莫雷利。』」

安東尼輕輕地說：「我必須和這位年輕時的朋友敘敘舊。我們這些老難友到哪裡總是難分難解。」

羅絲瑪莉搖了搖頭。

「太遲了，他已經去了南美，昨天坐船走的。」

「原來如此，」安東尼深深地吐了口氣。「這麼說，眼下只有你一個人知道我犯過罪？」

她點點頭，說道：「我不會告發你。」

「你最好不要，」他的聲音變得嚴峻起來。「小心點，羅絲瑪莉，這很危險。你總不希望你那可愛的面容被毀掉吧，啊？有的人還不以損害女孩的美貌為滿足咧，還有好多人被宰了呢。這種事不光是在書本和電影裡才有，現實生活中也會發生。」

「你是在威脅我嗎，托尼？」

「警告你罷了。」

她接受這個警告了嗎？她知道他的話是認真的嗎？這個小傻瓜，她那空空如也的腦袋裡一點理智都沒有。你不可能巴望她管住自己的嘴。儘管如此，他還是嘮嘮叨叨地要她聽話。

「忘掉你聽過托尼．莫雷利這個名字，明白嗎？」

「我一點也不在乎，托尼。我這人很開通，能遇到一個犯人真是刺激。你不必為此而感到羞愧。」

這個無可救藥的小白癡。他冷冷地看著她。在那片刻之間，他忽然不明白自己怎麼會喜歡上她。他一向受不了愚笨的人……哪怕是有漂亮臉蛋的笨蛋也一樣。

「請你忘掉托尼．莫雷利這個名字。」他冷酷地說道，「我可是說話算話的，再也不要提起這個名字。」

他不得不溜之大吉了，這是唯一可行的辦法。這個女人是否能緘口不言，誰也沒有把握。她可是想說什麼就說什麼。

她正在衝他微笑著……一種迷人的微笑，但是他已無動於衷了。

「別那麼凶嘛。下星期帶我去參加賈羅斯家的舞會吧。」

「那時候我就不在這兒了，我要離開了。」

「在我生日宴會前可別走。你別使我失望啊，我等你來。可別說不來呀，我近來得了嚴重的流行性感冒，病得很慘，到現在還覺得全身疲軟。我不能再生氣了，你一定得來。」

他本來可以毫不動搖，放棄這一切，立即就走的。

然而恰在此時，透過一扇敞開的門，他看到艾麗絲走下樓來。艾麗絲身材瘦削，沒有曲線美，面色蒼白，一頭黑髮，眼睛是灰色的。與羅絲瑪莉的姿容相比，艾麗絲是天差地別，但她具備了一些羅絲瑪莉絕無的特質。

他恨自己竟成了羅絲瑪莉膚淺魅力的俘虜，儘管還陷得不深。這時他的感覺就好像羅密歐第一次見到茱麗葉時想到了羅瑟琳[4]一樣。

安東尼．布朗改變了主意。

剎那間，他決心執行一件全然不同的計畫了。

4 見莎士比亞《羅密歐與茱麗葉》一劇，羅密歐在遇到茱麗葉以前，曾熱戀著已發誓終身不嫁的羅瑟琳，然而第一次見到茱麗葉後，他便立即愛上了茱麗葉。

04 史蒂芬・法拉第

史蒂芬・法拉第回想起羅絲瑪莉。使他驚詫不已的是，她的身影總是時時跟隨著他。每當這些回憶出現時，他就竭力驅趕。可是有時候，死去的她——就像她活著的時候那樣——總執拗地不肯輕易離去。

只要一想起飯店裡的那一幕，他的第一個反應就是止不住地渾身打顫。其實沒必要回想這一幕。他將思路又引向更早的日子，想一想活著時的羅絲瑪莉吧，笑嘻嘻的，栩栩如生，正凝視著他的眼睛……

蠢哪，他竟然是這樣一個大笨蛋！

他心中充滿了驚駭，全然令人迷惑不解的驚駭。這一切是怎麼發生的？他真的不明白，它好像把他的生活分成了兩半，其中一半，也是較大那一半，是精神平衡、秩序井然的世界；另一小半則是短暫而模糊的瘋狂狀態。而這兩部分簡直毫不相容。

他竭盡聰明才智，也不具這樣的自知之明，可以意識到這兩部分其實完全結合在一起。每當他冷靜而不感情用事地評價、回顧自己的一生時，常會感到慶幸。從很小的時候起，他就決心要在社會上取得成功，儘管仕途坎坷，開頭又幾次失利，但他終於成功了。

他具有一種質樸的信仰和人生觀。他堅信意志及「有志者，事竟成」。

史蒂芬．法拉第從小就培養出堅定的意志。在生活中，除了靠自己的努力以外，他無法企求得到什麼幫助。那個臉色蒼白的七歲幼童，長著一個好看的額頭和剛毅的下顎。他盡力向上爬，爬得高高的。那時他已經知道無法仰賴雙親。他的母親嫁給一個地位比她還低下的人……並且為之後悔不已。他的父親是個小建築商，為人精明、狡猾、小氣，既被老婆瞧不起，也被兒子蔑視……他的母親是個毫無主見、沒有企望、喜怒無常的人。史蒂芬對她的性格始終茫然不解。有一天，史蒂芬又看見她跌倒在桌旁，一只空空如也的古龍水瓶從張開的手落到地上。他從未想過母親的喜怒無常與她喝香水的癖好有關。她從來不喝烈酒或啤酒，而他也一直不明白，她之所以酷愛古龍水，是因為她還有比胡謅頭痛還更深一層的原由。

直到那時，他才明白他對雙親的感情是如此淡漠，他也敏銳地感覺到，他們對他的感情也不甚深厚。他的個子矮小，和同年齡的孩子差了一大截，還有口吃的毛病。父親說他太娘娘腔。但他只是品行端正，很少惹麻煩。然而他父親倒寧願要一個愛吵鬧的孩子。「我像他那麼大的時候，才調皮搗蛋咧。」有時，看著史蒂芬，他就禁不住埋怨自己的社會地位比老婆低下。看來史蒂芬比較像他媽媽娘家的人。

史蒂芬懷著日益堅定的決心，為自己規畫好了一生。他要成為勝利者。作為對自己意志的第一次考驗，他決心改掉口吃的毛病，練習慢慢地講話，吐出每個字詞之間都要稍微停頓一下。他的努力終於成功，再也不會口吃了。在學校，他一心放在學習上，如饑似渴地希望接受教育。受教育會給你帶來社會地位。不久，他的老師開始對他感興趣了，他們鼓勵他，由此他獲得了一筆獎學金。於是教育部門便對他父母說這孩子前途無量。法拉第先生——這位靠偷工減料致富的營造商——終於願意在兒子的教育上下本錢了。

二十二歲的史蒂芬以一個學業優良的學生、一個才華橫溢的演說者、一個嫻熟文筆的青年從牛津大學畢業了。他結交了一些有用的朋友，熱中政治，也學會克服自己天生的靦腆，培養了值得稱道的社交手腕……謙恭、友善，再加上他那股機敏，於是認識他的人常常脫口而出：「這個年輕人前程萬里。」儘管史蒂芬得到了一位自由黨人的青睞，然而他感到，眼下自由黨是一蹶不振了，於是他加入工黨的行列，而且不久便以「明日之星」的姿態為人們所熟知。但是史蒂芬對工黨並不滿意，他發覺這個黨比它強勁的對手更不善於接受新思想，更墨守成規。而保守黨正在物色有能力、有才華的年輕人。

他們贊同史蒂芬．法拉第的政見，他正是他們中意的那類人物。他爭奪到一個異常穩固的工黨選區，以微弱多數取得了勝利。史蒂芬懷著春風得意的心情，在下議院占據了一個席位。他開始意氣風發了，這正是他所選擇的一條正道。在這條道路上，他能施展全部的才能，實現抱負，他覺得自己不但有治國的本領，而且能夠治理得很好。他有駕馭別人的才能，懂得什麼時候該奉承，什麼時候該對抗。他發誓，總有一天他要進入內閣。

然而，成為議員的那股激動心情一旦平靜下來後，他很快嘗到希望幻滅的滋味。艱苦的競選活動使他大出鋒頭，現在他卻沒沒無聞，只不過是普通議員中微不足道的一員，聽命於黨的議會領袖，只能安分守己而已。在議會裡要一鳴驚人，談何容易啊！年輕人在這裡根本無足輕重。一個人光有才能是不夠的，還需要勢力。

在政治界中，發揮影響力是要靠一些利害關係和家族人脈。你得有後台才行。

他想到了婚姻。在此之前，他對這件事考慮甚少。他只有一種模糊的概念：找一個能夠與他同心齊力為他的生活、抱負奮鬥的漂亮小姐。她能為他生兒育女，並且能夠理解他，為他分憂解勞。這個女人應該想他所想，渴望他獲得成功，並在他功成名就時引以為榮。

有一天，他到基德敏斯特府邸去參加一個大型招待會。基德敏斯特家族的人脈是英國最有勢力的集團。這個家族是——並且一直都是——一個龐大的政治家族。基德敏斯特勳爵，留著拿破崙三世式的小鬍子，他那魁梧而高貴的身軀處處引人注目。基德敏斯特夫人那大木馬一樣的長臉在全英國的公開講壇和各個委員會上，亦人所共知。他們家有五位千金，其中三位姿容出色，但全都不苟言笑，嚴肅認真。他們還有一位公子，目前正在伊頓公學就學。

基德敏斯特夫婦一向很鼓勵黨內的後起之秀。因此，法拉第也被邀為座上賓。

在招待會上，他認識的人不多，到達後約莫二十分鐘，他只好獨自佇立在窗邊。茶桌旁的客人們漸漸散走到別的房間去，這時，史蒂芬注意到桌邊孤零零地站著一位身著黑衣的高個子女孩，一時間，她似乎有些茫然不知所措。

史蒂芬・法拉第在選擇容貌方面獨具慧眼，他猛地想起那天早晨，他在地鐵裡聽見一位女乘客在聊家常，他頗有興趣地掃了她一眼，原來她正在那裡轉述著基德敏斯特勳爵的第三個女兒亞歷姍卓・海爾小姐的傳聞，下面就是其中的一個片段：「她的性情非常羞澀、孤僻，還喜歡小動物……亞歷姍卓小姐正在學習家政課程，因為基德敏斯特夫人認為她的女兒應該精通各種治家之道。」

現在，站在他眼前的應該就是亞歷姍卓・海爾小姐了。史蒂芬以過來人之姿，準確無誤地察覺到她也是一個靦腆的人。亞歷姍卓是五個女兒中相貌最平庸的一位，因此她總是感到自卑。儘管她所受的教養和姐妹們一樣，然而她總是不如她們那樣應付自如。這真叫她的母親大為惱火：「姍卓[5]必須加油才行呀，怎麼會那麼笨手笨腳的啊。」

這些史蒂芬當然是不知道的了，但他明白這位小姐覺得不自在，並且怏怏不樂。突然，他感到一陣自信湧上心頭。這是天賜良機！「抓住它，你這個傻瓜，抓住它，機不可失！」

他穿過屋子走到餐櫃旁，站在那女孩旁邊，拿起一塊三明治，隨後他轉過身來，鼓起勇氣，神情緊張地說（並不是故作緊張，而是真的感到慌忙）：「和您談談話，您不會見怪吧？在這裡我認識的人不多。看得出來，你也一樣。請別見怪。事實上，我是個很靦、靦……靦腆的人。」多年前那口吃的毛病來得恰到好處。「而……而我想，你也是個靦、靦……靦腆的人，對吧？」

女孩的臉刷地一下紅了，她張了張口。果然不出他所料，她一時不知如何對答。「我是主人的女兒」，這樣的話實在難以出口。不過，她倒是平平靜靜地承認道：「的確，我……我是個靦腆的人。我一直都這樣。」

史蒂芬馬上接著說：「這真是個惱人的毛病。我真不知道怎麼才能克服它。有時候，我只是張口結舌，完全說不出話來。」

「我也一樣。」

他接著談了下去，講得很快，而且略微有些口吃。他的神態中帶有一種孩子般的誠懇。幾年以前，這種神態是他的自然流露，現在卻是故意保持並刻意培養的了。那是一副稚氣、天真、使人疑慮頓消的神情。

他將談話引到戲劇方面，談起一齣正在上演並引起轟動的戲。姍卓已經看過這齣戲。於是他們便討論起來。這戲涉及社會服務的一些問題，這樣，他們又就有關措施進行了深入的探討。

史蒂芬沒有躁進，他看見基德敏斯特夫人走進房間，並用目光搜尋著她的女兒。目前他還沒有打算讓人引見，於是他低聲告別。

5 姍卓是亞歷姍卓的暱稱。

「和你交談真叫人開心。在碰到你之前，我簡直厭惡透了眼前的一切。謝謝你。」

他滿心歡喜地離開了基德敏斯特府邸。他已抓住了良機，現在該是鞏固局面的時候了。

此後幾天，他都在基德敏斯特府邸附近徘徊。有一次，姍卓和她的姐姐一起出門，又有一次，她獨自離家，但行色匆匆。於是他搖了搖頭。不行，她顯然是去赴某個特別的約會。大約在那次宴會後的一個星期左右，他的耐心終於得到了回報。一天早晨，她牽著一隻黑色的蘇格蘭犬走出門，然後步態悠閒地轉向公園走去。

五分鐘後，一個年輕人從對面快步迎來，在姍卓前面站住了腳，他愉快地喊道：「真是太幸運！我沒想到還能再見到你。」

他的聲音充滿欣喜，使她臉上泛起一層淡淡的紅暈。

他彎腰對著那隻狗說：「多可愛的小傢伙呀，牠叫什麼？」

「麥克塔維什。」

「啊，道地的蘇格蘭名字。」

他們談了一會狗經，接著，史蒂芬帶著一絲窘迫的表情說道：「那天我忘了把我的名字告訴你，我叫法拉第，史蒂芬·法拉第，一名小議員。」

他探詢地望著她，看見她兩頰又紅了起來。

「我叫亞歷姍卓·海爾。」

他的反應堪稱一絕，就像又回到了當年在牛津大學的戲劇社團，他把驚訝、會意、沮喪和困惑的表情，一下子全秀了出來。

「噢，原來你就是亞歷姍卓．海爾小姐啊，你……我的天哪！那天你一定認為我是個大傻瓜吧！」

她覺得自己總得有些反應才是，出於教養和天生的善良，她盡力使他寬心，讓他獲得自信。

「那天我應該把自己的名字告訴你的。」

「這我早該知道才是。你一定覺得我很可笑吧！」

「你怎麼可能知道呢？再說這又有什麼了不得？法拉第先生，請別煩惱了。我們到曲池[6]走走吧，你看，麥克塔維什都等不及了。」

從那以後，他和她又在公園裡碰了幾回。他向她談起自己的理想抱負。他們一起討論政治，他發現她十分聰明，見多識廣，而且富於同情心。她頭腦精明，見解極為持平公正。現在，他們已經算是朋友了。

當他再次獲邀參加基德敏斯特府邸的宴會時，又獲得了進一步的良機。因為在宴會前的最後一刻，他們發覺缺了一位男賓，基德敏斯特勳爵夫人為此絞盡腦汁，這時姍卓平靜地說

6 倫敦海德公園內的一個池塘。

道：「請史蒂芬．法拉第怎麼樣？」

「史蒂芬．法拉第？」

「是的，那天他來出席過你的招待會。從那以後，我又見過他一兩回。」

於是，他們去找基德敏斯特動爵商議。結果他極力稱揚這位在政界大有前途的年輕人。

「是個很有才氣的後生之輩，相當傑出。他的家族固然沒沒無聞，不過總有一天，他會揚眉吐氣的。」

就這樣，史蒂芬前來參加宴會，而且表現得很出色。

「這是一個值得結識的年輕人。」基德敏斯特動爵夫人說道，不由自主地流露出傲慢的神情。

兩個月後，史蒂芬決定碰碰自己的運氣。那一日，他們坐在海德公園的曲池旁邊，麥克塔維什坐在地上，頭靠在姍卓的腳上。

「姍卓，你知道……你一定得知道，我愛你。我希望你能和我結婚。要是我沒有自信有朝一日必會成名的話，我是不會向你求婚的。我堅信這一點。我發誓，你不會為你的選擇而後悔。」

她說：「我不會後悔。」

「那麼，你真的願意？」

「你還不明白嗎？」

「我希望……但是我不確定呀。你知道，當我第一次在那個房間看到你，我就愛上你。當時我是鼓足了勇氣才走過去和你攀談。我這一生中還沒那樣膽怯過呢。」

她說：「我想，我也是從那個時候就愛上你了……」

然而好事多磨。姍卓平靜地宣布自己要和史蒂芬・法拉第結婚，此舉立即招致全家人的反對。他是何許人？他們對他有多少了解呢？

在基德敏斯特勳爵面前，史蒂芬毫不隱諱地談起自己的家庭和出身。他忽然想到，他的雙親都已亡故，這對自己的前程倒是有利的。

但是，基德敏斯特勳爵卻對妻子說：「嗯，這件事可能很棘手。」伯爵很了解他的女兒。他明白，女兒平靜的外表下隱藏著一顆不屈不撓的決心。如果她想要嫁給這個人，那她就非嫁不可，她是不會屈服的！

「不過他倒是個有前途的年輕人，只要稍加支持，他就會出人頭地。天知道我們應該怎樣應付這些年輕人。他看起來還算正派。」

於是，基德敏斯特夫人勉勉強強同意了，她並不以為女兒是結了良緣。誠然，姍卓是家裡幾個女兒中最難嫁出去的一個。蘇姍是個美人，艾絲特有頭腦，黛安娜是個聰明的孩子，已經和年輕的哈威奇公爵結婚……他是這個社交季中最出色的如意郎君。相形之下，姍卓就太缺少魅力了，而這正是她靦腆的原因。假如這個年輕人的前途真像大家所想的那樣……

她讓步了，一邊嘟囔著。

「可是當然了，得用些影響力才行……」

這樣不管是好是壞，亞歷姍卓．凱瑟琳．海爾反正是嫁給了史蒂芬．倫納德．法拉第了。他們辦了一場時髦的婚禮，姍卓穿著帶有布魯塞爾花邊的白色緞子禮服，還有六個儐相、兩個小花僮，以及其他必不可少的一切。他們到義大利度了蜜月，回來以後，住在西敏區的一棟漂亮的小房子裡。此後不久，姍卓的教母謝世，給她留下一棟非常可愛的安妮女王時代的莊園宅邸。對這對年輕夫婦來說，真可說是一切如願以償。史蒂芬以嶄新的熱情投入議會的生活，姍卓則全力相挺，全心全意支持他的抱負和理想。有時候，史蒂芬簡直不敢相信命運之神竟待他如此寬厚：與基德敏斯特派系的關係，使他在仕途上直步青雲。他本人的能力和才華又因機緣所賦予他的地位得到發揮。他相信自己的才能，並準備不遺餘力地為國家謀福利。

他常常隔著桌子望著妻子，覺得她的確是一個十分得力的助手，正是他夢寐以求的對象。他喜歡她頭部和頸項間那可愛而清晰的線條，喜歡她平直雙眉下那雙淡褐色、直率的眼睛，那雪白而隆起的額頭和略帶傲氣的鷹鉤鼻。他想，她就像一匹賽馬一樣……如此精心調教，如此富有教養，如此高傲矜持。他發現她也是一個理想的伴侶，他們的思想總是朝同一個方向馳騁，能迅速地得出相同的結論。是的，他想，史蒂芬．法拉第，這個鬱鬱寡歡的年輕人，把自己料理得如此盡善盡美，人生的發展完全合乎他自己的心意。他今年不過才三十出頭，而功成名就已是不遠的事了。

就在他志得意滿之際，他偕妻子到聖莫里茨去度了十二天的假期。在那家旅館的前廳，他見到了羅絲瑪莉．巴頓。

當時他究竟是怎麼搞的，他自己永遠也不會明白。恍如一種浪漫的報復，他曾對另外一個女人說過的甜言蜜語，這時倒變成了事實。隔著前廳看了一眼，就使他墮入了情網。他深深地、不可遏止且瘋狂地愛上了羅絲瑪莉。這是一種極度渴望、不顧一切、少男初戀般的愛情，這是種多年以前已該經歷而今早可斷念的激情。

他總認為自己不是個多情種，一兩次未能持久的歡情，適度的調情……這就是他所知道的「愛情」。肉體上的歡樂完全不能打動他。他對自己說，在這類事情上，他是太挑剔了。

假使有人問他，他是否愛自己的妻子，他會答道：「那還用說。」但他心裡十分明白，假設她是個一文不名的鄉紳之女，那他怎麼也不會想到要與她結婚。他喜歡她，欽佩她，深深地鍾愛她，並且也因她為自己所帶來的一切而真心感激她。

可是這次，他像個乳臭未乾的少年那樣放肆而痛苦地熱戀起來了。這可真是他始料未及的事。除了羅絲瑪莉以外，他什麼也不想。他只能想著她那嫣然含笑的臉蛋，濃密的栗色秀髮，微微扭動的勾魂腰肢。他吃不下，睡不著。他們一起去滑雪，一起跳舞。當他摟著她翩翩起舞的時候，他覺得只要能得到她，他便於世無求了。他就是這樣地痛苦著，強烈、持久地痛苦著……這就是所謂的愛情！

他感謝命運之神賦予他一種即使傾心於愛情時仍然能保持冷靜的稟賦。除了羅絲瑪莉本人以外，絕不能讓人猜疑，不能讓人窺見他的感情。

巴頓夫婦比法拉第夫婦早一個星期離去。於是史蒂芬便對姍卓說，聖莫里茨實在是沒意思，他們是不是把時間縮短一下，提前回倫敦去？她非常順從地同意了。在他們返回倫敦後兩週，他就成了羅絲瑪莉的情夫。

這是一段奇特而銷魂的光陰，狂熱而虛幻。這段時光持續了有多久？最多六個月。在這六個月當中，史蒂芬照舊去工作，造訪自己的選民，到議會裡質詢，在各種各樣的會議上發言，並與姍卓討論政治，可是腦子裡卻只思念著一個人——羅絲瑪莉。

他們在一間小公寓裡幽會，這裡有她美麗的身影，有他對她熱烈的愛撫，有她對他深情的依偎和擁抱。這是一場夢，一場迷戀於肉體的夢。

夢總是要清醒的。

這番清醒似乎來得十分突然。好像從一個隧道裡一下子走到光天化日之下一般。

前一天，他還是個暈頭轉向的地下情夫，可是第二天，他又成了史蒂芬．法拉第了，他想，也許不該如此頻繁地與羅絲瑪莉會面。乾脆結束了吧，他們在玩火呢！要是姍卓起了疑心……他偷眼瞄著早餐桌對面的姍卓。謝天謝地，她還沒起疑，一點也沒有察覺。然而，他最近一些外出的藉口委實也太勉強了。要是換成其他女人，早就嗅出其中的古怪了。謝天謝地，虧得姍卓不是那種疑神疑鬼的女人。

他深深地吐一口氣。的確，他和羅絲瑪莉也太大意了！她丈夫居然這麼不懂世情，真是奇哉怪哉。這個從不懷疑人的傻蛋……虧他還比她年長許多呢。

她是個可愛透頂的小寶貝……

猛然間，他想起了高爾夫球場。清爽的涼風掠過沙丘，圍著高爾夫球桿轉……揮動一號球桿，來一個漂亮、俐落的發球，再用五號球桿輕輕一挑。男人的運動，那裡全都是穿著寬大運動褲、叼著菸斗的男人。高爾夫球場是不准女人進去的！

他突然向姍卓說：「我們到費黑文去怎麼樣？」

她抬起頭來，大吃一驚。

「你想去那裡？你走得開嗎？」

「一個星期之內沒問題，我想打高爾夫球。最近老覺得疲憊不堪。」

「你要是願意，我們明天就去。不過，和阿斯特利夫婦的見面要延後了，我也必須取消星期二的會議。可是，洛瓦特夫婦的事怎麼辦呢？」

「哦，也算了吧，我們可以想些理由出來的，我想離開這裡。」

在費黑文的日子過得十分寧靜。他和姍卓帶著狗兒在露台上、在圍牆環繞的老花園裡休息，到桑德利希思打高爾夫球；或是在傍晚時分，牽著麥克塔維什到田野去散步。

他覺得自己像個大病初癒的人一樣。

當他收到羅絲瑪莉的來信時，不由得緊鎖雙眉。他已經告訴過她不要寫信來了，這是件十分危險的事情。姍卓倒是沒問起信從哪兒來，儘管如此，寫信也是不明智的。況且僕役們也不全都可靠。

他將信拿進自己的書房，煩惱地扯開信封。一頁又一頁，簡直是連篇累牘。但是當他讀信的時候，往日舊情又控制了他。她崇拜他，比以往更加愛他了。她無法忍受，整整五天見不到他。他也這樣想嗎？「豹子」掛念他的「衣索比亞美人」嗎？

他微笑著嘆了口氣。這個滑稽的外號是來自他為她買了一件她所喜歡的帶斑點男式睡衣。豹子身上的斑點是會改變顏色的，所以他對羅絲瑪莉說：「親愛的，你可千萬別變換膚色喔。」自那以後，她便叫他「豹子」，而他則叫她「黑美人」。

真是傻得要命。是的，傻透了。她一寫就是這麼多頁，這倒是她的一片癡情。然而不管怎麼說，她不該這樣做。真該死，他們應該小心謹慎才是！要是嗅到了一點風聲，姍卓可不是那種能容忍這種事情的女人。寫信是件危險的事，這一點他已經囑咐過羅絲瑪莉了，但她為什麼就是等不及他回城呢？真該死，其實再過兩三天他就可以和她見面了。

第二天早晨正在用早餐時，他又接到一封信。這次他心裡馬上開罵了。他覺得姍卓的眼光在信上停留了一兩秒鐘，但她什麼也沒說。老天爺，幸虧她不是那種對男人的信件盤查不休的女人。

吃過早飯，他乘車到八英里外的一個市鎮，他不能在村子裡打電話。他打通了羅絲瑪莉的電話。

「喂，是你，羅絲瑪莉嗎？別再寫信來了。」

「史蒂芬，親愛的，聽到你的聲音真叫人高興！」

「小心點，有人聽到你說話嗎？」

「當然沒有。啊，我的天使，我真想你。你想我嗎？」

「是的，當然想了。可是別再寫信了，這樣太危險。」

「你喜歡我的信嗎？它有沒有讓你覺得我是和你在一起？親愛的，我真想時時刻刻都和你在一起。你也這樣覺得嗎？」

「是的……可是別在電話裡講了，小乖乖。」

「你也謹慎得太可笑了。這有什麼關係？」

「我也很想你，羅絲瑪莉，我絕不能為你帶來麻煩。」

「我才不在乎呢，這你是知道的。」

「唔，我可在乎，寶貝。」

「你什麼時候回來？」

「星期二。」

「那我們星期三在公寓見面。」

「好吧……呃，好吧。」

「親愛的，我簡直等不及了，你能不能找個藉口，今天就回來？噢，史蒂芬，你辦得到的！找個工作方面的理由或其他什麼藉口吧！」

「我想這是不可能的。」

「我不相信你有我一半想你。」

「瞎說，我當然一樣想你。」

打完電話後，他感到十分厭煩，為什麼女人總要這麼輕率任性呢？羅絲瑪莉和他一定要更加小心才是。他們得減少那種頻繁的會面。

後來事情就更棘手了，因為他忙了起來，非常忙，簡直不可能再在羅絲瑪莉身上花那麼多時間了，然而叫人煩惱的是，她似乎並不理解這些。他反覆地向她解釋，但她就是不聽。

「噢，你那些亂七八糟的政治事務，好像它們有多重要似的。」

「可是它們……」

她就是不明白，也不在乎，她對他的工作、他的抱負、他的前程毫無興趣。她唯一所想的，就是要聽他一遍又一遍地說他愛她。

「你還和以前一樣嗎？再告訴我一遍，你真心誠意地愛我，好嗎？」

是的，他想，她一直認為此乃理所當然！她是個可愛的小女人，十分可愛，但麻煩的是，你簡直無法和她「交談」。

麻煩的是，他們打從一開始就過於頻繁見面，你無法對任何事永遠保持狂熱。他們必須減少見面的次數，不要黏得那麼緊。

但是這讓她不高興了，非常不高興。現在她經常責備他。

「你不像以往那樣愛我了。」

這時，他就不得不給她吃顆定心丸，發誓說他還是一如既往地愛她。而她則不斷反覆提起他以前的那些甜言蜜語。

「你還記得那時候你說過，要是我們死在一起，互相擁抱著長眠不醒，那該有多美嗎？你記不記得，那時候你說，我們找一輛大篷車一起到沙漠上去住，那兒只有星星和駱駝，我們可以把世間的一切都忘掉嗎？」

一個人在戀愛的時候，怎麼淨說些該死的傻話啊！在那時候，這些話並不顯得愚蠢，然而當沸騰的熱血冷卻下來時，再聽到這些話真叫人心煩！為什麼女人就是不懂拿捏分寸呢？要知道，一個男人要是曾經像個傻瓜，他是不願意老讓人提起的。

有時，她會突然提出一些毫無道理的要求來。譬如說，他能不能出國到法國的南部去，然後她在那裡與他會合？要不就去西西里或科西嘉，在那裡你絕對碰不到認識你的人。史蒂芬冷冷地說，世界上沒有那種地方。在那些最不可能的地方，你就是會碰到你久未謀面的老同學或什麼的。

這時，她講出了讓他心驚膽戰的話來。

「哦，可是就算如此，也沒什麼要不得的吧？」

他警覺起來，懷著戒心，心突然涼了半截。

「你這話是什麼意思？」

她對著他莞爾一笑。要是在往日，這迷人的笑容肯定會使他神魂顛倒，心醉神迷。然而現在，同樣的一笑，卻叫他感到不耐煩了。

「豹子，親愛的，我覺得這種偷偷摸摸的日子太沒意思、太不值得了。我們一起走吧，別再遮遮掩掩了。喬治會和我離婚，你妻子也會和你離婚，然後，我們就能結婚了。」

果然！簡直是災難、毀滅！但她居然毫不明白！

「我不會讓你這麼做。」

「可是，親愛的，我不在乎，我不是個老派的人。」

但我是，我是啊，史蒂芬想道。

「我認為愛情是世間最至高無上的事。人家愛怎麼想就隨便他們，那和我們有什麼關係呢？」

「那和我有關係，親愛的，要是這種醜聞公開了，我的前程就斷送掉了。」

「那又有什麼關係？世上還有千千萬萬你可以做的事嘛。」

「別傻了。」

「你幹嘛非得做出什麼事業呢？我有的是錢，你知道，我是說，錢都是屬於我的，不是喬治的。我們可以漫遊世界，到一個最迷人的世外桃源去。也許那個地方從來沒人去過。要不我們就到太平洋的一個小島上去。想想，炎熱的太陽，蔚藍的大海，還有珊瑚礁。」

他根本不想要這些。一個南海島嶼！淨是這種癡人說夢的念頭。她把他看成什麼人了，一個海灘上的流浪者？

他望著她，從前那些障眼的迷霧現在全都消散了，她就是那麼一個頭腦簡單又漂亮可愛的小東西！他以前簡直是瘋狂了，完完全全、徹頭徹尾的瘋狂。然而現在他又清醒了。他必須擺脫這個困境。他要再不小心謹慎，她將會毀掉他的整個生活。

他說的那些話，不知有多少男人在他之前就講過了。他們必須結束這一切，他在信中這樣寫道，這對她只有好處，他不能冒險為她帶來不幸，她永遠不能理解，等等等等。

一切都結束了，他必須讓她明白這個道理。

但她偏偏就是不肯理解這一點，她做不到。她崇拜他，比以前更加愛他，沒有他，她活不下去！她唯有把真相告訴她丈夫一途，而史蒂芬也該告訴他的妻子。

他記得，他坐在那裡，手中拿著她的信，渾身發冷。這個小傻瓜！這個纏人的小傻瓜！她竟然想把這一切告訴喬治．巴頓，喬治會和她離婚，並將他列為離婚案件的共同被告。姍卓必然會和他離婚，這一點他毫不懷疑。她曾經談過她的一個朋友，當時她略帶驚異地說：「要是她發現他和另一個女人有關係，除了和他離婚，她又能怎樣呢？」姍卓是會這樣想，她稟性高傲，絕不會和別的女人去分享一個男人。

這樣，他就糟了，全完了……有權有勢的基德敏斯特也不會支持他了。儘管社會輿論對這種事比以前寬容多了，但頂著這樣一樁醜聞他無法生活下去。不管怎樣，絕不能落到那步田地！他不能因為狂熱地迷戀一個傻女人，而和自己的夢想、雄心壯志告別，讓一切都夭折、破滅……這只是一場幼稚可笑的戀愛，如此而已。他是在一個錯誤的時機進行了一場幼稚可笑的戀愛。

他將失去他用生命所擲下的一切賭注，代之以失敗和恥辱。

他將失去姍卓……

突然間，他感到震驚，他意識到這正是他最不願意發生的事。他將失去姍卓。姍卓，這個長著雪白方正前額、清澈淡褐眼睛的姍卓，他最親密的朋友和伴侶，他驕傲、高尚、忠實的姍卓……不，他不能失去姍卓，他不能……他寧可失去一切，也不能失去姍卓。

他的額頭冒出了一片汗水。

不管怎樣，他必須解決這個困境。

不管怎樣，他必須讓羅絲瑪莉聽進他的道理……可是她會聽嗎？羅絲瑪莉是不明事理、毫無理智的。想想吧，假如他告訴她，他還是愛著妻子……不，她不會相信這番話的，她是個如此愚蠢的女人。胸大無腦，愛纏人，渴望占有。而且她還依舊愛著他……糟就糟在這裡。

無明怒火在他心頭升起。怎樣才能讓她安靜下來呢？堵住她的嘴嗎？他苦惱地想著。除了給她一劑毒藥，別無他法。

一隻黃蜂在他旁邊嗡嗡地飛著，他心不在焉地瞧著牠。這隻黃蜂飛進了那個雕花果醬罐裡，又試圖飛出來。

他想著，就跟我一樣。牠被蜜糖誘惑而陷了進去，現在飛不出來了，可憐的小東西。但是他，史蒂芬・法拉第，是無論如何也要抽身而出的。時機，他必須看準時機。

恰好在這個時候，羅絲瑪莉得了流行性感冒，臥病在床。他照例問候了她，送上一大束鮮花。這使他得以喘一口氣。下個星期，姍卓和他將去參加巴頓夫婦的一個宴會——羅絲瑪莉的生日宴會。羅絲瑪莉曾經講過：「在我生日之前，我什麼也不會做……不然對喬治來說就太殘忍了。他為這個生日宴會煞費苦心，他心地太好了。等生日宴會辦完，我們就要開誠布公地談一談。」

想想，要是他惡狠狠地告訴她要把一切都結束掉，他再也不想繼續下去了，這會怎麼樣呢？他渾身戰慄起來，不，他可不敢那樣做，要是那樣，她會歇斯底里地衝去找喬治，甚至會去找姍卓。他似乎可以聽到她那心煩意亂的悲呼了……

「他說他再也不要了，但我知道那是假話，他只不過是想要恪盡夫職，和你捉迷藏而已。我知道你會同意我的看法，當人們相愛的時候，誠實是唯一的道路。這就是我請求你還給他自由的原因。」

她絕對能夠滔滔不絕講出這番令人噁心的廢話。而姍卓呢，則一定會面帶傲慢與輕蔑地說：「他可以得到自由！」

姍卓不會相信她的話，她何必相信呢？但只要羅絲瑪莉把那些信拿出來——那些他寫給她的信，愚蠢透頂的信，天知道他在裡面說了些什麼……就足以使姍卓深信不疑了。他還從未給她寫過這樣的信呢。

他必須想點辦法。想點能叫羅絲瑪莉保持安靜的辦法。「可惜，」他冷酷地想著，「我們不是生活在博基亞時代[7]……」

一杯加了毒藥的香檳酒，大概是唯一可讓羅絲瑪莉緘口不語的東西了。

是的，他確實往這方面動腦筋了。

「她的香檳酒杯裡放有氰化鉀，她的晚用提包裡也有氰化鉀。流行性感冒後的精神失調。」

餐桌對面，姍卓的眼光和他的碰到了一起。

這是將近一年前的事了，而他卻難以忘懷。

7 博基亞（Cesare Borgia）是義大利軍事領袖和紅衣主教；博基亞時代指的是封建野蠻的中世紀。

05

亞歷姍卓・法拉第

姍卓・法拉第從未忘卻羅絲瑪莉・巴頓。

此刻她正在回憶著羅絲瑪莉，回想起那天晚上她撲倒在飯店餐桌上的情景。

她記得當時她倒抽了一口冷氣。當她抬起頭來時，發現史蒂芬正在注視著她。

他是不是從她眼中窺出了真相？他是否看出她眼中那種憎惡、恐懼與慶幸交織的眼光？

現在，事情過去快一年了，但一切就好像昨天才剛發生。羅絲瑪莉已然成為回憶。這太真實了，真實得叫人毛骨悚然。如果一個人已經死去，卻依然活在你的心裡，真不是件好事。羅絲瑪莉就是這樣，她依然活在姍卓的心中……她也活在史蒂芬的心中嗎？她不知道，但她認為很有可能。

盧森堡飯店，那個菜餚精美、服務周到、陳設豪華但又令人厭惡的地方，那是個無法迴避的所在，因為人們總是邀請你上那兒去。

她情願忘掉那些事……可是種種事物都引她落入舊日回憶。現在，甚至連留在費黑文的那棟鄉間別墅都無法擺脫這種記憶，因為喬治．巴頓他們也住進了附近的「小修道院」。喬治．巴頓這樣做真叫人納悶。他真是個古怪的人。她根本不願意和這種人做鄰居。他在「小修道院」出現後，完全破壞了費黑文的美好與寧靜。直到今年夏天，這地方還一直是個療養與休息的好去處，在這裡她和史蒂芬十分快樂……哦，他們是否曾經擁有快樂？

她的雙唇緊緊抿在一起。是的，有過成千上百次，是的！要不是因為羅絲瑪莉，他們本來可以過得十分幸福。就是這個羅絲瑪莉，破壞了她與史蒂芬建立起來的信賴與默契。由於某種原因、某種天性，她將自己對史蒂芬的愛和始終不渝的忠誠深埋在心底。其實，從那天史蒂芬在基德敏斯特府邸向她走來，做出一副扭捏的姿態，並假裝不知道她是誰而與她攀談的那一刻起，她就愛上了他。

然而，其實他心裡是什麼都盤算好的。她也說不上是什麼時候她才明白這點。在他們婚後不久，有一天，他向她述說他為了通過某個提案而如何施展了精明的政治手腕。

這時，有個念頭閃過了她的腦海。「這好像提醒了我什麼，到底是什麼呢？」不久她就明白過來了，原來那天他在基德敏斯特府邸玩的就是同樣的把戲。

她平心靜氣地默認了這個事實，彷彿這是她很早就意識到的事，只不過現在它浮到腦海的表面上而已。

從結婚的那天起，她就明白，他愛她並不如她深，但轉念一想，她又覺得也許他根本不能愛吧！他們之間的愛情動力，只是她單方面的不幸天賦。她知道，不顧一切地去愛、強烈地去愛，在女人中也是不常見！她願意為他殉情，她可以為他去說謊行騙，圖謀不軌，受苦受難！她傲然、默默地扮演好他為她安排的角色。他需要她的合作、她的體諒、她那實際又機智的幫助。他需要她，但不是她那顆心，而是她的智慧和她身分帶來的種種有利條件。

有事她永遠不會做，那就是向他表現他永遠不可能回報的情意，從而使他受窘。但她由衷地相信他喜歡她，有她作伴他是愉快的。她預見她心靈上的負擔將日益減輕，她會得到一種充滿溫暖與友誼的未來。

她覺得，從他的角度來看，他可以算是愛她了。

然而就在這時，羅絲瑪莉出現了。

有時她會納悶到痛苦地咬緊嘴唇。他居然會以為她不知道呢！其實，在她頭一次看見他瞧著那女人的神情時——在聖莫里茨——她心裡就明白了。

她也知道那個女人成為他如夫人的確切日子。

她嗅得出那個女人身上搽的香水……

她從他那出神發呆的眼神裡，可以看出他在回味什麼、思念什麼。他在想那個女人，那個剛剛和他分手的女人！

她麻木地想道，她所承受的痛苦和折磨，很難加以平復。

她日復一日地忍受著這該死的折磨，支撐著她的唯有她對勇氣的信念以及她那天生的驕傲。她不願、永遠也不願把她的感受流露出來。她的體重下降了，愈來愈瘦，愈來愈蒼白，臉上和雙肩就像皮包骨一樣。她可以強迫自己吃飯，但無法強制自己入睡。她睜著乾澀的眼睛，盯著一片黑暗，躺在那裡挨過那漫漫長夜。她不想吃安眠藥，她認為那是軟弱的表現，她會堅持下去的。要她去表示自己受到傷害、去懇求、去抗議……這是決然辦不到的。

她唯一的一絲安慰，一點可憐的慰藉，就是史蒂芬不打算離開她。當然他這是為了自己的前途，並非捨不得她。但這畢竟是事實：他不打算離開她。

也許有一天，這種鬼迷心竅會過去的……

不過他怎麼會看上那個女人呢？她迷人、漂亮，但這樣的女人多得是。羅絲瑪莉身上到底有什麼東西讓他如醉如癡呢？

她頭腦空空，愚蠢至極，甚至不討人喜愛……姍卓特別注意到這一點。如果她機智、嫵媚、富有挑逗性，那就是另外一回事，這些才是能夠籠絡住男人的東西。姍卓執著地相信，這件事總會結束的，史蒂芬總有一天會對此感到厭倦。

她深信，他一生的主要興趣是在工作上。他一定要做出一番大事業，他自己也明白這一點。他具有政治家的頭腦，並且樂於運用它。這是他一生中注定要做的事情。當這種迷戀開始減退以後，他應該就會明白過來吧？

姍卓片刻也沒有想過要離開他，甚至連念頭都沒冒出。她的肉體和靈魂都已經屬於他，取捨悉聽他尊便。他就是她的生命、她存在的意義。中世紀的忠貞愛情之火在她心中熊熊燃燒。

曾經有那麼一段時間，她心中升起了希望。在他們一起去費黑文的時候，史蒂芬似乎已稍微恢復了常態。她突然感到他們之間那種互重互諒又回來了。希望在她胸中湧起。他依然是需要她的，有她作伴，他仍能感到快樂，他又開始依賴她的判斷了。他逃開了那女人的糾纏。

他顯得快樂多了，更像他自己。

事情根本沒有到了不可挽救的地步，他開始覺悟了。要是他能夠下決心和那個女人一刀兩斷的話，那就……

然而，當他們返回倫敦以後，史蒂芬舊疾復發。他看上去十分憔悴，憂心忡忡，滿面病容，簡直無法安心做自己的工作。

她認為她明白其中原委。一定是羅絲瑪莉要求私奔……他正在下定決心，要和他最眷戀的一切割斷關係。真是愚蠢！瘋狂！他是那種總把工作放在首位的人，非常典型的英國人。他一定明白，自己已經深陷泥淖了。是的，他是明白的，但羅絲瑪莉十分可愛，卻又很傻。為了一個女人拋棄事業隨後又懊悔不已的人不乏先例，史蒂芬不會是第一個！

有一天在某個雞尾酒會上，姍卓無意中聽見了幾個字：「……要和喬治講明白，我們一定得下決心。」

此後不久，羅絲瑪莉就因為感冒病倒了。

一絲希望又在姍卓的心中升起。她大概會得肺炎吧，人們在感冒以後往往會得肺炎。去年冬天，她的一個年輕朋友就是這麼死的。要是羅絲瑪莉死了的話……

她不想再壓制這個念頭了，她沒有被自己的想法嚇倒。她頗有古人之風，能夠保持鎮靜而不自尋煩惱地去憎恨。

她恨羅絲瑪莉．巴頓。要是想法能殺人，她早就把她殺了。

可是，想法是殺不了人的。

光想是無濟於事……

那天晚上，在盧森堡飯店的女更衣室裡，她碰上了羅絲瑪莉。只見她那件淺灰色的狐皮披肩從肩頭輕輕滑下……她多漂亮啊！自從她生病以後，顯得又瘦又蒼白，但一種優雅的神態反倒使她的美麗更具一番韻味了。她站在鏡子前，正抹著臉……

姍卓站在她身後，從鏡子中看著她們兩人的影像。她自己的臉就像是用什麼東西雕成的一樣，冷冰冰的，沒有生氣。這張面孔毫無表情，你一定會說，這是一個冷酷無情的女人。

這時，羅絲瑪莉說道：「哦，姍卓，是不是我把鏡子占住了？我已經弄好了。這討厭的流行性感冒，把我都給整垮了。看我這副模樣。現在我還覺得身體十分虛弱呢，頭也好疼。」

姍卓禮貌地關心問道：「今天晚上頭還疼嗎？」

「有一點。你有帶阿斯匹靈來嗎？」

「我帶了一瓶止痛劑。」

她打開自己的皮包，拿出膠囊，羅絲瑪莉接過來收下了。

「我先放在我提包裡，以防萬一。」

巴頓的祕書，那位精明的黑髮女孩，看見了這個舉動。接著，她也到鏡子前，往自己的臉上淺淺地撲了點香粉。她是個好看的女孩，可以稱得上俏麗可人。姍卓有這樣的印象……她也不喜歡羅絲瑪莉。

這時，她們走出了更衣室。姍卓在前，接著是羅絲瑪莉，萊辛小姐殿後……哦，當然，還有羅絲瑪莉的妹妹艾麗絲。她也在更衣室裡。這女孩心情興奮，一雙大大的灰色眼睛，穿著一身女學生式的白洋裝。

她們走出去以後，和大廳裡的男人們會合在一起。

領班這時趕忙奔了過來，為他們領座。他們穿過一道大圓頂的拱門，走進餐廳。那時候，沒有絲毫的預兆告訴他們，她再也無法從那扇門裡活著走出來了……

06 喬治・巴頓

羅絲瑪莉……

喬治・巴頓放下手中的杯子，神情陰鬱地盯著壁爐中的火苗。他的酒已經喝到讓他無端自怨自艾的地步了。

她是個多麼可愛的女孩啊。他一直發狂地愛著她。這她是知道的，但是他總以為她只會取笑他。

甚至在他頭一次開口向她求婚的時候，心裡都沒把握。

他講起話來期期艾艾的，像個大傻瓜。

「你知道，老小姐，不管什麼時候，你只要說一聲就行了。我知道希望不大，你是看不上我的，我老是這麼笨頭笨腦。我有一家小公司。不過，你一定明白我想說什麼吧，嗯？我是說……我是始終如一的。要知道，我一直找不到什麼好機會，可是我想，我剛才已經把我的意思說明白了。」

羅絲瑪莉捧腹大笑，吻了一下他的頭頂。

「你真好，喬治，我會記住你的話。不過，目前我還不打算嫁人呢。」

他十分認真地說：「對，對，應該多找找、多看看。你終究會挑選到一個意中人。」

他根本不抱希望，一點也沒有。

所以當羅絲瑪莉告訴他她打算和他結婚的時候，他簡直不敢相信，茫然不知所措。

當然了，他心裡有數，她並不愛他。實際上，她也自認不諱。

「你很清楚，對吧？我只不過是想有個落腳處，有個幸福和安全的歸宿罷了。我就和你一塊兒過日子吧，我對談情說愛膩透了。不知道怎麼回事，那些戀愛總是不順利，而且到頭來總是搞得一團糟。我喜歡你，喬治。你人好、有意思、心地善良，而且你也覺得我很棒。這正是我所盼望的。」

他語無倫次地答道：「這就好了。我們會像國王皇后一樣幸福。」

唔，這話倒是說得沒錯，他們是幸福的。他內心總是感到自卑，總是對自己講，他們的感情一定會碰上暗礁。羅絲瑪莉和他這樣乏味的人一起生活不會滿足的，她早晚會出事！他先訓練自己去接受這樣的變故！他讓自己堅信，這種事是不會持久的，羅絲瑪莉終歸是會回到他的身邊來。既然有了這樣的看法，一切也就無所謂了。

她喜歡他，她對他的依戀是持久不變的。這種感情和她與別人打情罵俏或那些風流韻事截然不同。

他訓練自己去接受那些事實。他告誡自己，由於羅絲瑪莉容易動感情，又天生麗質，這些都是不可避免。然而他所沒料到的是，一旦這種事真的發生了，自己的反應會是怎樣。

和這個或那個小夥子調調情，這還沒什麼大不了，但當他首次發現事態嚴重時，他……

其實，他很快就知道了，他感覺到她身上發生了變化。她變得容易興奮，外表打扮得更形俏麗，容光煥發。接著，他本能所感覺到的東西，又被具體的醜事所證實。

有一天，當他走進她的客廳時，見她下意識地用手捂住了她正在寫的一封信。這時他明白了，她正在給她的情人寫情書呢。

她走出房間之後，他馬上取走了她剛才用過的那張吸墨紙。信她是帶走了，可是這張吸墨紙才剛剛揭下來。於是他拿起那張吸墨紙，穿過房間，將它放在鏡子上。他看到了羅絲瑪莉那潦草的字跡：「我最最親愛的寶貝……」

血液一下子全湧了上來，他的耳朵嗡嗡作響。此時此刻，他懂得了當年奧賽羅[8]的感覺。他那樣做明智嗎？哼！只有沒開化的人才會那麼想。儘管如此，他還是恨不得把她掐死才算洩恨！真想去宰了那個傢伙。那人是誰？是布朗那小子？還是那個瘦削的史蒂芬・法拉第？這兩個都是向她頻頻獻媚的傢伙。

在鏡子裡，他看到了自己的面容……兩眼充血，就像是要大開殺戒似的。

他回憶起那一剎那的感覺，鏡子從他的手中滑落到地上。他又一次感到窒息，頭昏腦脹。即使是在現在……

他竭力從回憶中掙脫出來。不能再追憶這些往事了，一切都已過去、結束了。他不願再受到那種折磨，羅絲瑪莉已經死了、故去了、安息了。而他也平靜下來，不再遭受折磨……

想起來也真可笑，這就是她的死對於他的意義：平靜……

這些他甚至對露絲也從未講過。露絲，她真是個好女孩啊。她頭腦十分清晰，說實在的，要是沒有她，他真不知如何是好。她幫助人的方式、同情人的方式不攙雜一點男女之間的私情。不像羅絲瑪莉那樣，是個萬人迷……

羅絲瑪莉……羅絲瑪莉坐在飯店的圓桌邊。在流行性感冒痊癒之後，她的臉變瘦了，稍微有點憔悴，但依然是那樣可愛，非常可愛。只是，僅僅過了一個小時……

不，他不願再想那些事了。現在別想。他有他的計畫。對，他應該想想他的計畫才是。

首先他應該和雷斯談談，並且把那些信給他看看。雷斯對這些信會做何感想？艾麗絲看過以後是驚得瞠目結舌，顯然，她壓根也沒想到會有這種事。

唔，現在他掌握著局勢，已經把一切都安排好了。

8 奧賽羅是莎士比亞悲劇《奧賽羅》（*Othello*）中的主人翁。雅戈設下圈套，使他相信妻子黛絲狄蒙娜對他不忠，於是他因嫉妒而將她掐死。

計畫，已經完全擬就，日期、地點已經都確定了。

十一月二日，萬靈節，這是個好時機。當然，還是要在盧森堡飯店。他努力爭取訂下那同一張桌子。

要邀請同樣的客人：安東尼·布朗、史蒂芬·法拉第、姍卓·法拉第，當然還有露絲、艾麗絲和他本人。還得有第七個客人以成單數，他準備請雷斯，因為原來那次生日宴會是要找雷斯來赴宴的。

這樣就會有一個位子是空著。

太棒了！

富於戲劇性！

把犯罪事件重演一次……

唔，並不完全是一種重演。

他的思路又轉回來了。

羅絲瑪莉的生日。

羅絲瑪莉撲倒在那張桌子上，死去……

第二部

萬靈節

Sparkling Cyanide

羅絲瑪莉，記憶的象徵

07

露西拉・德雷克正在嘰嘰喳喳地嘮叨不休。「嘰嘰喳喳」這個字眼，在形容家人時常常用到。但用這個詞語來描繪露西拉那慈愛雙唇中所發出來的聲音，就別說有多合適了。

整整一個上午，她都顯得格外操心，事情真是太多了……多得叫她不知該先辦哪件才好。他們馬上要回城去了，搬回城去有許多家務要辦。吩咐傭人收拾屋子，安排過冬，千頭萬緒的瑣碎家務，這些就已忙成這樣，她還得為了艾麗絲的臉色操上一份心。

「真是的，寶貝，你真叫我急死了……瞧你，臉色蒼白，沒精打采的，就像沒睡覺似的。你睡覺了嗎？要是沒睡覺，那兒還準備著上好的安眠藥，這是懷利大夫開的，還是加斯克爾大夫開的？哎喲，這倒提醒我了，我得到雜貨店去一趟，親自和老闆說個明白。要不是女傭們隨心所欲地訂購東西，要不就是他故意搗蛋。看那些肥皂片，一包又一包的。我是說什麼也不會答應一個星期用三包以上的。不過，你是不是吃點補藥比較好？來點伊頓糖漿吧，在我年輕的時候，他們常給我吃這東西。當然了，還得吃菠菜。我告訴廚子今天中午要吃菠菜。」

艾麗絲對德雷克太太那套東拉西扯的話早已聽膩了，她甚至懶得問問為什麼一提起加斯克爾大夫，就得扯上那位雜貨店老闆。不過即使她問了，她也會振振有詞地講出一番道理：「因為那位店老闆的名字叫蓋弗德嘛，親愛的。」露西拉姑姑的道理對她自己來說總是像水晶般清明。艾麗絲提起全副氣力，簡簡單單地應了一句：「我很好，露西拉姑姑。」

「你眼圈發黑，」德雷克太太道，「你活動太多了。」

「我根本什麼都沒做……有好幾個星期了。」

「就算是這樣吧，寶貝。可是網球玩得太凶了，也會使小女孩累垮的。而且我想，這兒的空氣也容易傷身體，這地方太潮溼了。買房子的時候喬治要是和我商量一下，也比和那女孩商量來得強。」

「哪個女孩？」

「就是那位他老掛在心上的萊辛小姐啊。她在辦公室裡辦公倒還合適，但要是讓她越過界線，那就是大錯特錯了。瞧把她寵的，她還以為自己是這個家裡的人呢。我要說，別把她寵過頭了。」

「啊，哦，露西拉姑姑，露絲實際上就是我們家的人了。」

德雷克太太嗤之以鼻。

「她就是想著這個啊；這是再清楚不過了。可憐的喬治，他一和女人打交道，就像個小娃娃一樣沒經驗。這可不行，艾麗絲。喬治得學會保護自己才行，我要是你，早就和喬治講明白了，儘管萊辛小姐人不錯，可是要打結婚的主意，叫她休想！」

艾麗絲一反過去漠不關心的常態，感到非常吃驚。

「我從來沒想過喬治會和露絲結婚。」

「就算是在你鼻子底下發生的事，你也是看不出來，孩子。當然了，你哪有我處世的經驗多。」艾麗絲不禁笑了起來。有時候，露西拉姑姑真是有意思。「那位年輕小姐一心想結婚呢。」

「那有什麼關係？」艾麗絲問。

「有什麼關係？關係大啦。」

「這難道不是件大好事嗎？」艾麗絲說這話時，她姑姑睜大眼睛望著她。「我是說，對喬治是件好事。我想，你也看得出來。你知道。我想她是喜歡他的，而且她會成為他極好的妻子，她一定會照顧他。」

德雷克太太哼了一聲，她那綿羊般溫順的臉上出現了近乎憤怒的表情。

「喬治已經被照顧得很好了，他還想怎麼樣，我倒想知道。他吃得好、穿得好。家裡有你這麼一位迷人的年輕小姨子，他也夠快活了。就算有朝一日你結了婚，我也能讓他過得安逸、活得健康，絕不會比一個坐辦公室的年輕女人做得差，或許還更好呢。她會知道怎麼料理家務嗎？數字呀，做帳呀，速記呀，打字呀，男人在家裡要這些玩意幹什麼用？」

艾麗絲笑著搖了搖頭，她不打算爭辯。她正在想著露絲那黑緞般的秀髮、白皙的臉色，和她總愛穿的那身做工考究得體的衣服。可憐的露西拉姑姑呀，她滿腦子都是生活安逸和家務料理。至於談情說愛的事，早就被她遠遠地拋在腦後，她大概早已忘記那是怎麼一回事了吧，說真的，想到她和姑丈的婚姻，那倒也不難理解。

露西拉．德雷克和赫特．馬爾是同父異母的姐弟，她是前妻所生的孩子。在馬爾的母親過世之後，她就儼然以長姐代母了。為了替父親料理家務，她斷然決定過獨身生活。她快四十歲時認識了牧師凱萊布．德雷克，那時他已經是個五十出頭的人了。他們的夫妻生活很短暫，只有兩年，便帶著一個嬰兒守了寡。意外而過遲地做了母親，這就是她一生中最主要的經歷了。她那兒子後來讓她終日焦慮、憂傷，而且不斷向家裡伸手要錢。然而她從未對他絕望過。德雷克太太除了承認厚道軟弱是維克托唯一的弱點之外，拒絕承認兒子的其他弱點。維克托太輕信別人了，由於他很信任他那些壞朋友，所以容易被他們引入歧途。維克托是個不幸的人，維克托受了矇騙，維克托受了別人的訛詐，他受了壞人的利用，那些壞人正是利用了他的天真無邪。誰要是敢當面指責維克托，她馬上就會板起她那綿羊般和善且有些傻氣的面孔。她了解自己的兒子。他是個熱心腸的孩子，精力十足，他那些所謂的朋友就是利用他這一點。誰也沒有她清楚，維克托是多不願意伸手向她要錢呀。可是，當那可憐的孩子陷入絕境，試問他若不向她要錢又能去向誰要？除了她，就沒有人能幫助他了。

儘管如此，她也承認，正當她已陷入強撐門面的貧窮困境時，喬治及時邀請她到這棟房子裡來照料艾麗絲，不啻是一個天賜良機。打去年以來，她一直過得十分愉快舒適。所以，當她看到她的工作有可能被一個年輕女子所替代時，出於人之常情，她就心裡不痛快了。總之，這位一心攀附的女郎具有奇高的工作效率，但她深信，這個女人不過是因為喬治有錢才想和他結婚。這就是她所追求的目的：擁有一個殷實的家庭和富有的丈夫。露西拉姑姑那種年紀的人，是不會相信有任何女人樂意用工作自謀生路的！女孩子就是女孩子，有男人讓她們過舒適安逸的日子，她們才求之不得呢。這位露絲．萊辛是個聰明人，她正在努力取得信任，老向喬治提些如何布置家庭的建議或什麼的，目的是為了使自己變得不可或缺……但是，謝天謝地，至少這裡還有一個人知道她在搞什麼鬼！

露西拉．德雷克不由得點了點頭，鬆軟的下巴也跟著顫動起來，一副煞有學識的模樣，揚了揚眉頭。她放棄了這個話題，又提起了一個她以為同樣有趣、也許更為緊迫的問題。

「我真不知道該怎麼處理那些毯子才好，寶貝。我搞不清楚……我們是會開春以前再來呢，還是喬治依舊每週要到這裡來度週末？喬治也不說清楚。」

「我想，他自己也不確定吧。」艾麗絲試圖避重就輕。「要是天氣好，偶爾到鄉下來住住也挺好玩的。儘管我並不特別想來，反正要是我們想來，房子還在這兒嘛。」

「是呀，寶貝。但是先得搞明白才行呀，你知道，要是我們過年以前不再到鄉下來，那些毯子就該放些樟腦丸收起來才是；而要是我們還要來，那就用不著這樣做了，因為還要用到這些毯子……樟腦丸的味道可不好聞。」

「唔，那就別放好了。」

「對，但今年夏天太熱了，到處都是蛀蟲，大家都說這是個壞年頭，蛀蟲多，當然，黃蜂也多。昨天豪金斯告訴我，今年夏天他已經捅了三十個黃蜂窩了，三十個呢，你想想看，怪不怪。」

艾麗絲想像豪金斯在昏暗中，躡手躡腳地走出去，手裡拿著氰化鉀……氰化鉀，羅絲瑪莉……

怎麼搞的，為什麼總是轉到這裡來呢？

露西拉的聲音宛如遊絲一般，還在那裡縈繞不絕；現在她又蹦到另一個話題上去了。

「要不要把銀器送到銀行裡去保管呢？亞歷姍卓夫人說，現在的竊賊多如牛毛……儘管我們的窗板已經夠牢的了。我真不喜歡她的頭髮式樣。那麼梳起來，使她的臉顯得太死板了。不過她倒也是個死板的女人，而且神經質。這年頭人人都有點神經質，我還是個年輕女孩的時候，人們根本就不懂得什麼叫神經質。這叫我想起來了，我不喜歡喬治近來的氣色。他是不是也要得流行性感冒了呢？有幾次我在想他是不是發燒了。不過，也許是生意上出了什麼岔子吧。你知道，我看他好像心裡有什麼事呢。」

艾麗絲顫抖起來。露西拉得意地大喊大叫道：「看吧，別怪我說你著涼了吧！」

08

「他們要是不到這兒來該有多好。」

姍卓．法拉第帶著劇痛說出這句話，這使得她的丈夫扭過身來驚訝地望著她。這話彷彿也出自他心裡……他一直用心良苦地在遮掩這些想法呢。這麼說來，姍卓也和他一樣有同感了？她也感到費黑文的氣氛被破壞了，它的寧靜被攪擾了，被住在公園一英里外的新鄰居打亂了。

他心裡的驚訝不禁脫口而出。

「我不知道你也對他們有這樣的看法。」

他覺得她立即退縮了。

「在鄉村社會，鄰居非常重要。你要不就與人為善，要不就乾脆粗暴無禮。這裡不像在倫敦那樣，大家可以和和氣氣地做個點頭之交。」

「是的，」史蒂芬道，「這在鄉村裡是不可能的。」

「現在我們非得去參加那個特別的宴會不可了。」

他們二人都默然不語，腦子裡浮現出午飯時的情形。喬治．巴頓表現得十分友好，甚至精神振奮，但他們兩人都能察覺出其中潛伏著激昂的情緒。這些天來，喬治的確顯得舉止怪異。在羅絲瑪莉死去之前，史蒂芬是不大注意他的。那時候，喬治只是一個陪襯，不過是一個漂亮女人身邊那位慈愛卻乏味的丈夫而已。史蒂芬甚至從來沒因為讓喬治戴綠帽而感到不安過，喬治生來就無法不讓人背叛。他的年紀比她大得多，又沒有管得了一個風騷女人的吸引力。喬治被瞞過了嗎？史蒂芬並不這麼想。他覺得，喬治對羅絲瑪莉非常了解。他愛她，而且他是那種對自己不能吸引妻子而感到自卑的人。

儘管如此，喬治一定是痛苦萬分……

史蒂芬並不明白羅絲瑪莉死去之時，喬治有什麼感想。那齣悲劇發生後的幾個星期，史蒂芬、姍卓與他很少見面。後來，他突然住進了「小修道院」別墅，成了他們的近鄰。就這樣，他再一次進入他們的生活。史蒂芬馬上意識到，他好像和以前不大一樣了。

他顯得更有生氣，更為自信，而且……對，也顯然變得不太正常了。

今天他也很怪，突然提出了一個宴會的邀請，這是為慶賀艾麗絲十八歲生日的宴會，他衷心希望史蒂芬伉儷屆時能夠蒞臨，因為在他們到這裡以後史蒂芬和姍卓對他們可說是關懷備至。

姍卓馬上說，他們當然很高興出席。回到倫敦以後史蒂芬就會忙得脫不開身，她本人也會有大量耗費精力的約會，她由衷希望他們能夠設法參加。

「那我們就定個日子吧，好嗎？」

喬治的面龐容光煥發，微微含笑，露出執意邀請的神情。

「我看就訂在下星期的某一天吧……是星期三好呢，還是星期四好？星期四是十一月二號。就這天怎麼樣？不過，我們願意安排一個對你們二位方便的日子。」

這是一種使你無法推辭的邀請，有點缺乏社交風度。史蒂芬注意到艾麗絲．馬爾脹紅臉、不好意思起來。姍卓十分圓熟，她微笑接受了這個無法規避的邀請，她說星期四，也就是十一月二號，對他們很方便。

史蒂芬突然直愣愣地說出了自己的想法。

「我們沒必要去吧。」

姍卓略略向他一偏頭，臉上流露出沉思的神情。

「你認為我們沒有必要去嗎？」

「找個藉口還不容易！」

「他會堅持要我們另找時間去或換個日子。他……好像很希望我們出席。」

「我真不明白這是為了什麼。這是為艾麗絲舉行的宴會，我不相信她會如此渴望我們出席作陪。」

「是，是啊……」姍卓若有所思地說道。

過了一會兒，她說：「你知道宴會安排在什麼地方嗎？」

「不知道。」

「盧森堡飯店。」

這個突襲幾乎叫他說不出話來了，他覺得自己顯得大驚失色，只能強自支撐著，看著她的眼睛。這是他自己多心了呢？還是她直瞪瞪的凝視中另有意涵？

「太荒謬了，」他喊道，企圖用粗魯來掩飾內心的情緒。「盧森堡飯店！那會喚醒一切記憶的，他一定是瘋了。」

「我也這麼想。」姍卓道。

「那麼我們理所當然可以拒絕出席。那……那件事真是叫人太不舒服了。你一定還記得那些報導吧……那些報紙上的照片。」

「我對這些不愉快的事記憶猶新。」姍卓道。

「難道他不明白，這對我們是多麼難堪嗎？」

「他自有他的道理，你知道，史蒂芬。他把理由告訴我了。」

「什麼理由？」

他心裡暗暗感激她，因為她說話的時候把目光從他身上移開了。

「午飯後他把我拉到一邊，他說他想解釋一下。他告訴我說，那位女孩——艾麗絲——一直沒有從她姐姐死亡的打擊中恢復過來。」

她頓了頓。史蒂芬不甘願地說道：「哦，那倒是真的，她好像沒有恢復過來。吃午飯時我就在想，她好像病得很厲害。」

「是的，我也注意到了，儘管她大致來說似乎很健康，精神也不錯。可是，我告訴你喬治講了什麼。他告訴我，發生那件事以後，艾麗絲總是盡量避免到盧森堡飯店去。」

「我不覺得奇怪。」

「不過他說，這樣做很不健康。他好像請教過一位精神專家了——那是一位著名的權威人士——他的看法是，無論受過什麼樣的打擊，你都必須正視它，而不是規避它。這個原則，我想，就和把碰到飛機失事的飛行員立刻再送上天去是一樣的。」

「這位專家先生是不是建議再來一次自殺？」

姍卓平靜地答道：「他認為，必須打消對那家飯店的不當聯想。畢竟那不過是一家普通的飯店而已。他建議，如果可能的話，就邀請上回出席的那些客人再來一次普普通通的快樂宴會。」

「真體貼我們！」

「你就這麼不願意嗎，史蒂芬？」

一陣突如其來的驚恐使他全身一震。他馬上說：「當然我沒有不願意。我只不過覺得這主意頗令人不寒而慄罷了。至於我，我一點也不在意……我只不過是為你著想。要是你不願意……」

她打斷了他的話。

「我確實不願意，很不願意。可是喬治．巴頓提出這件事的理由，使人極難拒絕。畢竟從那以後，我還是常常到盧森堡飯店去，你也一樣，大家總是被請到那兒吃飯。」

「但不是在這種情形下去的。」

「對。」

史蒂芬說道：「就像你講的，這事很難拒絕，而且即使這次拒絕了，他們也會再次邀請。但是，姍卓，讓你去受這種罪毫無道理。我去就好，你可以在事到臨頭時缺席……就說你頭疼啦、著涼啦，反正就是這些理由。」

他看見她揚起下巴。

「那是膽怯的做法。不，史蒂芬，你要是願意去，我就去。再說，」她將自己的手放在他的手臂上。「不管我們的婚姻多麼沒意義，至少在遇到困難時，你我都要同舟共濟。」

他注視著她。她脫口而出的一句挖苦使他啞口無言，她好像在說著一件習以為常而且無關緊要的事似的。

他定了定神，說道：「你怎麼會這樣說？『不管我們的婚姻多無意義』！」

她鎮定地望著他，眼睛大膽而坦率。

「我說得不對嗎？」

「不對，一萬個不對。我們的婚姻對我來說意味著一切的一切。」

她微笑了。

「我想是吧，從某種意義上說，我們是一對好搭檔。史蒂芬，若我們齊心協力，是可以取得圓滿的成就的。」

「我不是指這個。」他覺得自己的呼吸變得不均勻了。他雙手抓住了她的一隻手，緊緊地握著。「姍卓，你難道不明白，你就是我的一切嗎？」

她突然深深明瞭這個意思。這真令人難以置信……她全然不曾想到，然而它是真的。

她撲倒在他的懷抱裡，他緊緊地摟著她、吻著她，期期艾艾、語無倫次地說著：「姍卓，姍卓……親愛的，我愛你……我一直害怕……害怕失去你啊。」

她聽見自己在說：「因為羅絲瑪莉的緣故嗎？」

「是的。」他放開了她，退了一步，他的面孔驚愕得有些可笑。「你知道……羅絲瑪莉的事？」

「當然，而且一直都很清楚。」

「你理解嗎？」

她搖了搖頭。

「不，我不理解。我不認為我應當理解。你愛她嗎？」

「不真的愛，我愛的是你。」

痛苦的波濤在她胸中澎湃湧起。她提起他說過的話。

「自從你在那個房間第一次見到我的時候，你就愛上我了嗎？別再重複這套說詞了，這是撒謊！」

他並沒有因為這突如其來的質問而吃驚，反倒像是在認真地玩味著她的話。

「是的，這是撒謊。奇怪的是，從某種意義上講，它又不是謊話。我開始相信這是真話了。噢，努力去理解吧，姍卓。你知道有這樣的人嗎？他們老用一些堂而皇之、感人動聽的理由去掩護卑劣的行徑。他們想要做壞事的時候，常常『不得不表現誠實』；那些人都是『想到他們的責任，才如何如何做的』；那些人和善至極，他們一輩子都相信自己做出那些卑鄙下流的事都出自公正無私之心！然而和他們相反的人同樣也存在。他們不過是一些憤世嫉俗的人，不信任自己，也不相信生活，他們總認為自己動機不良。你是我所需要的女人，這一點，至少這一點千真萬確。現在我相當確定，假若這一點我不是當時就十分篤定，我是不會不遺餘力地去爭取你的。」

她痛苦地說：「可是你沒有愛過我。」

「是，我從來沒有戀愛過，我是個孜孜以求而又對異性淡漠的人，我對於自己那種難與人處的冷漠頗感驕傲……是的，我確實是驕傲的！然而，那一次我在那裡初見你的時候，是確實動了情……那是一種傻氣、衝動、純情的愛戀。就像仲夏時節的暴風雨一樣，短暫、不實際、轉瞬即逝。」他又痛苦地加了一句：「的確是『傻瓜講故事，亂七八糟而鬧烘烘的，毫無內容』。」他頓了頓，又接著道：「但就在這兒，在費黑文，我覺醒了，而且發現了人生的真諦。」

「真諦？」

「那就是：此生對我最重要的莫過於你，我必須保有你的愛情。」

「早知道這樣……」

「你當時是怎麼想的？」

「我以為你準備和她一起私奔。」

「和羅絲瑪莉？」他冷然一笑。「那可就是一輩子被判處無期徒刑了。」

「她沒要求你和她一起私奔嗎？」

「是的，有要求過。」

「後來怎麼樣了？」

史蒂芬深深吸了一口氣。他們的話題又轉了回來，又得再一次面對那個冥冥之中的威脅了。他說道：「後來就在盧森堡飯店出事了。」

一片沉寂。他們心裡明白，他們都在想著那個同樣的場面：一個美麗動人的女人被氰化鉀毒死後的鐵青面孔。

他們都在注視著那個死去的女人，然後……抬起頭來，彼此目光碰到了一起……

史蒂芬說：「忘掉那件事吧，姍卓，看在上帝的分上，讓我們忘掉它吧！」

「這是沒用的。人們不會讓我們忘掉那件事。」

又是一陣沉默。接著，姍卓說：「我們該怎麼辦才好？」

「就像你剛才講的那樣，一起去面對它，去參加那個可怕的宴會。管它到底是為了什麼呢！」

「喬治．巴頓說，這個宴會是為艾麗絲舉行的，你不相信是嗎？」

「不信。你呢？」

「也可能是那麼回事。但即使如此，也不是真正的理由。」

「你認為真正的理由是什麼呢？」

「我不知道，史蒂芬，不過我擔心。」

「擔心喬治．巴頓？」

「是的，我想他……是知道的。」

史蒂芬警覺地問：「知道什麼？」

她慢慢扭過頭來，迎上他的目光。

她低聲說：「我們沒有必要擔心。我們必須鼓足勇氣，鼓足世界上最大的勇氣。你會變成一個大人物的，史蒂芬，一個世界所需要的人，什麼也不能阻礙這件事。我是你的妻子，我愛你。」

「你認為這個宴會的目的是什麼，姍卓？」

「我想，這是個陷阱。」

他緩緩地說道：「那我們就閉著眼往裡面跳了嗎？」

「我們不能表現出已經知道這是一個圈套。」

「對，的確如此。」

突然間，姍卓一仰臉，笑了起來。她說：「使出你的渾身解數吧，羅絲瑪莉，你不會贏的。」

他緊緊地摟著她的肩頭。

「平靜些，姍卓。羅絲瑪莉已經死了。」

「是嗎？有時候，我感覺她好像還活著似的……」

09

穿過公園的時候，艾麗絲說：「喬治，我不和你一起回去你不會生氣吧？我想去散散步。我想爬過修道士山頂，然後穿過樹林下來。整整一天了，我頭痛得厲害。」

「可憐的孩子，你就去吧。我不和你一塊兒走了，今天下午有人會來找我，我得等他，我不知道他會什麼時候來。」

「好吧。下午茶時間見。」

她猝然轉身而去，轉過一個直角，走進山坡上的一片落葉松林裡。

登上了山頂，她深深吸了一口氣。十月間的天氣常常是悶熱又潮溼，今天就是這樣。陰潮的溼氣籠罩著枝葉，灰濛濛的雲靄低垂頭頂，預示一場大雨行將來臨。其實山頂上的空氣並不比山谷裡充足，但是，艾麗絲卻感到呼吸暢快多了。

她坐在一棵橫倒的樹幹上，凝眸俯視坐落在林木蔥鬱山谷中那影影綽綽的「小修道院」

別墅。再往左邊，可以隱約瞥見費黑文莊那粉紅色的磚垣。

艾麗絲用手托著腮，陰鬱地凝望著這一片景色。

這時，身後傳來一陣比樹葉落地聲微大的響動。她猛地轉過頭來，但見樹枝分開了，安東尼．布朗從裡面鑽了出來。

她半帶生氣地喊道：「托尼，你怎麼總是像……像童話劇裡的魔鬼一樣冒出來啊？」

安東尼「咚」地跳到她身邊的地上。他掏出菸盒，請她吸菸。她搖了搖頭，於是他就自己拿了一根點著了。他長長地吸了一口之後，才回答艾麗絲的問話：「因為我就是報紙上說的那個神祕人物，喜歡神出鬼沒。」

「你怎麼知道我在這兒？」

「一副好望遠鏡告訴我的。我聽說你們和法拉第夫婦一起吃午飯。當你們出來的時候，我正從山坡上偷偷地望著你們。」

「為何不像一般人一樣大大方方地到他們家去呢？」

「我不是一般人，」安東尼語氣強烈地說，「我很特別。」

「我想也是。」

他迅速地看了她一眼，然後說道：「出了什麼事嗎？」

「沒有，當然沒出什麼事。不過……」

她頓了一下，安東尼追問道：「不過什麼？」

她深深地吸了一口氣。

「我在這兒住膩了。我痛恨這個地方，想回倫敦去。」

「你馬上就要回去了，是嗎？」

「下個星期。」

「那麼你們在法拉第夫婦家是舉行告別宴會了？」

「那不是宴會。就是他們夫婦和一個老朋友。」

「艾麗絲，你喜歡法拉第夫婦嗎？」

「不知道。我想，我不太喜歡他們吧……儘管我不該這麼講，因為他們對我們確實非常親切。」

「你覺得他們喜歡你嗎？」

「不，我不覺得。我想他們討厭我們。」

「有意思。」

「是嗎？」

「哦，我不是指討厭你們這回事……假如真有這回事的話。我是指你用了『我們』這個字眼。因為剛才我只是對你個人提問題呀。」

「噢，我明白了。我覺得，從消極的意義上講，他們倒是挺喜歡我。我想，他們不喜歡的是我們一家住在他們左邊，我們並不是他們特別要好的朋友，他們是羅絲瑪莉的朋友。」

「是的。」安東尼說道，「正像你說的那樣，他們是羅絲瑪莉的朋友……可是我難以想像姍卓和羅絲瑪莉會是知心朋友，嗯？」

「是啊。」艾麗絲答道。

她略帶憂鬱地望著他，但安東尼依舊平靜地抽著他的菸。過了一會兒，他說：「你知道，法拉第一家給我印象最深的是什麼嗎？」

「什麼？」

「那就是……他們是法拉第夫婦。我不把史蒂芬和姍卓看成是被法律和國教約束在一塊的人，而把他們看成是一個二元的組合……這就是法拉第夫婦。這種組合要比你想像的更為特別。他們二人有共同的目標，共同的生活道路，共同的希望、恐懼和信仰。這種組合的奇特之處，在於他們兩個人的性格截然相反。應該說，史蒂芬．法拉第知識淵博，對外界的動向極為敏感，但不具自信，也缺乏道德上的勇氣。姍卓則有一副中世紀的價值觀，能夠狂熱地獻身，並有著不顧一切的莽撞衝勁。」

「我總覺得他又自負又愚蠢。」艾麗絲說道。

「他一點也不笨，只不過是個不快樂的成功者罷了。」

「不快樂？」

「大多數的成功者都不快樂。這就是他們之所以成功的緣故……因為他們必須不斷確證自己能取得舉世矚目的成就。」

「你的想法好特別呀，安東尼。」

「你只要仔細觀察他們，就會發現我的話是對的。那些快樂的人之所以不成功，是由於他們自得其樂，毫不抱怨，就像我這樣。他們通常也很容易相處……這又像我。」

「你對自己的評價倒是很高。」

「我只是想讓你了解到我的優點，免得你忽略了。」

艾麗絲笑了。她的精神振作了起來。沉悶、壓抑和恐懼都飛到九霄雲外。她瞥了一眼手錶。

「到我家去喝杯茶吧，讓別人也享受你如沐春風的交際手腕。」

安東尼搖搖頭。

「我今天不去了，還得回去呢。」

艾麗絲驀地轉向他。

「你為何從不到我家裡來？其中必有緣故吧。」

安東尼聳了聳肩。

「我在接受招待方面是有些怪脾氣。再說你姐夫不喜歡我……他表示得很明白。」

「哦，別管喬治了。沒關係，就當作是我和露西拉姑姑邀請你……她是個可愛的老人，你會喜歡她。」

「我知道我應該去……不過還是不要的好。」

「羅絲瑪莉在的時候，你可是常去的。」

「那……」安東尼答道，「是另外一回事。」

像是有一隻冰冷的手揪住了艾麗絲的心。她說：「那你今天到這兒來又是為什麼？你在這兒也有事要辦嗎？」

「非常重要的事……有事要跟你辦。我到這兒來是為了向你問一個問題，艾麗絲。」

那隻冰冷的手消失了，代之以一種隱微的忐忑不安，這是女人永恆的激動心跳。心怦怦跳著，艾麗絲的臉上露出期待的探詢神色。當年她的曾祖母在說出「啊，X先生，這太突然了！」之前幾分鐘，也曾露出這樣的神色。

「是嗎？」她將天真無邪的面孔轉向安東尼。

他看著她，目光是莊重甚至嚴厲的。

「請老實回答我，艾麗絲。我要問的問題是：你信任我嗎？」

這話使她為之一驚。這不是她所期待的問題。他看出來了。

「你不知道我是想說這個？但這是一個極為重要的問題，艾麗絲。對我來說，這是世界上最重要的問題了。我再問一遍：你信任我嗎？」

她躊躇了一會兒，然後眼皮一垂，答道：「信任。」

「那麼我還要問你一件事。你願意偷偷地和我回倫敦結婚嗎？」

她瞠目結舌。

「不可能呀！這我辦不到。」

「你不能和我結婚？」

「不能用這種方法。」

「所以你是愛我的。你確實愛我，對吧？」

她聽見自己的聲音在說：「是的，我愛你，安東尼。」

「那你願意和我到布魯姆斯貝利的聖艾費達教堂去結婚嗎？我已經在那個教區住了幾個星期，隨時可以領到結婚許可證。」

「我怎麼能這樣呢？這會傷害喬治的感情的，露西拉姑姑也絕不會原諒我。再說了，我也還不到法定結婚年齡，我才十八歲呀。」

「你可以謊報年齡嘛。我不知道如果沒有得到監護人的同意就和一個未成年少女結婚該當何罪。還有，誰是你的監護人？」

「喬治。他也是我的財產託管人。」

「我剛才說了，不管我會遭到什麼樣的懲罰，他們都攔不了我們結婚，這才是我真正關心的事。」

艾麗絲搖了搖頭。

「我不能這樣做。我不能這樣不顧情義。這樣做是為了什麼呢？這樣做的道理何在？」

安東尼說：「這就是我問你是不是信任我的原因。你要是信任我，就知道我是有理由的。可以說，這樣做是一種最簡單的辦法。不過，要是不行就算了。」

艾麗絲怯生生地說：「要是喬治對你多些了解就好了。現在你就跟我回去吧，那兒只有他和露西拉姑姑。」

「你確定可以嗎？我想……」他頓了頓。「剛才上山的時候，我看見有個人順著你們家的車道上去了。有意思的是，我相信我認識他，我……」他含含糊糊地說，「以前碰過他。」

「對了，我忘了，喬治說過他正在等一個人。」

「我想我剛才看見的那個人叫雷斯上校。」

「很可能，」艾麗絲附和道，「喬治的確認識一位雷斯上校。他那天晚上原本要參加羅絲瑪莉的生日宴會……」

她停住了，嗓音顫動著。安東尼抓住了她的手。

「別老是想著那件事了，親愛的。我知道，那很令人悲傷。」

她搖搖頭。

「我沒辦法不想，安東尼……」

「嗯？」

「你是不是想到過……你是不是曾經想……」她覺得詞不達意。「想過羅絲瑪莉可能不是自殺的嗎？想過她可能……是被謀殺的？」

「老天爺，艾麗絲，你這種想法是從哪兒來的？」

她沒答話，只是固執地問道：「你從未這麼想過嗎？」

「當然沒有。羅絲瑪莉必定是自殺的。」

艾麗絲什麼也沒講。

「是誰讓你這麼想的？」

一時間，她幾乎想脫口告訴他喬治講的那件離奇事件，可是她忍住了，只是緩緩地說道：「就是有那麼一個想法罷了。」

「忘掉它吧，親愛的小傻瓜。」他將她拉了起來，輕輕地吻了吻她的臉頰。「親愛的小傻瓜，忘掉羅絲瑪莉，就想我一個人吧。」

10

雷斯上校拿著菸斗緩緩地吞雲吐霧，沉思地望著喬治．巴頓。

雷斯認識喬治．巴頓的時候，他還是個小孩子。那是在鄉下，喬治的叔叔是雷斯家的鄰居。這兩個人約莫相差二十來歲。雷斯已年近花甲，高個子，腰直背挺，頗有軍人風範；他的臉被太陽曬得黝黑，鐵灰色的頭髮修剪得十分整齊，一雙黑眼睛機智敏銳。

他們兩人之間從未有過特別密切的來往，但對雷斯來講，巴頓還是他的「小喬治」，也是能使他聯想起青春歲月的某個模糊形象。

此刻他正在想，他對「小喬治」的為人其實還沒有一個真正的概念。在近幾年的幾次短暫接觸中，他們發現彼此的相似之處甚少。雷斯是個常常出門在外的人，基本上是屬於開拓帝國疆土的那一類人，他一生的大部分時間是在國外度過的。而喬治則是個道道地地的都市人。他們的興趣大相徑庭，碰在一起的時候，只能淡而無味地扯一扯舊日回憶，接著便是尷尬的沉默。雷斯上校不善於娓娓細談，他是上一代小說家喜歡描寫的那種沉默寡言的人。

在眼下的沉默之中，他感到迷惑不解的是，「小喬治」為什麼要堅持安排這次會面？他認為自從一年前分別以來，這個人的身上起了一些微妙的變化。性格毫無情趣是喬治．巴頓多年來給他留下的印象，他遇事謹慎，講求實際，缺乏想像力。

他想，這位老弟一定是出了什麼天大的事，他看來焦躁得像隻貓。他已經點了三回雪茄了，這可一點都不像巴頓往常的樣子呀。

他把菸斗從喬治．巴頓嘴裡拔出來。

「喂，小喬治，出了什麼事？」

「你說得對，雷斯，出事了。我很想聽聽你的忠告，我需要你的幫助。」

上校點了點頭，等著巴頓往下說：「差不多一年前，你答應來倫敦和我們吃晚飯……在盧森堡飯店。可是臨時你有事出國了。」

雷斯又點了點頭。

「去南非了。」

「就在那次晚宴上，我的妻子死了。」

雷斯不安地在椅子裡挪了挪。

「這我知道，在報上看到的。剛才我沒提起這件事，也沒對你表達悼意，是因為我不想再激起哀思。但是，我很為你難過，老朋友，這你應該明白。」

「唔，是啊，是啊。這沒關係。一般人都認為，我的妻子是自殺的。」
雷斯敏銳地抓住了這個關鍵的字語，他揚起雙眉。
「一般人都認為？」
「你看看這些東西。」
他把兩封信塞進對方手裡，雷斯的眉毛揚得更高了。
「是匿名信嗎？」
「是的，而且我相信這兩封信上的內容。」
雷斯慢慢搖了搖頭。
「這是很危險的事。任何事件被當作新聞在報刊上披露以後，就會有許多充滿謊言和惡意的信件。其數量之多有時會使你大吃一驚。」
「這個我明白。可是這些信並不是當時寫的，而是事情發生以後六個月才寫來的。」
雷斯點點頭。
「這倒還算有點道理。你認為是誰寫的呢？」
「不知道，我也不關心是誰寫的。問題在於，我相信這些信的內容是真的……我的妻子是被害死的。」
雷斯放下菸斗，在椅子裡略微直了直腰。
「那麼，你現在為什麼也這樣想呢？當時你是否有過懷疑？警察懷疑過嗎？」

「事情發生時我都昏頭了，完全不知所措。我接受了驗屍的結果：我的妻子得了流行性感冒，精神抑鬱。自殺前沒有任何可疑跡象。你知道，毒藥就在她的手提包裡。」

「什麼毒藥？」

「氰化鉀。」

「我想起來了，她是把毒藥放進香檳酒。」

「對。在當時，事情似乎是一目了然。」

「她曾威脅過要去自殺嗎？」

「沒有，從來沒有，羅絲瑪莉是熱愛生活的。」

雷斯點點頭，他見過喬治的妻子，當時覺得她是一個非常可愛的小女孩，她當然不是憂鬱型的人。

「精神狀態和其他方面的醫學證明可靠嗎？」

「羅絲瑪莉的醫生──他是一位上了年紀的人，在她們還是孩子的時候，他就為她們家看病了──正好遠航海外去了。他的助手是一位年輕人，羅絲瑪莉得流行性感冒的時候就是他看的病。我記得，他說過這類流行性感冒有產生嚴重精神壓抑的可能。」

喬治稍停片刻，接著說道：「接到這些信以後，我和羅絲瑪莉的醫生談起了這件事。當然，我隻字沒提這封信的事，我們僅僅談了發生過的事。那時，他告訴我，當他知道出事後，非常驚訝。他無論如何也不敢相信，因為羅絲瑪莉完全不是自殺型的人。他說，這件事表明，再熟悉的病人也可能做出你完全意料不到的事。」

喬治又頓了頓，繼續說道：「也就是在和他談過話之後，我才明白，所謂羅絲瑪莉自殺身亡的說法，對我已經毫無說服力了。此外，我也算十分了解她。她有時確會因為心裡不痛快而大發脾氣，也可能為某些事情而感情激動，有時也會做出非常魯莽而欠缺考慮的事來，但我知道她從來不曾有過『把一切都結束掉』的想法。」

雷斯略略有些傷腦筋地嘟囔道：「是不是除了精神抑鬱之外還有其他自殺動機呢？我是說，她是不是確實有什麼不痛快的事呢？」

「我……不，她也許只是有點神經質。」

雷斯盡量不看他的朋友，問道：「她是不是個戲劇化的人呢？你知道，我只見過她一面，但是有那麼一種人，嗯，也許會用自殺來尋求刺激……譬如他們和誰吵了嘴，於是產生了孩子般的念頭：『我要讓他們都難過！』」

「羅絲瑪莉和我沒吵過嘴呀！」

「是的。不過我必須說，使用氰化鉀這件事本身就排除了上述的可能性。這玩意兒可不是鬧著玩的。這是人盡皆知的事。」

「就算羅絲瑪莉真的打定主意要死，也不會用這種辦法去死吧？這種死法很痛苦，死後樣子也醜陋不堪。其實一份過量的安眠藥就綽綽有餘了。」

「我同意。有沒有她購買或持有氰化鉀的證據呢？」

「沒有。可是她曾和朋友在鄉下逗留過，有一天他們捅了一個馬蜂窩。有人推測，那段時間她有可能弄到一些氰化鉀。」

「是的。要想拿到點氰化鉀不是什麼難事。幾乎每個園丁手上都有一些。」他停了停，又說道：「讓我歸納以上的看法吧。現在沒有確實的證據可以證明她有自殺的安排或準備自殺，那根本是不可能的。然而，目前也沒有確鑿的證據可以證明她是被謀殺的，不然警察就會注意了。你知道，他們警覺性還是很高的。」

「當時僅僅假設一下這是謀殺，就會被人們視為是異想天開。」

「但在六個月以後的今天，你就不覺得是異想天開了嗎？」

喬治緩慢地說：「我想，對於自殺的結論我其實一直無法接受。我的心理其實早有準備，所以，當我看到事情白紙黑字地被寫出來時，便深信不疑了。」

「是的，」雷斯點了點頭。「嗯，那麼，我們就談談這件事吧。你懷疑是誰？」

喬治往前一探身，他的面孔在抽搐著。

「糟就糟在這兒。不過假設羅絲瑪莉真是被謀殺的，那就一定是那天同桌的某個人幹的。沒有別的人靠近過那張餐桌。」

「侍者呢？是誰替你們斟酒的？」

「是查爾斯，盧森堡飯店的領班。你認識查爾斯嗎？」

雷斯表示認識。人人都認識查爾斯。說查爾斯會蓄意毒死顧客，這簡直不可想像。

「那天為我們服務的侍者是朱塞佩，我們和朱塞佩很熟，認識他好多年了。我到那裡，總是他來照應我，他是個很有意思的快樂小夥子。」

「那麼我們談談那次宴會吧。有誰出席了？」

「史蒂芬．法拉第，他是位議員。他的夫人亞歷姍卓．法拉第，我的祕書露絲．萊辛小姐，一個叫安東尼．布朗的傢伙，羅絲瑪莉的妹妹艾麗絲，還有我，一共七個人。要是你來的話，那就是八個人。你告訴我們你不來以後，我們臨時也找不到其他人來代替。」

「我明白了。嗯，巴頓，你認為是誰幹的呢？」

喬治喊道：「我不知道啊！告訴你，我不知道。如果有點影子的話……」

「好啦，好啦。我不過是以為你也許有了明確的懷疑目標。呃，這不應該是太難的事。你們當時是怎樣的坐法，從你開始數。」

「姍卓．法拉第自然是在我的右手邊，她旁邊是安東尼．布朗，再過去是羅絲瑪莉、史蒂芬．法拉第、艾麗絲，露絲．萊辛，她在我的左手邊。」

「明白了。那晚稍早你太太喝過香檳嗎？」

「喝過。大家的酒杯都斟滿過好幾回。事情發生的時候，表演還在進行。飯店裡十分嘈雜。那是一個黑人在表演，我們都在觀看，燈光剛要恢復，她就往前撲倒在桌子上。她也可能喊叫過或喘氣過，不過誰也沒聽見什麼。醫生說，死亡一定來得相當快。感謝上帝。」

「是的，的確是。哦，巴頓，表面看來，這一切再明顯不過了。」

「你的意思是……」

「當然是史蒂芬．法拉第幹的。他坐在羅絲瑪莉的右邊，她的香檳酒杯正好離他的左手最近。當燈光暗下來，大家都聚精會神看著表演時，下毒豈不只是舉手之勞？我看不出其他人有更好的機會。我很清楚盧森堡飯店的那些餐桌，每個座位之間的空間很大，我懷疑在燈光暗下來時，有誰能夠把手伸進桌面而又不被別人發覺。對羅絲瑪莉左邊的人來講也是同樣的，他要靠過身去，才能往羅絲瑪莉的酒杯裡放東西。還有另一種可能性，但我們應當首先考慮最明顯的人。不過，史蒂芬．法拉第這位議員有何理由要除掉你太太的性命呢？」

喬治用壓抑的嗓音道：「他們……他們是關係很密切的朋友。如果……如果羅絲瑪莉拒絕和他繼續來往，他也許就想要報復。」

「聽起來真是極富戲劇性。這是你唯一想得到的理由嗎？」

「是的。」喬治說，臉色緋紅。

雷斯偷瞟了他一眼又接著說道：「我們來分析第二個可能性。下手的會不會是女人？」

「為什麼會是女人？」

「親愛的喬治，難道你沒注意到？在場一共七個人，四女三男。當三對男女去跳舞的時候，就會剩下一個女人，整個晚上總會有一兩次這種機會吧。你們都跳了舞吧？」

「噢，都跳了。」

「好。那麼你還記得，在節目表演開始之前，有誰曾經單獨留在座位上？」

喬治沉思了一會兒說：「我想……對了，最後一次留下的是艾麗絲，再前一次是露絲。」

「你還記得你太太最後一次喝酒是什麼時候嗎？」

「讓我想想。她那時在和布朗跳舞。我記得她回來之後說跳得挺累的……他的舞步花樣很多。這時，她喝光了自己杯子裡的酒。幾分鐘後，樂隊奏起了華爾滋。她……她就和我跳，因為她知道華爾滋是我唯一跳得好的舞。法拉第和露絲跳，亞歷姍卓夫人和布朗跳。艾麗絲坐著沒跳。華爾滋舞一跳完，表演就開始了。」

「那麼考慮一下你的小姨子吧。你妻子的死使她得到財產了吧？」

喬治急了，濺著唾沫說：「親愛的雷斯，你別荒唐了。艾麗絲只是個孩子，一個女學生呀。」

「我就知道有兩個女學生殺過人。」

「可是艾麗絲很愛羅絲瑪莉。」

「別著急，巴頓。因為她有下手的機會。我想知道她會不會有這方面的動機。我想你的太太是個有錢的女人。她的錢歸了誰呢？歸你嗎？」

「不，歸艾麗絲……那是一筆託管基金。」

他說明了這筆錢的情況，雷斯側耳細聽。

「這倒是挺有意思的。闊姐姐，窮妹妹。有些女孩子是會因此心生妒恨。」

「我保證艾麗絲不會這樣。」

「也許吧。但她有充分動機。我們接續剛才的邏輯想下去吧。那麼還有誰有動機?」

「沒了,根本沒有了。我敢肯定,羅絲瑪莉在這世上沒有仇敵。我已進行了全面調查,不斷提問題,試圖找出她的敵人。我甚至在法拉第夫婦家附近買下這棟房子,以便……」

他的話停住了。雷斯拿起了菸斗,掏起菸渣來。

「你沒有把一切都告訴我吧,小喬治?」

「你這是什麼意思?」

「有些事情你沒講……但它已經露出痕跡。你大可義正辭嚴地為你太太的清白辯護,你也可以想辦法弄清楚她是否被謀殺……如果你覺得後者很重要,你就必須和盤托出。」

一陣沉默。

「好吧,」喬治壓著嗓子說,「你贏了。」

「你相信你的妻子有個情人,對吧?」

「對。」

「是史蒂芬·法拉第嗎?」

「我不知道,我向你發誓,我真的不知道!有可能是他,但也可能是另外那個傢伙——布朗。我搞不清楚,真是該死。」

「告訴我,對這個安東尼·布朗,你了解多少呢?有意思,我好像聽說過這個名字。」

「我一點也不了解他,誰也不了解他。他是個長相英俊、人緣很好的小夥子,不過誰也不清楚他的底細。大家猜想他可能是個美國人，可是他沒有美國口音。」

「啊，哦，也許美國大使館對他會有些了解。你說你不知道是哪一個？」

「是的……是的，我是不知道。我告訴你，雷斯，她曾經寫過一封信。我……我在事後檢查了吸墨紙。那……那是一封如假包換的情書，可是上面沒寫姓名。」

雷斯小心地轉開了自己的眼睛。

「哦，那樣我們要考慮的東西就更多了。例如，亞歷姍卓女士，她可能也捲進來了，要是她丈夫和你太太有那種關係的話。你知道，她是那種感覺靈敏的女人，安靜、深沉。這種人在緊要關頭是會出手殺人的。我們再說下去吧。現在已經有了那位神祕人物布朗、法拉第和他的夫人，還有小艾麗絲・馬爾。剩下的那個女人露絲・萊辛怎麼樣呢？」

「露絲和這件事不會有任何關係。至少她不會有任何動機。」

「你說她是你的祕書？她是個什麼樣的女孩呢？」

「是世界上最可愛的女孩。」喬治充滿熱情地說道，「她可以說是這個家庭的一員，是我的左右手。我不知道還有什麼人更值得讚賞和信任了。」

「你喜歡她？」雷斯說。他若有所思地注視著喬治。

「我非常喜歡她，雷斯。這個女孩太了不起了。我不管在哪方面都依賴她。她是世界上最真誠、最可愛的人。」

雷斯低低地嘟囔著什麼，聽起來就像是「嗯嗯」，然後就轉移了話題。他對喬治的話沒有做出任何表示，但他心裡認為，這位未曾謀面的露絲・萊辛是可能有動機。他能夠想像，這位「世界上最可愛的女孩」有非常明確的理由把喬治・巴頓太太打發到另一個世界去。這是一種圖財害命的動機。她也許盤算著要當第二任巴頓太太。也許她是真心真意地愛上了她的雇主，這正是她殺掉羅絲瑪莉的動機。

然而他只是溫和地說：「我想，喬治，你一定想過你自己也可能有動機吧。」

「我？」喬治目瞪口呆地望著他。

「嗯，想想奧賽羅和黛絲狄蒙娜的故事吧。」

「我明白你的意思了。可是……可是我和羅絲瑪莉的情況並非如此。當然，我愛她，但我很清楚總有一天會出事。我不得不忍受。這倒不是由於她不喜歡我……她是喜歡我的，非常喜歡我，對我也一直很好。但當然了，我是個枯燥乏味的人，這改變不了，你知道，我並不羅曼蒂克。不管怎麼說，在我結婚時就下了決心，我們的生活不會只是吃喝玩樂。她早就警告過我。當然，事情發生時是很痛苦，但說我會動她身上的一根汗毛……」

他停住了，過了一會兒才用另一種語調繼續說下去。

「再說，如果人是我殺的，我何必把這些事再翻出來呢？我是說，在已經確定是自殺之後、在一切都已經處理完畢成為過去之後，我幹嘛還要這樣做呢？這豈不是瘋了。」

「沒錯，親愛的老朋友，這就是我並不真的懷疑你的原因。如果你是那個已經大功告成的凶手，接到這樣的兩封信，應該會不動聲色地把它們付之一炬，並且絕口不提。不過這倒使我想到了整件事中一個很有趣的特點。是誰寫那封信？」
「嗯？」喬治看上去頗為驚訝。「我一點也不知道。」
「你好像對這一點不感好奇。我卻對它很感興趣。這也是我問你的第一個問題。我們可以假設一下，我認為這些信不是兇手寫的。正像你說的那樣，在一切已經處理完畢、自殺的結論也被普遍接受之後，為什麼兇手要跟自己過不去？那麼，信又是誰寫的呢？到底是誰對再次翻出這件事如此有興趣？」
「會是傭人們嗎？」喬治胡亂猜道。
「有可能。如果是這樣，又是什麼樣的傭人呢？他們知道些什麼？羅絲瑪莉有沒有親信的女僕？」
喬治搖了搖頭。
「沒有。那時候我們雇了一位女僕，龐德太太，現在我們還在用她。另外，還有過兩個女僕。她們大概都已經離開了。她們沒做多久。」
「好吧，巴頓，如果你想聽聽我的意見——我猜你正是這個意思——那麼我得仔細思考一下。一方面，羅絲瑪莉之死已經成為事實。不管怎樣，你也是無法叫她起死回生。如果說自殺的證據不足，那麼他殺的證據也不夠充分。為了便於論證，就讓我們假定羅絲瑪莉是被謀殺的吧。你是不是很希望掀起軒然大波呢？這意味著會引起許多令人不快的新聞報導，要抖出許多醜事，你太太的風流韻事也將家喻戶曉……」

喬治．巴頓動搖了。他激烈地說：「你難道是在向我建議，我該讓那個壞蛋逍遙法外嗎？那個呆板、輕浮、一心向上爬的法拉第，也許就是那個膽怯的凶手呢。」

「我只不過是想讓你明白，這樣做會招來什麼後果罷了。」

「我想弄清真相。」

「很好，既然如此，我就帶著這些信到警察局去。也許他們一下子就能查出是誰寫了這些信，以及寫信者是否了解這件事。唯一要記住的是，一旦將他們請了來，你就不能打發他們走了。」

「我不打算驚動警察，這就是我要和你見面的原因。我想給凶手設下一個圈套。」

「你到底是什麼意思？」

「聽著，雷斯，我打算在盧森堡飯店舉行一次宴會。我希望你能來參加。還是那些人：法拉第夫婦、安東尼．布朗、露絲、艾麗絲和我。我已經完全計畫好了。」

「你打算怎麼做呢？」

喬治無力地笑了笑。

「這是我的祕密。如果我事先告訴了誰……即使是你，那都會壞事。我希望你能帶著公正的眼光來……仔細觀察要發生的事情。」

雷斯探過身子，聲音猛地變得嚴峻起來。

「我不贊成這樣，喬治。製造這種書本上的戲劇性場面根本無濟於事。到警察局去，那些人是最能幹的。他們會知道怎樣處理這些問題，他們是行家。用外行人的辦法來揭發罪行是不智的。」

「這就是我要找你參加宴會的原因呀。你就是個行家。」

「親愛的老弟，那是因為我曾經在軍事情報部工作過嗎？再說，你不是打算讓我也蒙在鼓裡嗎？」

「這是必要的。」

雷斯搖搖腦袋。

「對不起，我拒絕，我不贊成你的計畫，也不打算參與其事。放棄這個計畫吧，喬治，我的好老弟。」

「我不打算放棄。我已經完全策畫好了。」

「別這麼死腦筋。對這些玩意兒我比你要多懂一些。我不贊成這個做法，這不僅無濟於事，甚至也許是危險的。你難道沒有想過嗎？」

「它的確對有些人是危險的。」

雷斯嘆了口氣。

「你真糊塗。好吧，別怨我沒警告你。我最後一次請求你放棄這個糊塗到家的念頭。」

喬治．巴頓只是搖了搖頭。

／11

十一月二日清晨，天氣潮溼而陰鬱。艾瓦頓廣場那棟住宅的飯廳裡光線昏暗，所以吃早餐的時候他們不得不打開電燈。

艾麗絲一反往日的習慣，沒有讓人把咖啡和吐司送到樓上去吃。她下樓來了，臉色蒼白，像個幽靈似的坐在那兒，把一口也沒動的食物在盤子裡撥來撥去。喬治神經質地把《泰晤士報》翻得沙沙作響。在桌子另一頭，露西拉·德雷克正在捂著手絹號啕大哭。

「我就知道我那寶貝孩子會幹出嚇死人的事情來。他太重感情了……要是那件事沒有那麼嚴重，他是不會這麼說出來的。」

喬治一邊沙沙沙地翻著報紙，一邊不耐煩地說：「別擔心啦，露西拉，我已經說過了，我會處理這件事。」

「我知道，親愛的喬治，你總是那麼好心。但我實在覺得，再耽擱就會壞事了。你說你要調查調查，這樣會把時間給耽誤掉的。」

「不，不會的，我們會叫他們快點把事情弄清楚。」

「他說過：『千萬不能拖過三號。』明天就是三號了。要是這個好孩子有什麼三長兩短，我是永遠也不會原諒自己的。」

「不會這樣的。」喬治吞了一大口咖啡。

「我還有些可以兌換的公債……」

「唉，露西拉，你把事情全交給我辦就是了。」

「別擔心，露西拉姑姑，」艾麗絲插口，「喬治會把一切都安排妥當的。不管怎麼說，這種事以前也發生過了呀。」

「有好久沒有發生這種事了。」（「三個月。」喬治說。）「自從那可憐的孩子在那個倒楣的農場裡受了那幫壞朋友的誆騙後，都還沒有發生過呢。」

喬治用餐巾擦了擦鬍子，站起身，一邊走出飯廳，一邊和氣地拍了拍德雷克太太的背。

「高興一點，親愛的，我馬上叫露絲去打電報。」

當他走進門廳的時候，艾麗絲跟了出來。

「喬治，你覺不覺得我們應該把今天晚上的宴會推遲一下？露西拉姑姑心煩得很呢。我們是不是最好在家陪陪她？」

「不行！」喬治的臉色由紅變紫。「我們幹嘛要讓那個該死的小流氓打擾我們的生活？

這是敲詐，純粹的敲詐，就是這麼回事。要是問我的話，我一個子兒也不給他。」

「露西拉姑姑不會同意這麼做的。」

「露西拉是個傻瓜，一向如此。這種四十多歲才得了孩子的女人，很難明白道理。孩子們要什麼就給什麼，他們坐在搖籃裡的時候就讓她們這種女人給慣壞了。要是早點教育小維克托自食其力，他也許早就成材了。我們不要再辯論了，艾麗絲，傍晚以前我得去把這件事安排一下，這樣露西拉就可以安心睡大覺了。如果必要的話，我們就帶她一起去。」

「哦，不，她討厭飯店，她會打瞌睡，可憐的人。而且她也討厭熱度太高的地方，菸氣騰騰會讓她哮喘發作。」

「我知道，我是說著玩的。艾麗絲，去哄哄她吧。告訴她，一切都會很順利。」他轉過身，走出了大門。艾麗絲也慢慢轉回身，向飯廳走去。就在這時，電話鈴響了起來，於是她走去接電話。

「喂……誰？」她的臉色為之一變，那蒼白、絕望的臉上透出了喜色。「安東尼！」

「是我。昨天我給你打過電話，可是找不到你。你是不是和喬治在搞什麼名堂？」

「你是什麼意思？」

「呃，喬治請我無論如何也要出席今晚你的生日宴會。和他以前那種『不許你碰我那個可愛的受監護人』的作風大不一樣！他叫我一定要來。我想也許你下了一點工夫遊說吧！」

「不，不，這不干我的事。」

「那麼，是他的態度改變了？」
「不完全是。只是……」
「喂，你還在聽嗎？」
「是，我在聽。」
「你剛才是不是想要說什麼，親愛的？到底是怎麼回事？我聽得出來你在嘆氣呢。到底有什麼事？」
「沒有，什麼事也沒有。我明天就會好的。到明天就什麼都好了。」
「多感人的信念。但人們不是說『切莫依賴明日』嗎？」
「是的。」
「艾麗絲，是有什麼事吧？」
「沒事，什麼事也沒有。我不能告訴你，你知道，我已經答應過不說出去了。」
「告訴我吧，寶貝。」
「不行，真的不行。安東尼，有件事你能告訴我嗎？」
「盡我所能吧。」
「你……你是不是曾經愛過羅絲瑪莉？」
沉寂片刻，隨後傳來了笑聲。
「是有過這回事。是的，艾麗絲，我曾經有點愛上羅絲瑪莉。她很可愛，這你是知道的。可是，有一天我正在和她說話時，看見你從樓梯上走下來……不到一分鐘，我對她的那點愛情就被吹得無影無蹤了。世界上除了你，我心裡再也沒有別人了。這是千真萬確的。你別再為這些事傷腦筋了，要知道，羅密歐在他傾心於茱麗葉之前，也還有個羅瑟琳呢。」

「謝謝你，安東尼。我很高興。」

「晚上見。今天是你的生日吧？」

「實際上還差一個星期呢……不過，這也算是我的生日宴會吧。」

「聽你的口氣，好像你對這個宴會不那麼熱心似的。」

「對。」

「我猜，喬治心裡很明白他打算做什麼。不過以我看來，這是個怪主意。舉行這樣一個宴會，而且還是在老地方……」

「哦，自從……自從羅絲瑪莉……我已經去過幾次盧森堡飯店了，你是無法迴避那個地方的。」

「對，沒錯。艾麗絲，我已經給你買了件生日禮物，希望你會喜歡它。再見。」

他掛斷了電話。

艾麗絲回到露西拉．德雷克身邊又勸慰了她一番。

喬治一到辦公室，就叫來了露絲．萊辛。

當她走進來的時候，他緊蹙的雙眉才稍稍舒展。她態度從容，面帶微笑，穿著那身整潔的黑上衣和裙子。

「早安。」

「早安，露絲。又有麻煩事了。你看看這個。」

她接過他遞過來的一封電報。

「又是維克托．德雷克！」

「是的，真是麻煩透了。」

她拿著電報，沉默了片刻。她似乎看到維克托那副清癯、黝黑的臉龐笑得縮成一團。一個嘲弄的聲音在說著：「一個準備嫁給主人的女孩……」這一切都活生生地再現了。她想，這就好像是昨天的事一樣……

喬治的聲音使她清醒過來。

「是不是大約一年前我們把他從這兒打發走？」

她想了想答道：「我想是吧。我記得那是十月二十七號。」

「你真是個了不起的女孩，記性真好！」

她暗自思忖，她還記得這些事是因為他所不知道的原因，正是由於維克托．德雷克的影響，她才會在電話裡聽到羅絲瑪莉那漫不經心的話語時，意識到自己恨著雇主的妻子。

「我想，我們的運氣不錯。」喬治說，「他離開這兒算是夠久的了，儘管三個月以前他還硬從我們這裡敲走五十英鎊。」

「這回三百英鎊好像太多了。」

「唔，當然。他拿不到這麼多。我們還是按通常的辦法去調查一下。」

「我最好和奧格維先生聯繫一下。」

亞歷山大・奧格維是他們在布宜諾斯艾利斯的代理人，是個頭腦清醒、精明又講求實際的蘇格蘭人。

「好吧，馬上給他發個電報。他母親又和以前一樣著急了，簡直是歇斯底里。這給今晚的宴會帶來不少麻煩。」

「要不要我留下來陪她？」

「不用。」他斷然否決了這個提議。「真的不用。你必須到場。我需要你，露絲。」他抓起了她的手。「你是個最無私的人。」

「我絕對不是一個無私的人。」她笑了笑，建議道：「是不是要打個電話和奧格維先生聯繫一下？這樣的話，我們也許到晚上就可以把事情弄明白了。」

「好主意，這個錢值得花。」

「我得去忙了。」

她輕輕將手抽出來，隨後轉身走了出去。

喬治著手處理要辦的各種事宜。

十二點半，他走出門，叫了一輛計程車便去了盧森堡飯店。那位大名鼎鼎的領班查爾斯向他迎了過來，十分氣派地向他頷首致意，對他微笑表示歡迎。

「早安，巴頓先生。」

「早安，查爾斯。今天晚上的宴會都安排妥當了吧？」

「我想您會滿意的，先生。」

「還是那張餐桌嗎？」

「凹廳中間的那張，對吧？」

「對，要留出一個空位，你知道吧？」

「都安排好了。」

「那麼你弄到迷迭香[9]了嗎？」

「弄到了，巴頓先生。我覺得在餐桌上擺這種花恐怕不是很優雅。上面有紅色的小醬果，您不會喜歡吧……要不然就擺幾枝菊花，怎麼樣？」

「不，不，就要迷迭香。」

「好吧，先生。您要看看菜單吧。朱塞佩！」

查爾斯輕輕彈了一下拇指，立刻跑過來一個滿面堆笑、矮個子的中年義大利人。

9 迷迭香的英文是rosemary，與「羅絲瑪莉」同字。

「給巴頓先生拿菜單來。」

菜單拿來了：牡蠣、清湯、盧森堡鰈魚、松雞、海倫梨、火腿雞肝。

喬治漫不經心地瞧了一眼。

「好，好，很好。」

他將菜單遞了回去。查爾斯陪他走到門口。

他略微壓低了聲音，期期艾艾地說：「巴頓先生，您再度光臨敝餐廳，我們……呃，真是榮幸之至。」

喬治臉上露出一絲勉強的苦笑，說道：「我們應該忘掉過去，總不能老沉溺於往事。一切都時過境遷了。」

「這是實話，巴頓先生。您知道，那時候我們是多麼震驚和難受啊。小姐的生日宴會一定會非常愉快，我保證讓您一切稱心如意。」

查爾斯文雅地鞠躬而退，然後就像一隻怒氣沖沖的蜻蜓般，朝鄰近桌上一個出了差錯的侍者撲了過去。

喬治走出飯店，唇邊帶著一絲苦笑。他缺乏足夠的想像力，因此也沒有對盧森堡飯店所遭受的損失表示同情。當然了，羅絲瑪莉決定在飯店自殺，或者在這裡被謀殺，都不是盧森堡飯店的過錯。但這件事顯然對盧森堡飯店很不利。就像大多數心事重重的人一樣，喬治只顧一股勁地想自己的心事。

他在自己的俱樂部裡吃午飯，然後又去參加了一個董事會議。

在返回辦公室的途中，他從公共電話亭裡給梅達維爾那個地方打了一個電話。當他走出電話亭時，鬆了一口氣。

一切都按部就班地安排妥當了。

他回到了辦公室。

露絲立刻來找他了。

「是有關維克托・德雷克的事。」

「是嗎？」

「恐怕這件事很棘手，有刑事訴訟的可能。因為他長久以來已經從公司汙了不少錢。」

「是奧格維說的嗎？」

「對。今天早晨我和他通電話了，十分鐘前他又和我通了一次電話。他說，這件事維克托做得極為厚顏無恥。」

「沒錯！」

「奧格維說，只要他原封不動地把錢退回來，他們就不起訴。奧格維先生已經和大股東商量過了。看來這個辦法是正確的。具體的總數是一百六十五英鎊。」

「這就是說，維克托少爺想在這樁買賣中淨撈一百三十五英鎊？」

「恐怕是這樣。」

「嗯。不管怎麼說，我們總算是戳穿了他的勾當。」喬治幸災樂禍地說道。

「我已經告訴奧格維先生了，關照他繼續把這件事辦妥。這樣做對嗎？」

「就我個人而言，我真恨不得把這個無賴之徒送進監獄裡去……可是我們不得不考慮到他的母親。她是個傻瓜，一個好人。好了，維克托少爺這回又打贏了。」

「你真好。」露絲說。

「我？」

「我覺得你是世界上最好的人。」

他被感動了，同時也感到愉快和窘迫。他腦門一熱，抓起了她的手吻著。

「親愛的露絲，我最親愛、最好的朋友，要是沒有你，我該怎麼辦？」

他們兩人靠得很近。

她想道，和他在一起我會得到幸福，我也能給他幸福。要是……

他想道，我是不是該聽雷斯的勸告呢？是不是把計畫放棄算了？那樣做真的是最好的辦法嗎？

他猶豫了片刻，但很快便不想了。他說：「晚上九點半盧森堡飯店見。」

12

他們全都來了。

喬治鬆了一口氣。剛才他還在擔心有人會臨時缺席呢！然而他們都到了。史蒂芬・法拉第，高高的個子，身挺腰直，帶點自命不凡的神態。姍卓・法拉第穿著一件黑絲絨晚禮服，脖子上戴著祖母綠項鍊。毫無疑問，這是一個有教養的女人。她神色泰然自若，也比往日更形優雅。露絲也穿著黑色的衣服，除了一枚鑲有寶石的別針外，沒有別的飾物，烏黑的頭髮十分熨貼，脖子和雙臂都潔白如玉……比其他女人都要白皙。露絲是個職業婦女，她沒有那麼多閒工夫曬黑皮膚。喬治的眼光和她的碰到了一起，她似乎在對方的眼光中窺出了焦灼，於是她笑了笑，讓他寬心。他的心蕩漾起來：忠誠的露絲！在他身邊的艾麗絲則異常沉默。只有她表現出她知道這是一個非同尋常的宴會。她的臉色蒼白，然而這對她來說似乎更合適，能賦予她一種莊嚴、堅定的美。她只是簡簡單單地穿著一件葉綠色的上衣。安東尼・布朗是最後一個到的。喬治覺得他進來的腳步輕巧而鬼鬼祟祟，像一頭野獸……像頭黑豹，或許，像隻金錢豹，這傢伙實在不像個有教養的人。

大家都到齊了，全部安然地走進了喬治的圈套。現在，這場戲該開場了……

雞尾酒已經喝過。他們站起身來穿過寬敞的拱門，來到了飯店的正廳。

翩翩起舞的伴侶們，柔和的黑人音樂，靈巧而忙碌的侍者……

查爾斯走上前來，微笑著將他們引到餐桌前。這張桌子遠在餐廳的盡頭，那裡有一個拱頂的凹室，擺著三張餐桌……中間是一張大桌子，兩旁各是一張能坐兩個人的小桌子，一位膚色發黃的中年外國男子和一位可愛的金髮女郎占據了一張小桌。另外一張小桌上是一對清瘦的青年男女，中間的那張桌子就是巴頓事先定好的餐桌。

喬治和顏悅色地給大家安排座次。

「姍卓，請你坐在這兒，在我右邊。布朗，請接著她坐。艾麗絲，親愛的，這是你的生日宴會，我要讓你坐在我旁邊。法拉第先生，請你坐在她旁邊。下一個座位是你的，露絲……」

他頓了頓。在露絲和安東尼之間有一把空椅子。這張餐桌是為七個人準備的。

「我的朋友雷斯也許要晚點來。他要我們大家不必等他，他過一會兒就來。我想讓大家認識認識他，他是個了不起的人，跑遍了全世界，他能給諸位講述不少奇聞逸事喔！」

艾麗絲坐下來的時候，心裡感到一陣惱火。喬治這是故意的……把她和安東尼分開。露絲本來是該坐在她這個位子，伴著她的主人。這麼說，喬治還是不喜歡、不信任安東尼。

她偷偷看了一眼桌子對面。安東尼正皺著眉頭呢，他沒有朝她這邊看，有一回，他用銳利的眼光瞥了一下身邊的空座位。他說：「還好你又請了另外一位男客人，巴頓。我恰巧要早一點告退。不過這完全出於無奈，因為剛才我在這兒碰巧遇上了一個熟人。」

喬治笑著說：「想在娛樂時間做筆生意嗎？你還太年輕了，布朗。其實我也不清楚你到底是做什麼生意的。」

喬治說這句話的時候，恰好其他人都沒講話。安東尼不慌不忙、冷靜地答道：「巴頓，我專門策畫犯罪活動。別人問我的時候，我總是這樣回答。無非是打劫、侵吞財產、闖空門而已。」

姍卓．法拉第邊笑邊說道：「布朗先生，你是做軍火生意的，對吧？現在軍火大王可是戲裡的熱門反派角色呀。」

艾麗絲看見安東尼的眼睛突然驚奇地睜大了，他輕聲說道：「你別給我漏底呀，亞歷姍卓夫人。這件事絕對不能聲張，到處都有間諜，談話要小心才是。」

他裝作一本正經地搖了搖頭。

侍者撤去了牡蠣盤，史蒂芬問艾麗絲是否願意和他跳舞。

不一會，他們都跳起舞來，氣氛變得輕鬆多了。

過了一會兒，輪到艾麗絲與安東尼跳舞。

她說：「喬治是故意不讓我們坐在一塊的，他太差勁了。」

「謝謝他的好心。這樣，我倒可以隔著桌子一直看你。」

「你不是真的要提早退席吧？」

「也許要。」

過了片刻，他問道：你事前知道雷斯上校要來嗎？」

「不，我一點都不知道。」

「那可就怪了。」

「你認識他嗎？噢，對了，那天你說過你認識他。」

她又問：「他是個什麼樣的人？」

「沒有人十分了解他。」

他們回到了桌子旁。夜色漸濃。漸漸地，剛剛鬆弛下來的氣氛似乎又開始緊繃起來。餐桌上，籠罩著一片使人精神緊張的氣氛。只有男主人依然是親切而無憂無慮。

艾麗絲看見他瞧了一眼手錶。

突然間，鼓聲隆隆，燈光轉暗，餐廳裡升起了一個舞台。人們紛紛把椅子往後挪了挪，側轉過身來。這時，只見三個男人和三個女人在舞台上跳起舞來。然後，是一個男演員表演口技。他模仿著火車、壓路機、飛機、縫紉機、母牛等各種聲音。他表演得十分成功。接著，倫妮和弗洛跳了一個煽情的舞，與其說他們是在跳舞，倒不如說他們是在做空中飛人的動作，這個節目博得了更多熱烈的喝采。然後，盧森堡飯店的六人演出隊伍來了一個全體表演。燈光就漸漸亮了起來。

每個人都眨著眼睛。

就在這時，一種從壓抑下解脫出來的感覺布滿了整個餐桌，就好像他們剛才都在下意識地等待著發生什麼事但終於沒有發生一樣。因為上一次就是恰好在燈光轉亮的時候，大家看到了一具死屍伏在餐桌上。現在，過去的一切似乎真的過去了，消失得無影無蹤。昔日悲劇的陰影已經煙消雲散。

姍卓活潑地轉向安東尼。史蒂芬對艾麗絲說了些什麼，露絲也湊上前來搭腔。只有喬治坐在椅子上，兩眼發直，呆呆地望著對面那把空蕩蕩的椅子。那個位置上也擺著一副餐具，玻璃杯中斟滿著香檳。也許隨時都會有什麼人來到這兒，坐在那張椅子上……

艾麗絲用手臂碰了他一下，打斷了他的沉思。

「醒醒吧，喬治。來跳個舞，你還沒和我跳呢。」

他清醒過來，微笑著衝她舉起了酒杯。

「讓我們首先為這位過生日的小姐乾一杯吧，大家聚集在這裡，就是為了給她祝賀生日的。艾麗絲．馬爾，祝你永遠年輕！」

大家笑著乾了一杯，隨後都站起來去跳舞。喬治與艾麗絲，史蒂芬與露絲，安東尼與姍卓。

這是一首歡快的爵士樂曲。

舞罷，大家全都邊說邊笑地走回來，紛紛入座。

接著，喬治突然向前一探身子，說道：「我想請求諸位一件事。大約一年前，我們曾在這裡參加過一次晚宴，那次晚宴的結局是悲慘的。現在我並不想喚起往日的傷心回憶，我只是不希望羅絲瑪莉已經被忘得一乾二淨。所以，我想請求大家為懷念她而乾一杯。」

他舉起酒杯。大家也都順從地舉起各自手中的酒杯。他們全都裝出彬彬有禮的樣子。

喬治說：「為懷念羅絲瑪莉乾杯！」

大家將杯子舉到唇邊，一飲而盡。

停頓片刻後，只見喬治向前晃了一下，便頹然無力地倒在椅子裡，他的雙手狂亂地抓著脖子，像是透不過氣來，臉上憋得發紫。

不一會兒，他就死去了。

第三部

艾麗絲

Sparkling Cyanide

我以為死者已經獲得安息，但顯然不是……

13

雷斯上校轉進了蘇格蘭警場的大門。他填完了遞到他面前的來客登記表。幾分鐘之後，他已經在坎卜探長的辦公室裡，和他握手了。

他們二人相知甚深。坎卜這人有點使人想起他那位大名鼎鼎的老前輩巴鬥。的確，他曾經在巴鬥的手下做過許多年，也許，他不知不覺地就模仿著這位老前輩的作風。他和巴鬥一樣，渾身上下像是用木材渾然刻就的……巴鬥會使人聯想到柚木和橡木；而坎卜探長卻使人聯想起更為華貴的木材……譬如說，紅木，或者上等的、古色古香的花梨木。

「上校，謝謝你給我打了電話，」坎卜道，「關於這個案件，我們必須得到一切可能的幫助。」

「這個案子似乎得交給高手來辦了。」雷斯道。

坎卜並沒有說什麼客氣話來否認，他頗為直率地承認了這一不容置疑的事實，亦即，只有那些特別棘手、廣為人知或極其重要的案子才會由他接手。他認真地說：「這事與基德敏斯特家族有關。你明白，這就意味著，我們必須謹慎行事。」

雷斯點了點頭。他已經與亞歷姍卓．法拉第見過幾次面。她是那種身分不同的文靜女人，將她與那些聳人聽聞的新聞報導聯繫在一起，似乎不可思議。他曾經在公共講壇上聽過她的演講……不甚雄辯，但是清楚、有力，能緊緊抓住主題，而且滔滔不絕。

這類女人的公開活動常登載在報紙上，而她們的私生活除了乏味的家庭背景以外，幾乎就沒有別的了。

儘管如此，他覺得這種女人確實有她們的私生活。她們懂得什麼是絕望、什麼是愛情，懂得由嫉妒引起的極度痛苦。她們也會失去控制，冒著生命危險去進行一場激烈的賭博。

他好奇地問道：「坎卜，假定是她做的呢？」

「亞歷姍卓夫人？你認為是她嗎，先生？」

「我不確定。可是就先假設是她吧，或許是她丈夫幹的……他也是基德敏斯特家族裡的一號人物。」

坎卜探長那雙沉著、海綠色的眼睛靜靜地注視著雷斯那雙黑色的眼睛。

「如果謀殺真是他們其中一個幹的，我們一定會發揮實力讓他們上絞架。這你是明白的。這個國家對殺人凶手既不畏懼也不偏袒。可是我們必須對手中的證據有絕對的把握才行……檢察官必然會堅持這一點。」

雷斯點點頭。接著，他說：「我們開始工作吧！」

「喬治・巴頓死於氰化鉀中毒，和一年前他太太的死因一模一樣。你說過，昨天晚上你就在那家飯店裡，對吧？」

「對。巴頓邀請我去參加那個宴會，我謝絕了，我不喜歡他要的那一套。我反對他這樣做，並且敦促他說，假如他對太太的死有所懷疑，最好去找應該找的人……找你。」

坎卜點點頭。

「他應該這樣做才對。」

「可是他偏偏固執己見，要給凶手安排圈套。他也不願意告訴我是什麼樣的圈套。我對整件事情十分擔心，因此昨天晚上我就去了盧森堡飯店，以便進行觀察。我的座位不得不與他們保持一定的距離，因為我不想讓他們一眼認出我來。遺憾的是，現在我無可奉告，因為我沒看到任何可疑的現象。靠近過桌子的只有侍者和他們賓主幾人。」

「是的，」坎卜說，「這樣範圍不就縮小了嗎？要嘛是他們其中一個，要嘛就是侍者朱塞佩・博薩諾。今天早晨我把他叫來了——我想也許你會想見見他——但我不相信他會和這個案子有關。他在盧森堡飯店已經工作十二年，名聲斐然，結過婚，有三個孩子，品行優良，和所有顧客都處得很好。」

「這樣範圍就縮小到那些客人身上了。」

「對，這次的客人和巴頓太太死亡的那次一模一樣。」

「巴頓太太的那樁案子怎麼樣了，坎卜？」

「我一直都在研究這個問題，因為這兩樁案子顯然是密切相關。眼下亞當斯正在處理那件案子呢。它不是我們所說的那種明顯的自殺案，但是在沒有他殺的直接證據下，認定為自殺，是最說得通的講法了，我們只能按自殺案處理，捨此別無他法。你知道，在我們的案例記錄中有不少這類案子，有許多我打了問號的自殺案，一般大眾是不知道這些問號的，但我們都記在心裡，有時我們也會私下調查調查。」

「有時有些線索會暴露出來，有時則未必。這樁案子就沒暴露出來。」

「現在暴露出來了。」

「是的，現在暴露出來了。有人曾經向巴頓先生透露，他太太是被謀殺的。於是他就開始忙起來了，他甚至說自己已經找到了確實的線索。我不知道他到底有沒有找到，但凶手一定以為他真的有了線索，於是驚惶失措起來，又殺掉了巴頓先生。我看就是這麼一回事。但願你能同意我的看法。」

「唔，是的，這部分相當清楚。天知道那個所謂的『圈套』是怎麼回事。不過，我注意到餐桌旁邊有把空椅子。也許是在等待證人突然出現吧。但這樣做太過分了，其結果是適得其反。它讓罪犯大為驚恐，於是，她或他不等繩套收緊就搶先下手了。

「好吧，」坎卜道，「現在我們有五個嫌疑犯，我們先來分析第一個案件——巴頓太太的案件。」

「難道你現在已經確信那不是自殺了？」

「巴頓先生的被殺已經證明那不是自殺了。儘管我不認為你能夠埋怨我們當時把自殺作為最可能的結論。那時候說是自殺，也是有些證據的。」

「罹患流行性感冒以後的精神抑鬱？」

坎卜緊繃的臉上綻開了一絲微笑。

「那不過是對驗屍審訊所提出的理由。因為它和醫學證明是一致的，又不傷大家的感情。這種事每天都有。此外，還有她給妹妹那封只寫了一半的信。那封信裡說，她的個人物品將送給哪些人，這就說明她心裡已有自殺的念頭。我認為她的確精神壓抑。這位可憐的太太……這種事情對女人來說，十之八九都是為了愛情，男人則多半是為了金錢。」

「這麼說，你已經知道巴頓太太有外遇了？」

「對。沒多久我們就發現了。雖然他們交往得十分謹慎，可是我們沒費多大周章就查清楚了。」

「是史蒂芬・法拉第嗎？」

「就是他。他們常常在厄爾斯考特路的一家小公寓裡幽會，來往差不多有六個多月。大概他們吵了嘴，或許是他開始厭倦她了。嗯，由於絕望已極而輕生的女人，她可不是第一個呀。」

「於是她用氰化鉀在飯店裡公開自殺？」

「是的——假如她是為了製造戲劇性的話——她要他從頭到尾都看著。有些人很愛引人注目。從我了解到的情況來看，她是一個不大在乎傳統的人，謹慎小心全仰仗他。」

「他太太知道這件事嗎？關於這一點你們有什麼證據？」

「就我們所知，她是完全蒙在鼓裡。」

「也許她早就知道，心裡一清二楚哩，坎卜。她可不是那種憋不住話的女人。」

「哦，很有可能，兩種可能性都有。她出於嫉妒，他出於對自己前途的考量。本來離婚是個解決問題的辦法，但這是非同小可的事，對他來講，離婚就意味著與基德敏斯特家族對抗啊。」

「那位祕書小姐怎麼樣？」

「她也有可能。她對喬治．巴頓可能一直懷有情意。他們在辦公室裡十分親密，別人不免認為她喜歡他、在打他的主意。昨天下午，一個女接線生在學著巴頓拉著露絲的手說他不能沒有她時，恰好碰上萊辛小姐從辦公室裡出來。她立刻就把那女孩給解雇了……給了她一個月的工資，把她打發走。看起來，她對此好像十分敏感。再有一個，是羅絲瑪莉的妹妹。她繼承了一大筆財產，這一點也不應當忽視。她看起來十分甜美，但知人知面難知心啊。還有一個是巴頓太太的另一位男朋友。」

「我倒是很想知道你對這個人有什麼了解。」

坎卜慢慢說道：「了解得非常少。但是，我們眼下掌握的情況不大妙。他的護照毫無瑕疵，是一個找不出任何問題的美國公民，沒有什麼圖謀不軌或其他事。他到了這裡之後，就住在克拉里奇飯店，並且設法結識了迪斯伯里勳爵。」

「是個騙子嗎？」

「也許是吧。迪斯伯里大概上了他的當，請他留下來。那正好是個頗為關鍵的時刻。」

「是軍火方面的事吧，」雷斯說道，「那時，迪斯伯里的兵工廠中一種新式坦克試驗出了毛病。」

「對。布朗聲稱他對軍火生意有興趣。他到那兒以後不久，他們就發現有人在從事破壞活動。布朗在那兒碰到迪斯伯里的許多老朋友，他似乎竭力結交與軍火公司有關的人，結果他看到了許多武器彈藥。這些東西其實不該讓他看的。他到了那裡之後不久，兵工廠有一兩個專案發生過嚴重的問題。」

「安東尼．布朗先生是個有趣的人嗎？」

「是的，他顯然是個很有魅力的人，而且他盡一切可能利用這種魅力。」

「巴頓太太如何和他結識？喬治．巴頓和軍火生意毫無瓜葛呀。」

「對。可是他們好像關係挺密切的。也許他對她洩漏了什麼。漂亮女人從男人那兒什麼都能得到，這一點上校你是再清楚不過了。」

雷斯點點頭。他了解探長這話是針對自己曾經領導過的反間諜工作而言，並非像有些笨蛋想像的那樣，是指他個人的某些疏忽。

過了一會兒，他說：「你著手研究喬治．巴頓接到的那些信了嗎？」

「研究過了，那些信是昨天晚上在他房間裡的寫字桌中找到的。馬爾小姐替我找的。」

「你知道，我對那些信很有興趣，坎卜。專家對這些信有什麼看法？」

「廉價的紙，普通的墨水，指紋表明喬治．巴頓和艾麗絲．馬爾動過它們。信封上有些無法確定的小痕跡，還有郵局雇員的指紋等等。這些都已經複印下來，專家們說，它是出於某個受過良好教育、健康狀況一般的人之手。」

「受過良好教育，那就不會是個侍者寫的了？」

「應該不是。」

「這就更有意思了。」

「也就是說，至少還有人對羅絲瑪莉的死是有懷疑的。」

「是一個到目前為止還沒有來警察局報告他的想法的人；是個想喚起喬治的疑心而事後又不再關心本案的人。還有個奇怪的地方，坎卜，這些信會不會是巴頓自己寫的？」

「有可能。但是他自己寫這些信是為了什麼？」

「他是在為自殺做準備……他想使這次自殺看起來像是一次謀殺。」

「而且想讓史蒂芬．法拉第上絞刑台，對吧？這僅僅是一種假想而已。他一定有把握可讓一切情況都指明法拉第是凶手。但目前我們還沒握有對法拉第不利的證據。」

「那麼氰化鉀呢？找到裝氰化鉀的東西了嗎？」

「找到了。桌子底下有個白紙包，裡面有少量殘留的氰化鉀晶體。上面沒有指紋。當然，在偵探小說裡，這個小包一定會被描寫成什麼特殊的紙張，要不就是疊成什麼特殊的樣子。我倒想給這些偵探小說家開一堂例行工作課程。這樣他們馬上就會明白，凶手留下的大多數物品是毫無痕跡的，做案的時間、地點也是不惹人注意的。」

雷斯笑了。

「你的話太籠統了。昨晚有人注意到什麼沒有？」

「今天我正在進行這方面的調查。昨天晚上，我簡單記錄了每個人的供詞，然後我和馬爾小姐一起回到她艾瓦頓廣場的家裡，查看了巴頓的書桌和文件。我今天將取得他們每人更為詳盡的供詞，包括坐在凹廳那另外兩張桌子的客人的供詞。」他翻翻幾份文件後又說：「對了，就是他們。有傑拉德．托林頓，他是皇家警衛隊員；帕翠夏．布賴伍沃思小姐，這是一對訂了婚的男女青年。我敢打賭，他們除了相互欣賞對方以外什麼也沒看見。還有，佩特羅．莫拉萊斯，一個從墨西哥來的下流胚子，一雙色眼滴溜溜轉。還有克麗絲汀．香農小姐，一位專騙男人金錢的可愛金髮女郎。我敢打賭，她什麼也沒看見，她笨得不能再笨了，除非見錢才眼開。要靠這些人找出點名堂，真是希望渺茫。不過我還是記下他們的名字和住址，以防萬一。我們還是先從那個叫朱塞佩的侍者身上著手。他已經來了。我叫他進來吧。」

14

朱塞佩．博薩諾是個中年人，猴頭猴腦地透著精明。他有些緊張，但並不太過。他解釋說，他十六歲就來到這個國家，還娶了一個英國老婆，因此說得一口流利的英語。

坎卜和顏悅色地對待他。

「好，朱塞佩，讓我們聽聽關於這個案子你知道些什麼吧。」

「這件事對我來說真是太糟了。那張餐桌是由我服務的，酒也是我斟的。人們會說我失去理智，會說我在酒杯裡下了毒。雖然事情不是這樣，但人們還是會這樣說。戈德斯坦先生已經講過，我最好休假一個星期，這樣大家就不會對我問來問去，也不會對我指指點點了。他可真是個大好人哪，為人十分公正。他清楚這不是我的錯，而且我在那兒做了好些年了，他不會像別的飯店老闆那樣把我解雇。查爾斯先生對人也很好，但不管怎麼說，這件事對我來說是太不幸了，這事弄得我心驚膽戰。我常常問自己，難道我真的有個仇人嗎？」

「唔，」坎卜操著他那不帶感情的腔調說，「你有仇人嗎？」

那副可憐的猴子臉突然苦笑了起來。朱塞佩雙手一攤。

「我？在這個世界上我一個仇人也沒有呀。我有許多朋友，但沒有仇人。」

坎卜咕噥了一聲。

「現在談談昨天晚上的事吧。先跟我說說那香檳酒是怎麼回事。」

「那是一九二八年份的克里果葡萄酒，非常好、非常昂貴的酒。巴頓先生就是這樣，他喜歡好菜好酒，而且要上好的貨色。」

「他是事先就訂下這種酒嗎？」

「是的。一切都是他和查爾斯事先安排好的。」

「餐桌上的空位是怎麼回事？」

「也是他安排的。他吩咐查爾斯，查爾斯又吩咐了我。說是那天晚上遲些時候，還有一位年輕的女士要來坐。」

「年輕的女士？」雷斯和坎卜相互看了一眼。「你知道這位年輕女士是誰嗎？」

「不知道，我一點也不知道。我只是聽說她要晚一點來。」

朱塞佩搖了搖頭。

「再談談酒吧，一共有幾瓶？」

「兩瓶，如果需要的話，還準備了第三瓶。第一瓶很快就喝光了，第二瓶是在表演開始前不久打開的。我把杯子全斟滿了，然後把酒瓶放進冰桶裡。」

「你在什麼時候最後一次看見巴頓先生拿起自己的酒杯喝酒？」

「讓我想想……表演結束以後，他們為那位年輕小姐的健康乾杯。我想那天是她的生日。接著他們去跳舞了。跳完舞他們回到桌子上，這時巴頓先生又喝了香檳，一分鐘內，他就死了。」

「他們跳舞的時候你斟酒了嗎？」

「沒有，先生。在他們為那位小姐乾杯的時候，酒杯是滿的，而且他們沒喝多少，只是抿了幾口，杯子裡還剩了好多。」

「是不是有人——任何一個人——在他們跳舞的時候曾走近桌子？」

「一個也沒有，先生，我敢肯定。」

「他們是同時去跳舞的嗎？」

「對。」

「又一起回來？」

朱塞佩轉著眼珠，絞盡腦汁地想著。

「巴頓先生是頭一個回來的……和那位年輕小姐。他比其他人都胖一點，所以他沒跳多久，這您是了解的。接著是那位體面的先生……法拉第先生和那個穿黑衣服的小姐。亞歷姍卓．法拉第夫人和那個皮膚黑黑的先生是最後回來的。」

「你認識法拉第先生和亞歷姍卓夫人嗎？」

「認識，先生，他們常到盧森堡飯店來，都是很有名氣的人。」

「好，朱塞佩，如果那些人往巴頓先生的杯子裡放東西，你看得見嗎？」

「我可不敢這麼說，先生。我有我的工作，凹廳裡還有另外兩張桌子，另外，主廳裡也有兩張餐桌我得照顧。我必須端盤子上菜，總不能老看著巴頓先生的桌子呀。表演完了以後，大家差不多全站起來去跳舞了，那時候我才能站定一會兒。所以我敢肯定那段時間沒人挨近桌子。不過大家一坐下，我馬上又忙開了。」

坎卜點點頭。

「可是我想，」朱塞佩接著說，「要想往巴頓先生的酒杯裡放東西，很難不被人瞧見。在我看來，好像只有巴頓先生自己才有可能。但您不這麼想，對吧？」

他探詢地望著探長。

「你是這麼想的，是嗎？」坎卜道。

「我什麼都不清楚，也想不通。正好在一年前，那位漂亮的巴頓太太自殺了。巴頓先生一定很傷心，所以，他就用同樣的辦法來自殺。這難道不可能嗎？挺有詩意的呀。當然，這對飯店太不利了。但是，一位紳士若是想要自殺，他是管不了這些的。」

他急不可耐地望望這個，又看看那個。

坎卜搖了搖頭。

「我不認為事情會那麼簡單。」他說。

他又問了幾個問題，就打發朱塞佩走了。

門在朱塞佩身後剛一關上，雷斯就說：「不曉得我們想的到底對不對？」

「一個傷心的丈夫在他太太死去滿一週年自殺？噢，事實上還不到一年，不過也差不多了。」

「那天是萬靈節。」雷斯說道。

「沒錯，可能他就是這麼想的吧。但果真如此，就無法解釋那幾封書信了；也沒法解釋巴頓先生為什麼要和你商量，並且把信拿給艾麗絲．馬爾看。」他掃了一眼手錶。「我說好了十二點半去基德敏斯特府邸。要去之前，我們還有時間去問問其他兩張餐桌上的人。無論如何我們也要見上幾位。和我一起去吧，怎麼樣，上校？」

／15

莫拉萊斯先生住在麗緻飯店。早晨這個時候他的模樣可真不稱頭。鬍子沒刮，眼球上布滿了血絲，一眼就能看出他昨晚喝醉酒。

莫拉萊斯先生是個美國人，講著一口美國腔的英語。儘管他口口聲聲說會盡力回憶，對昨天晚上才發生的事卻只有一個模糊的印象。

「我是和克麗絲汀一起去的。這娘們兒真是個騷貨！她說那是個好館子。我說，寶貝，你說去哪兒就去哪兒吧。我承認那是個上等餐廳……很知道怎麼敲詐你！把我手上的三十美元都給敲去了。可是那個樂隊太差勁了，他們根本就不會演奏。」

他們打斷了莫拉萊斯對自己那段夜生活的追憶，叫他回憶一下凹廳中間那張餐桌上的情況。在這個問題上，他沒講出有助於破案的一絲半縷。

「那兒確實有張桌子，旁邊坐著一夥人。我記不清他們長什麼樣子。在那傢伙倒下以前，我也沒怎麼注意他們。我想，起先他拿不住酒杯了。啊，對了，我記得其中有個女人，黑頭髮的，她的模樣倒是挺迷人的。」

「你說的是那個穿綠天鵝絨的小姐嗎？」

「不，不是那個，她是個瘦子。這個小妞是穿黑衣服的，身材還挺不賴。」

莫拉萊斯那張轉來轉去的賊眼看到的是露絲．萊辛。

他欣賞地皺了皺鼻子。

「我看著她跳舞，那小妞跳得真棒！我還向她招了一兩回手，但她那冷冰冰的眼睛，帶著一副你們英國人的派頭，連看都不看我一眼。」

從莫拉萊斯先生這兒再也問不出什麼有價值的東西了。他也坦率地承認，台上在表演的時候，他已經醉得差不多了。

坎卜謝過他，準備離去。

「明天我就要坐船去紐約了。」莫拉萊斯說道，「你們，」他渴望地問：「不希望我留下吧？」

「謝謝你。我不認為審訊的時候需要你的證詞。」

「你知道，我在這兒過得挺快活，如果警方需要我留下，我的公司不會反對。警察說讓你留下，你就得留下。要是我再使勁回憶一下，說不定還能記起什麼呢！」

可是坎卜斷了他的這種念頭。他和雷斯駕車去了布魯克街，接待他們的是一位性情暴躁的先生，他就是帕翠夏．布賴伍沃思小姐的父親。

布賴伍沃思將軍接待他們的時候，講了許多直言不諱的話。

他們到底是什麼居心，竟然說他女兒——他的女兒耶！——和這種事有牽連？假設每個女孩和她的未婚夫到飯店吃飯都要遭到偵探和蘇格蘭警場的糾纏，那麼英國將會變成什麼樣子？她甚至連這些人的名字都不知道。是叫哈巴德？還是巴頓？是城裡人還是其他什麼怪傢伙？這件事表明，你不管到哪兒去，即使是小心再小心，也不見得能不出問題。盧森堡飯店一向被視為最沒問題的地方，但這種事在那裡已經是第二次發生了。傑拉德帶帕翠夏到那兒去真是糊塗。這些年輕後生以為自己什麼都懂。不過無論如何，他這位父親是不會讓他女兒受到糾纏、威脅和盤問的，除非律師認為需要。他要給林肯飯店的老安德森打個電話，讓他……

說到這兒，這位將軍突然停住了，他望著雷斯說：「我好像見過你。是在哪兒……」

雷斯笑了一下，馬上答道：「一九二三年，在巴德波爾。」

「天啊！」將軍說道，「這不是強尼．雷斯嗎！你怎麼也給攪進這碼事呀？」

雷斯笑了一笑，說：「他們想找你的女兒問些問題，我恰好和坎卜探長在一起。我建議他到這兒來，我覺得這比找你的女兒到蘇格蘭警場要愉快一些。此外，我認為我也應該和他一起來。」

「哦，嗯，啊，雷斯，你做得對。」

「我們當然希望盡可能不打擾令千金。」坎卜探長插言道。

恰在此時，門打開了，帕翠夏．布賴伍沃思小姐走了進來。她冷冷地打量現場，帶著年輕人特有的超然神態。

「喂，」她說，「你們就是從蘇格蘭警場來的，對吧？要問昨晚的事嗎？我一直盼著你們來呢。爸爸，你是不是有點累了？別這樣，爸，你知道，醫生囑咐過，要你注意血壓。我真不明白，你怎麼對什麼事都要這麼激動呢。我可以請這位探長……或主任什麼的到我的房間去。我叫沃爾特斯給你端一杯威士忌和蘇打水來。」

將軍焦躁得直想罵上幾句，但最後只說了一句：「這位是我的老朋友，雷斯上校。」聽完介紹後，帕翠夏就對雷斯失去了興趣，卻對坎卜探長投去快樂的笑容。

她以一種沉著的將門氣派，將他們帶出她父親的房間，走進了自己的客廳。她決然地把她父親留在他的書房裡，關上房門。

「可憐的爸爸，」她評論道，「他就愛大驚小怪。不過他其實也挺容易對付的。」

談話是在友好的氣氛中進行的，但是收穫甚微。

「那真是件嚇人的事，」帕翠夏說，「或許這輩子，也就這一次我親臨謀殺現場……那是謀殺，對吧？報紙上說得很小心謹慎又含糊其辭，可是我在電話裡對傑拉德說，那一定是謀殺。想想吧，一個謀殺案就近在咫尺，而我竟然看都沒看到！」

她分明帶著懊悔的口吻。

正如探長已經悲觀地預言過那般，顯然，這兩位一個星期前才訂婚的年輕人整晚光顧著互相欣賞。

儘管帕翠夏．布賴伍沃思小姐非常樂意提供情報，但是她所能回憶起來的，也只不過是對某幾個人的點滴印象。

「姍卓．法拉第看上去很神氣，不過她一貫如此。她那天穿的是件薛帕勒利式的衣服。」

「你認識她嗎？」雷斯問。

帕翠夏搖了搖頭。

「只是見過。她丈夫看上去挺討人厭的……我總這麼想。這個人浮誇得很，就和大多數政客一樣。」

「你認得出其他人嗎？」

她搖搖頭。

「不，其他人我一個也沒見過……我想應該沒見過。實際上，要不是因為姍卓．法拉第穿的是件薛帕勒利式的衣服，我也不會注意到她。」

「你將會發現，」剛一離開她家，坎卜探長就苦笑著說，「傑拉德．托林頓少爺和她一樣……什麼都沒瞧見。」

「我認為，」雷斯附和道，「史蒂芬．法拉第的衣服是不會引起他注意。」

「那麼，好吧，」探長道，「我們到克麗絲汀．香農那兒去碰碰運氣吧。這樣，調查的工作就算結束了。」

正像坎卜探長講的那樣，香農小姐是一位可愛的金髮女郎，漂過的頭髮梳得很仔細，從那沒精打采而柔順天真的臉上掠到腦後。香農小姐也許正如坎卜探長所斷言的那樣笨頭笨腦，但是長得很好看。那孩子般的藍色大眼睛中有一股狡黠，說明她的笨拙僅僅是智力上遲鈍些，但事情一涉及常識和金錢，克麗絲汀·香農可是一點也不含糊。

她極其熱情地接待了這兩位男人，拚命要請他們喝飲料。在他們謝絕了以後，她又忙著請抽菸。她住的是一套廉價的新式小公寓。

「能幫助你們，我十分高興，探長先生，你愛問什麼就問什麼吧。」

坎卜開頭照例問了那張餐桌的人。

馬上就可以看出，香農是個相當敏銳又精明的觀察者。

「這個宴會進行得不順利，這是看得出來的。要說多死板就有多死板。我挺可憐那個『大孩子』的……就是舉辦宴會的那位。他費盡心機想把事情弄好，可是偏偏就弄得像電線上的貓似的那麼緊張，他白費工夫了。坐在他右邊的那個高個子女人，就像吃了根鐵棍似的，硬挺挺的。坐在他左邊的那個小女孩則像個神經病似的坐立不安，可以看得出來，這是因為她沒能和對面的那個英俊、黝黑的小夥子坐在一塊。至於坐在她旁邊那個高個、皮膚白皙的男人，就好像肚子出了毛病，看他吃東西那副樣子，彷彿那些菜飯會噎著他似的。挨著他坐的那個女人做得最到家，她很用心照顧他，但她自己倒像是心神不寧。」

「你似乎注意到了不少東西，香農小姐。」雷斯上校說道。

「我還要透露一個祕密。我心裡一直很不痛快。我和我的那個男朋友一連三個晚上都在外面，我都有點討厭他了！他恨不得把倫敦都走遍，尤其是要去那些他所謂的高級場所。我要說，他並不小氣，每次都會開香檳。我們一起去過康普拉多飯店，米爾弗勒飯店，最後一天是盧森堡飯店。他自己過得倒是挺快活。從某種程度上來講，這也是頗值得同情。但是他說話無趣極了。來來回回地講他在墨西哥做買賣的那段過去。那些事，我大部分都聽過三遍了。不然就是講他認識的一些女人，那些女人全都迷他迷得發狂。女孩子對這類話題一下子就聽膩了。佩特羅這個人沒有看頭，這你們也會承認……於是我專心吃著東西，眼睛東瞧西瞧。」

「啊，香農小姐。從我們的觀點來看，這太好了。」探長說，「希望你看到一些能夠解決我們問題的事情。」

克麗絲汀搖搖滿頭的金髮。

「我不清楚是誰謀殺那個『大孩子』……一點也不知道。他只不過喝了一口香檳，臉就發紫，倒了下去。」

「你還記得在他倒下以前，是什麼時候拿起杯子喝酒的嗎？」

那女孩思索了一下。

「嗯，對了，是在表演剛剛結束的時候。燈亮了起來，他端起杯子，說了些什麼，其他人也跟著這樣做。我看像是在為什麼人祝酒。」

探長點點頭。

「後來呢？」

「後來又奏起了音樂，他們全站了起來，走去跳舞，一邊推開椅子，一邊笑著，好像開始熱絡了起來似的。香檳能讓最呆板的宴會都熱鬧起來，可以說是具有神效呢！」

「他們都去跳舞了，留下了一張空桌子？」

「對。」

「沒人碰過巴頓先生的杯子。」

「完全沒有。」她的口氣變得果斷起來。「我敢肯定。」

「那麼，在他們離開之後也沒有人靠近過那張桌子嗎？」

「沒人……當然，除了侍者以外。」

「侍者？哪個侍者？」

「就是那個圍著圍裙的毛頭小子，大概十六歲的樣子。他不是個正式的侍者。那個正式的侍者是個彬彬有禮的傢伙，長得像隻猴子。我猜他可能是個義大利人。」

坎卜探長點了點頭，明白這是指朱塞佩．博薩諾。

「這個小侍者都幹了些什麼？來倒酒？」

克麗絲汀搖搖頭。

「哦，不，他沒碰那桌上的任何東西，他只撿起一個小姐的提包，那是他們大夥站起身的時候，被一個女客人碰掉的。」

「誰的提包？」

克麗絲汀想了一會兒，接著說：「對了。是那個年輕小姐的提包，一個綠色的小提包。另外兩個女人的提包是黑色的。」

「那個侍者動了那個提包嗎？」

她似乎有些吃驚。

「他只是把提包放回去而已，就是這麼回事。」

「你確定他根本沒碰那些玻璃杯？」

「嗯，沒碰。他很快把提包放了回去，就跑開了，因為那個正式的侍者正在大聲嚷嚷，叫他去什麼地方或去拿什麼東西，好像一切都是他的錯似的！」

「再沒有別的人靠近那個桌子了？」

「對。」

「可是，或許其他人也到過這張桌子，而你沒看見？」

然而，香農非常肯定地搖了搖頭。

「不會，絕對沒有。你知道，那時候佩特羅恰好去打電話，還沒回來。所以我除了無聊地四下亂看以外，就沒事可幹了。觀察事物我還挺在行。再說，從我坐的那個地方，除了那張空桌子，也沒什麼別的東西好看。」

雷斯問道：「誰第一個回來？」

「穿綠衣服的女孩和那個『大孩子』。他們坐下後，那個皮膚白白的男人和穿黑衣服的小姐就回來了。他們之後，是那個傲氣的女人和那個英俊的黑皮膚男人。他跳舞跳得棒極了。當他們全都回來之後，侍者急忙用酒精燈熱菜。那『大孩子』俯身講了一番話，他們又全都舉起酒杯來。接著就出事了。」克麗絲汀頓了一下，接著又輕快地補充道：「太嚇人了，不是嗎？當然了，我還以為是中風了呢。我嬸嬸就中過風，也是那麼摔倒的。佩特羅恰好是那個時間回來的，我跟他說：『你看，佩特羅，那個人中風了。』他就說了那麼一句：『只是昏過去，昏了，沒事的。』他自己也快喝昏了，我得多留心他。在盧森堡飯店這樣的地方喝昏過去，可是會讓人笑話的。這就是我不喜歡那些達戈人[10]的緣故，他們一喝多就變得一點也不紳士。我們女孩子很難預料會碰到什麼樣的倒楣事。」她沉思了一會兒，然後瞥了一眼戴在右腕上的漂亮鐲子，說道：「不過，他們這些人倒是滿大方的。」

為了耐心引導她把話題從女人在生活中所受的磨難及因此而得到的報償上轉回正題，坎卜又讓她講了一遍事情的經過。

「這是我們從外圍調查中再深入的最後機會，可是又落空了。」他們離開香農小姐的家之後，他對雷斯說道，「這次調查要是有成果的話，本來倒是個好機會。這女孩正是我們所需要的那種證人。她把什麼都確確實實看在眼裡，記在心裡了。要是有什麼東西值得一看，她都會看在眼裡。這麼說，答案就是：什麼異常狀況都沒有。真叫人難以相信。這簡直成了變戲法！喬治．巴頓喝了香檳、去跳舞。他回到桌子後，又用同一個沒被人碰過的杯子喝酒，然後，說變就變，裡面就滿是氰化鉀了。這真是妙啊！我跟你說，無風是不起浪的。」

他停頓片刻。

「還有那個侍者，那個半大不小的孩子。朱塞佩從來沒提過他。這個我得調查調查。不管怎麼樣，那些人全去跳舞的時候，他是唯一靠近那張桌子的人。也許其中頗有蹊蹺。」

雷斯搖了搖頭。

「要是他往巴頓的杯子裡放了什麼，那女孩一定會看見。對於瑣碎小事，她倒是個天生的觀察家呢。她的腦子裡空空如也，因此她便大用其眼了。不，坎卜，我們應該能夠解開這個問題，其中的答案一定非常簡單。」

「對，這兒就有一個現成的答案：是他自己把那個東西放進去的。」

「我開始相信就是這麼回事了，那是唯一可能的事。但如果真是這樣，坎卜，我相信他一定不知道自己放進杯中的東西是氰化鉀。」

10 達戈人（Dago），英美人對膚色淺黑的義大利人、西班牙人、墨西哥人、葡萄牙人等的蔑稱。此處指從墨西哥來的佩特羅．莫拉萊斯。

「你是說，有人把毒藥給了他，告訴他這是治療消化不良或是高血壓的藥？就是這樣，對吧？」

「有可能。」

「那麼是誰給他的呢？不會是法拉第夫婦吧。」

「看來不大像。」

「那麼我要說，也不可能是安東尼先生了。這樣就剩下兩個人，一個是他疼愛的小姨子……」

「另一個就是那位忠心耿耿的祕書。」

坎卜看了看他。

「對，她有可能在他身上打什麼主意……現在我該去基德敏斯特府邸了，你呢？去看看艾麗絲小姐嗎？」

「我想，我要去看另外那位……在辦公室工作的那位，為了弔唁老友。我有可能和她出來吃頓午飯。」

「那麼，這就是你在『想』的事囉？」

「我現在還沒有什麼想法呢。我只是在到處找線索。」

「儘管這樣，你還是該去看看艾麗絲・馬爾小姐。」

「我會去的。可是我寧願趁她不在的時候去。坎卜，你知道這是為什麼嗎？」

「我毫無概念。」

「因為那兒有一位喜歡嘮叨的人，就像隻鳥兒一樣，一天到晚嘰嘰喳喳地叫個不停。『小鳥兒會給我報信』，這是我年輕時常聽到的一句格言。這話很對，坎卜，那些嘮嘮叨叨的人可以告訴你許許多多的事情，只要你能讓他們嘮嘮叨叨！」

16

兩人分了手。雷斯招呼了一輛計程車，到城裡巴頓的辦公室去了。而坎卜探長為了節省開支，跨上一輛公共汽車，前往不遠處的基德敏斯特府邸。當探長拾級而上，伸手按鈴時，臉色是陰沉的。他明白，他的處境很困難。基德敏斯特家族具有強大的政治影響力，它的勢力就像一張網一樣遍布全國上下。然而，坎卜探長深信不列顛的司法是公正不阿的，假使史蒂芬或亞歷姍卓．法拉第真的與羅絲瑪莉．巴頓或喬治．巴頓的死有牽連，那麼，任何「門路」或「勢力」都不能使他們逍遙法外。但如果他們是無罪或證據不足而不能定罪，那麼負責這件事的官員就一定要倍加小心才行，不然就會挨他上級的一頓臭罵。在這種情況下，人們就會明白，放在探長面前的絕不是什麼好差事。正如他對自己所說的那樣，基德敏斯特家族很有可能會「發脾氣」。

可是，坎卜不久便發現他的假定有點天真了。基德敏斯特勳爵是一位極富經驗的外交家，絕不會魯莽行事。

坎卜探長說明來意以後，就立即被一名傲慢的管事帶到府後一間光線暗淡、四壁全是書籍的房間裡。在那兒，他見到了基德敏斯特勳爵。他的女兒和女婿也在。

基德敏斯特勳爵走上前來與他握手，並且彬彬有禮地說：「你來得正好，探長先生。承蒙你親自登門，而沒有讓我女兒和她丈夫前往蘇格蘭警場，對此我深表感激。當然，如果必要的話，他們也是準備前往的，這是無庸置疑的。總之，他們很感謝你的好意。」

姍卓平靜地說：「是的，的確如此，探長。」

她穿著一身質地柔軟的深紅色洋裝坐在那裡，光線從她身後那扇狹長的窗戶裡投射進來，這使坎卜覺得她像是一尊他曾在國外某個教堂裡看過的染色玻璃塑像。她那鵝蛋臉和有點瘦削的雙肩更加深了這種印象。她看上去像是他聽過的某位聖徒……但亞歷姍卓・法拉第夫人並不是聖徒，她遠非一個聖徒。不過依他之見，某些古老的聖徒也是十分可笑。他們不是善良、普通、正派的基督徒，而是一些對人對己都頗為怪誕的殘酷無情之輩。

史蒂芬・法拉第靠近他夫人站著。他的臉上毫無表情，看上去道貌岸然，具有一個人民委派的立法議員的氣派，把他那凡夫俗子的真面目巧妙地隱藏起來。然而，他到底是個凡夫俗子，探長心知肚明。

基德敏斯特勳爵正在侃侃而談，他具有把握談話方向的絕高技巧。

「探長先生，我不打算向你隱瞞，此事對我們大家來講都是痛苦而令人不快的。這是我女兒和女婿第二次涉入這種公共場所的暴斃事件了……在同一家飯店有同一個家庭的兩名成員暴死。這種新聞會損害一個人在大家心目中的形象。當然，新聞報導是不可避免的，這一點你我都能理解。因此，小女和法拉第先生都企望對你傾力相助，並希望此案能盡早澄清，大家的興趣也就會隨之消除了。」

「謝謝您，基德敏斯特勳爵。我極為讚賞你們所採取的態度，這必定會使我們的工作更容易進行。」

姍卓．法拉第道：「請提問吧，探長先生，悉聽尊便。」

「謝謝你，姍卓女士。」

「還有一點，探長先生，」基德敏斯特勳爵說道，「當然，你有你的情報來源，不過據我從我一位局長朋友那裡聽說，這個叫巴頓的人被認為是他殺而不是自殺，儘管以局外人的淺陋之見，似乎自殺更合情理一些。姍卓，親愛的，你不認為這是自殺嗎？」

那尊哥德塑像微微頷首。她帶著審慎的口氣說道：「對我來說，昨晚的事是明明白白的。去年就是在那家飯店、在同一張桌子上，可憐的羅絲瑪莉服毒自殺了。今年夏天在鄉下時，我們和巴頓先生見過面，當時我們就發現巴頓先生非常古怪，和以前大不一樣。我們都認為是他太太的死仍在折磨著他。他很愛她，你知道，我認為他無法面對她的死亡。於是，大概就有了自殺的念頭。這即使不自然，至少是有可能。除此之外，我想像不出有什麼人要謀殺喬治．巴頓。」

史蒂芬．法拉第很快地說道：「我也想不通。巴頓是個老好人。我敢肯定他在世界上沒有一個仇人。」

坎卜探長看著那三張轉向他而帶著詢問的面孔。他在張口說話之前考慮了一下。「讓他們這麼想也好。」他心裡思忖著。

「我想，你們講的都沒錯，亞歷姍卓女士。可是還有幾件事你們大概還不知道。」

基德敏斯特勳爵馬上插言道：「我們不會勉強探長先生。什麼情況可以公開完全由你決定。」

「謝謝你，勳爵，但是我有義務把事情解釋得稍微清楚一些。簡而言之，在喬治．巴頓死前，曾經向兩個人說過，他認為他太太不是像大家所以為的是自殺身亡，她是被別人毒死的。他也認為他已經發覺了那個第三者的一點線索。昨天晚上的慶祝宴會，表面上是為了慶賀艾麗絲小姐的生日，實際上，這是他為了找出毒死他妻子的兇手所計畫的。」

大家沉默了片刻。在沉默之中，外表遲鈍而實則敏銳的坎卜感到現場瀰漫著某種沮喪的情緒。儘管誰也沒在臉上顯露出來，但他敢發誓，這裡的確有某種沮喪的氣氛。

基德敏斯特勳爵是頭一個恢復鎮定的人。他說：「但是，巴頓的這種想法不正好說明他是……呃，不正常嗎？他太太的死也許影響了他正確思考問題的能力。」

「很有可能，基德敏斯特勳爵，但這至少表明，他自己的心情是絕對不想自殺的。」

「對……對。我同意你的觀點。」

接著，又是沉默。後來史蒂芬．法拉第寸步不讓地說道：「但是巴頓怎麼會起這種疑心呢？巴頓太太的確是自殺的啊。」

坎卜探長平靜地望著他。

「巴頓先生可不這麼認為。」

基德敏斯特動爵插言道：「警方不是同意了這個結論嗎？那時候除了自殺之外沒有任何其他假設吧？」

坎卜探長平靜地說：「沒有任何證據可以證明她的死是他人所為。」

他明白，像基德敏斯特動爵這樣練達精明的人，能夠體味出他話中的確切含義。

坎卜略帶點公事公辦的口吻說道：「如果可以的話，亞歷姍卓女士，我想對你提出幾個問題。」

「請便。」她稍微把頭轉向他。

「巴頓先生死的時候，你沒有懷疑過他是被殺而不是自殺？」

「當然沒這麼想過。我十分確定那是自殺。」她又說：「我現在還是這樣想。」

坎卜放過了這個問題。他說：「去年你接到過匿名信嗎，亞歷姍卓女士？」

由於太過驚訝，她的沉靜似乎被打破了。

「匿名信？哦，沒接到過。」

「確定嗎？接到這種信當然是件極不痛快的事，因此人們對此往往是避而不提，但在這個案子中，這些信也許是至關重要。這就是為什麼我要強調，倘若你的確接到過這類的信，應該讓我知道。」

「我明白。但是我向你保證，探長先生，我根本沒接到過這種信。」

「很好。你說過，今年夏天巴頓先生有些古怪。他是怎麼樣了呢？」

她躊躇了片刻。

「嗯，他煩躁不安、神經質，好像無法集中精力聽別人講話。」她轉向她丈夫。「史蒂芬，你也有這樣的印象嗎？」

「對。應該說，這個觀察十分準確。那個人像身體有病似的。他瘦了。」

「你發現他對你或你丈夫的態度有了變化嗎？比如，不那麼熱情了？」

「不。正好相反。你知道，他買了一棟房子，離我們很近，他似乎對我們能幫他一些忙十分感激。比如說，為他介紹當地的風土人情，以及諸如此類的事。當然，我們很高興能幫幫他和艾麗絲，艾麗絲是個很討人喜歡的女孩。」

「巴頓太太是你十分要好的朋友嗎，亞歷姍卓女士？」

「不，我們不十分密切。」她淡然一笑。「實際上她是史蒂芬的朋友。她對政治開始感興趣，請他幫忙……嗯，教她政治。我想他是十分樂意幫忙。你知道，她是個非常討人喜歡、富有魅力的女人。」

而你是個非常聰明的女人，坎卜暗自欣賞地想道，真不知道你對他們二位的事到底知道多少？一定不少。

他繼續問：「巴頓先生從來沒向你談起過，他認為羅絲瑪莉不是自殺的嗎？」

「沒有，沒有。這就是我剛才十分驚訝的緣故。」

「馬爾小姐呢？她也從未談過她姐姐的死嗎？」

「沒有。」

「是什麼念頭促使喬治．巴頓在鄉下買房子呢？是你還是你丈夫給他出的主意？」

「不是我們。這件事很出人意外。」

「他對你的態度一直很友好嗎？」

「確實很好。」

「關於安東尼．布朗先生，你知道些什麼，亞歷姍卓女士？」

「我一點也不了解他，只是偶爾碰到他，僅此而已。」

「你呢，法拉第先生？」

「我想，我對他的了解比我的妻子還要少。她起碼還和他跳過舞。他像是個討人喜歡的小夥子……我想，他是個美國人。」

「根據你的觀察，你覺得他和巴頓太太有特別親密嗎？」

「我對此一無所知，探長先生。」

「我只想問問你的印象，法拉第先生。」

史蒂芬皺了皺眉頭。

「他們是朋友……我所能說的也僅是如此而已。」

「你呢，亞歷姍卓女士？」

「只談談我的印象嗎，探長先生？」

「是的。」

「那麼，我就說吧。我的確有這樣一個印象，他們互相十分了解，關係密切。你知道，這只是從他們的眼神中看出來，我沒有具體的證據。」

「女人對這種事情具有極好的判斷力，」坎卜說道。他臉上帶著幾分故作愚蠢的笑容，如果雷斯上校在場，看了一定會笑出來。「那麼，萊辛小姐怎麼樣，亞歷姍卓女士？」

「我知道萊辛小姐是巴頓先生的祕書。在巴頓太太死去的那天晚上，我才第一次見到她。此後，我在鄉間見過她一面，還有就是昨天晚上了。」

「可否再隨便問你一個問題，你是否感覺她愛著喬治．巴頓？」

「我毫無這種印象。」

「那麼我們談談昨天晚上的事吧。」

他詳細地向史蒂芬夫婦詢問了昨天那個悲慘晚宴的經過情形。對此他不抱多大希望，他所得到的描述與其他人完全一致。在一些重要細節上他們都是一致的……巴頓提議向艾麗絲祝酒，飲過之後，便立即去跳舞了。他們是一起離開餐桌的。而巴頓與艾麗絲是頭一對回來的人。他們夫妻二人都說，那天晚上巴頓特別提到他還有一位叫雷斯上校的朋友晚一點會來，那張空椅子就是為他留下的……就探長所知，這種說法並不正確。姍卓說——她的丈夫也一起附和——在表演結束燈亮之後，喬治表情古怪地盯著那張空椅子，有一陣子他好像是失了神，連別人跟他講話都沒聽見。後來他又振作了一下，提議為艾麗絲的健康乾杯。

就探長而言，唯一一件新增的補充資料，是姍卓提到她在費黑文與喬治的談話……他懇請她和她丈夫看在艾麗絲的分上，無論如何要來參加這次宴會。

探長想，這倒是一個言之成理的藉口，儘管它不是一個真正的理由。他闔上筆記本，那上面草草記著一兩個難以辨認的符號。隨後，他站了起來。

「萬分感謝您，勳爵。對於法拉第先生及亞歷姍卓女士的幫助和合作，我也不勝感激。」

「驗屍審訊時，我的女兒需要到場嗎？」

「這次是正式的偵訊。將驗明證據及醫學鑑定，然後休會一週。到時，」探長道，他的聲調略有改變。「我希望我們就能夠有所進展。」

他轉向史蒂芬．法拉第說：「法拉第先生，還有一兩個小問題我想你能夠幫忙，沒有必要打擾亞歷姍卓女士了。如果你能給警察廳打個電話，我們可以約定一個對你合適的時間。我知道，你是個大忙人。」

這話講得很客氣，似乎漫不經心，但在那三雙耳朵聽來，卻認為是經過深思熟慮。

史蒂芬以友好、合作的口吻審慎說道：「當然可以，探長先生。」然後他看著手錶，嘟囑著：「我得到議會去了。」

史蒂芬匆匆離去後，探長也告辭了。基德敏斯特勳爵轉向女兒，開門見山地問道：「史蒂芬和那個女人有什麼事沒有？」

瞬間的沉默後，他女兒答道：「當然沒什麼事。要是有事，那是瞞不過我的。不管怎麼說，史蒂芬不是那種人。」

「那麼，你要注意，親愛的，裝聾作啞是沒有用的。這種事情一定會曝光。我們應該弄清楚我們在這樁案子中所處的地位。」

「羅絲瑪莉是那個安東尼·布朗的朋友。他們幾乎形影不離。」

「好吧，」基德敏斯特慢慢地說，「你應當明白才對。」

他不相信女兒的話。當他緩緩走出房間時，臉色發灰，表情複雜。他上樓來到夫人的客廳。剛才他沒讓她到藏書室去，是因為他深知她那種傲慢的作風容易引起對抗情緒，而他感到在這種時候與官方保持和睦是極其重要。

「嗯？」基德敏斯特夫人說道，「結果如何？」

「表面看來談得還不錯，」基德敏斯特勳爵緩慢地說，「坎卜是個懂禮貌的人，他的態度很好，處理事情十分得體，只是比我想像的更老練一些。」

「問題嚴重嗎？」

「是的，挺嚴重的。我們不該讓姍卓和那小子結婚，維姬。」

「我早就說過了嘛。」

「是的，是的……」他承認，「你是對的，而我錯了。可是，你知道，她非要嫁他不可。姍卓要是鐵了心，誰都拿她沒辦法。她和法拉第當年的相見種下了禍根，我們對這個人的背景和家庭都一無所知。大難臨頭的時候，誰知道那種男人會怎麼應付情況。」

「我明白，」基德敏斯特夫人說道，「你認為我們已經把一個凶手引進了家門？」

「我不知道。我不想現在就對那傢伙下判決，但是警察是這樣想的，而他們都相當精明。他和這個巴頓的女人不清不白，這是一目了然的。她若不是因為他而自殺，就是他……總之，不管怎樣，巴頓是察覺到了，想要揭露這件醜事。我想，史蒂芬受不了這個壓力，於是……」

「毒死了他？」

「是的。」

基德敏斯特夫人搖搖頭。

「我不同意你的看法。」

「但願你是對的。但是有人毒死了他。」

「要是你想知道我的看法的話，」基德敏斯特夫人說道，「我覺得，史蒂芬沒有膽量幹這種事。」

「他的確關心自己的前程，你知道，他資質甚高，而且有望成為一位真正的政治家。但是當一個人窮途末路時，很難說他會幹出什麼事來。」

他的夫人依然搖頭。

「我還是要說，他沒這個膽量。幹這種事的，得是一個敢於賭博、無所顧忌的人。我很擔心，威廉，我擔心極了。」

他目不轉睛地望著她。

「你的意思是，姍卓，姍卓……」

「這種事我連想都不願去想。可是膽怯、不去面對這種可能性根本無濟於事。她迷上了那個人，她一直迷戀著他。姍卓的性格太怪了。我從未真正了解她。我總是為她擔心。為了史蒂芬，她會冒任何……任何風險。她會不顧一切犧牲。假如她真的瘋了，惡劣到幹出了這種事的話，我們應該保護她才是。」

「保護？你這是什麼意思，保護？」

「由你來保護她。我們應當為自己的女兒出點力，不是嗎？你就發發慈悲吧，你有那個影響力。」

基德敏斯特勳爵目不轉睛地望著她。儘管他以為自己已經夠了解老婆的品德了，但他依舊被她那講求實際的力量和勇氣驚得目瞪口呆。他驚異她可以閉目不顧無可辯駁的事實，也驚異她的寡廉鮮恥。

「如果我的女兒是凶手，你是不是在建議我利用我的政治地位將她營救出來，以免受到懲罰？」
「當然了。」基德敏斯特夫人答道。
「親愛的維姬！你不知道！一個人是不能幹那種事的。這樣會毀掉……毀掉榮譽。」
「那是不值一錢的東西！」基德敏斯特夫人嚷道。
他們互相望著，然而卻依然各執己見。就好像古希臘神話中阿迦門農和克呂泰涅斯特拉那樣互相盯著，為了是否犧牲女兒伊菲革涅亞而相互唇槍舌劍。
「你可以透過政府向警察當局施加壓力，那麼整個調查便會中斷，這樣就可以做出自殺的結論了。這種事情以前也不是沒發生過，別否認了。」
「在涉及到公共政策的時候是，這是為了國家的利益才這樣做。而現在涉及的是個人的私事。我十分懷疑，這是否行得通。」
「只要你的決心夠強，一定辦得到。」
基德敏斯特動爵憤怒地脹紅了臉。
「就算辦得到我也不能這麼做！這是濫用我的權位。」
「要是姍卓被捕，受到了審訊，那麼不管她的罪過有多大，你能不能為她聘請最好的律師，盡一切可能為她開脫呢？」
「當然，當然可以。這就是另外一回事了。你們女人就是不懂這些差別。」
基德敏斯特夫人不吭聲了，她對這刺耳的話無動於衷。姍卓是最不受她疼愛的孩子，但此時此刻，她是一位母親，只是一位母親，她一定要千方百計地保護她的孩子，不管採用正當還是不正當的手段她都不在乎。她要竭盡全力來為姍卓奮鬥。

「總之，」基德敏斯特勳爵說，「姍卓不會被起訴，除非有確鑿的證據。至於我，我拒絕相信我的女兒會是凶手。不過維姬，叫我驚訝的是，你竟然會有那種想法。」

他的夫人什麼也沒講，於是他心事重重地走了出去。想到維姬……多少年來他知之最深的人，原來在內心深處竟隱藏著這樣令人憂慮的心思！

／17

雷斯看見露絲・萊辛正坐在一張大辦公桌前忙於處理文件。她穿著黑色的上衣和裙子，裡面是一件白色襯衫。她那種不聲不響、不慌不忙的辦事效率給他留下了深刻印象。他注意到她眼睛下面的黑眼圈及怏怏不樂的嘴型。但她成功地控制著自己的悲傷──如果那真是悲傷的話──就像她成功地控制其他感情一樣。

雷斯說明了自己來訪的目的之後，她立即應道：「非常感謝你的來訪。當然，我是知道你的。巴頓先生昨晚一直盼著你能來參加宴會，對吧？我記得他這樣講過。」

「他在宴會前提過這件事嗎？」

她想了一會兒。

「沒有，是我們在桌邊快落坐時才提到的。我記得我當時略微有些驚奇……」她頓了一下，臉色有些微紅。「當然，我並不是因為他請了你才感到吃驚。我知道你們是老朋友了。

一年以前，你原本也要參加那個宴會。我驚訝的是，如果你來了，巴頓先生並未另請一位女客來平衡參加的人數……當然，你可能是打算晚一點來，或根本不來……」她突然收住話。

「我多笨哪，幹嘛一直說些不相干的話呢？今天上午我一直笨頭笨腦的。」

「可是你還是照常來工作……」

「當然了。」她露出吃驚幾乎算是震驚的神色。「這是我的工作呀。有這麼多事等著整理、安排呢。」

「喬治常告訴我，他是如何地依賴你。」雷斯溫和地說道。

她別過身去。他看見她嚥了嚥口水，眨了眨眼睛，使勁忍住了哭泣，她的感情是絕不外露的。這差點使他相信她是個清白無辜的人了。然而差點相信，並不等於非常相信。他以前也碰到過演技高明的女人，那種眼圈發紅、眼皮發黑而其實不過是在裝腔作勢、逢場作戲的女人。

他沒有做最後的判斷，只是自言自語地說：「不管怎麼說，她是個冷靜的女人。」

露絲轉向辦公桌，接續他剛才的那句話說：「我和他一起工作很多年了，明年四月就滿八年。我了解他的習慣，而且我想，他……是信任我的。」

「毫無疑問。」他接著說道，「快吃午飯了。我希望你能陪我去個安安靜靜的地方吃頓飯好嗎？我有好多話想和你談呢。」

「謝謝，我非常樂意。」

他將她帶到一家熟悉的小餐館，那裡桌與桌之間相距很遠，能夠安閒地談話。

他點了餐。當侍者一離開，他就看著對面的同伴。

她是個長得很好看的女孩，有一頭烏黑漂亮的頭髮，堅定有力的嘴和下巴。

在餐點擺上來之前，他隨意扯了些閒話，而她就順著他的話談，說明她這個人既聰明又敏銳。

過了一陣子，她說：「你是想和我談談昨晚的事吧？請不必顧慮什麼。我也願意談。因為整個事件太不可思議了。要不是它已經發生，而且我身臨其境的話，我是絕不會相信的。」

「你一定見過坎卜探長了吧？」

「見過了，昨天晚上。他好像很聰明，經驗豐富。」她頓了頓。「這真是謀殺案嗎，雷斯上校？」

「坎卜是這樣跟你說的嗎？」

「他沒有透露什麼，但是看他提的問題，就足以說明他腦子裡是這樣想了。」

「萊辛小姐，你對此事是否抱持自殺的看法對我們很重要。你很了解巴頓，而且我想昨天你整天都和他待在一起。他看上去到底怎麼樣？和平時差不多嗎？還是坐立難安，心煩意亂，激動不已？」

她躊躇起來。

「這很難說。他心煩意亂，坐立不安，但這是有原因的。」

她解釋說，這是因為維克托．德雷克的緣故，並扼要地介紹了一下維克托的為人行事。

「嗯，」雷斯道，「是個甩不掉的掃把星。這麼說，巴頓是因為他才心煩意亂？」

露絲慢吞吞地說道：「很難說。你知道，我十分了解巴頓先生。他為這件事煩惱過。據我猜想，德雷克太太一定是又哭又鬧，每當這種時候她總是這樣。當然了，他也就想把問題盡快解決了事。反正，我有這樣的印象……」

「噢，萊辛小姐，我敢說，你的印象一定很正確。」

「哦，那時我覺得他的煩惱和平常不大一樣，不知道我這樣說對不對，因為以前我們不只一次碰到這種事，只是方式不同罷了。去年維克托．德雷克人在國內，又帶給我們麻煩，我們只好給他買了張船票把他打發到南美洲。可是，六月他又來電報要錢。因此你知道，我對巴頓先生處理這種事的方法都很熟悉了。依我來看，這次他之所以感到煩躁，主要是因為它正碰上他在安排這次宴會的時候。由於他已用全副精力來準備宴會，因此其他任何事情都會使他大為不耐。」

「萊辛小姐，你是不是覺得這次宴會有什麼古怪的地方？」

「是的。對這次宴會，巴頓先生的態度很特別，他很激動，激動得像個孩子似的。」

「你覺得這樣一次宴會可能是有什麼特殊目的嗎？」

「你是說，把這次宴會和一年前巴頓太太自殺的那次弄得一模一樣嗎？」

「對。」

「說實話，我覺得這是個奇怪的念頭。」
「可是，喬治有沒有主動做過什麼解釋？或向你私下透露些什麼？」
她搖搖頭。
「告訴我，萊辛小姐，你心裡懷疑過巴頓太太不是自殺的嗎？」
她顯得很驚訝。
「哦，沒有。」
「喬治．巴頓沒有告訴過你，他認為太太是被謀殺的？」
她目不轉睛地望著他。
「喬治相信這一點嗎？」
「我想，你是現在才聽到這個說法吧？是的，萊辛小姐，喬治接到過幾封匿名信，說他太太不是自殺，而是被謀殺。」
「那麼這就是他今年夏天變得那麼古怪的原因了？我都不知道他出了什麼事。」
「你一點也不知道這些信嗎？」
「完全不知道。信多嗎？」
「他給我看過兩封。」
「我居然一點也不知道！」
她的聲音裡帶著很大的委屈。

他看了她一會兒，接著說：「那麼，萊辛小姐，你對此有什麼看法？據你看，喬治是不是有自殺的可能？」

她搖了搖頭。

「不會，哦，不會的。」

「你不是說過，他情緒激動，顯得心煩意亂嗎？」

「是的。可是，他那副樣子已經有一段時間了。現在我明白是怎麼回事了。我也明白昨天晚上的宴會為什麼讓他那麼激動了。他腦子裡一定是有某種古怪的念頭。他一定是希望透過再現上一次宴會的情景來了解更多事……可憐的喬治，他真是讓這些事給弄昏了。」

「那麼，萊辛小姐，羅絲瑪莉．巴頓的事呢？你依然認為她是自殺的嗎？」

她皺起了眉頭。

「我作夢也沒想過還有別的可能性。說她是自殺也講得通。」

「因為流行性感冒以後的精神抑鬱嗎？」

「嗯，也許還不止如此。她感到很不幸福，這是看得出來的。」

「能夠猜到其中的原委嗎？」

「哦，是的。至少我有所猜測。當然，我也許猜得不對。然而像巴頓太太這樣的女人是可以一眼看透的。她不會處心積慮去掩藏自己的感情。所幸，我認為巴頓先生並不了解……噢，是的，她的確感到不幸福。此外，我還知道，那天晚上，她除了因為罹患感冒而體力不濟以外，還感到頭疼呢。」

「你怎麼知道她頭疼？」

「那天我們在更衣室裡脫大衣的時候，我聽見她告訴亞歷姍卓女士。她說，她想要一粒止疼的膠囊。碰巧亞歷姍卓女士身邊帶著，就給了她一粒。」

雷斯上校舉著酒杯的手停在半空中

「她接過來了嗎？」

「接過來了。」

杯子尚未沾唇，他又放下去了，他望向桌子對面。那女孩看起來十分平靜，彷彿絲毫不曾意識到她所說的話有什麼重要性。但這段話是十分寶貴。它意味著從姍卓的席位來看，她要想神不知鬼不覺地往羅絲瑪莉的杯子裡放東西十分困難，但她仍有另外的下毒機會。她可以把一個有毒藥的膠囊交給羅絲瑪莉。一般來講，膠囊只要幾分鐘就會溶解，但也可能這是一種特殊的膠囊，它裡面還有一層膠質或其他什麼東西。也可能羅絲瑪莉當時沒吃，而是後來才吞服的。

他突然開口說：「你看見她吃了嗎？」

「對不起，您說什麼？」

他看了她那迷惑不解的臉龐，顯然她剛才失神了。

「你看見羅絲瑪莉．巴頓吞服那顆膠囊了嗎？」

露絲略有幾分驚訝。

「我……嗯，沒有，我根本沒有再看她。她只是謝了謝亞歷姍卓女士。」那麼也許羅絲瑪莉是將那顆藥丸放進了手提包，後來在看演出的時候，頭痛得厲害，於是她就把膠囊放進香檳酒杯裡，讓它在裡面化開。這是假設，純粹的假設，但這種可能性是有的。

露絲道：「你問我這個幹什麼？」

她的兩眼驀地警覺起來，充滿了狐疑。他注視著她，覺得她又在運用她的聰明智慧了。接著，她說：「啊，我明白了。我明白為什麼喬治要買下那棟離法拉第家很近的房子了，還有為什麼他不告訴我那些信的事。我剛才還非常納悶為什麼他不告訴我呢。當然了，如果他相信那些信中的話，就是說，必定是我們其中一個人──坐在桌邊的五個人中的一個──害死了她。可能……甚至還可能是我呢！」

雷斯非常親切地說：「你有什麼要害死羅絲瑪莉的理由嗎？」

一開始，他以為她沒聽見他的話。只見她一動不動地坐在那裡，眼睛望著地面。

突然間，她嘆了口氣，抬起頭來正眼瞧著他。

「這種事誰都不大願意說，」她說，「不過我想還是讓你知道了好一些。我愛喬治．巴頓，在他遇到羅絲瑪莉以前我就愛著他。我並不認為他知道這件事，他一定沒有注意過。他喜歡我，非常喜歡，但是我想，不是那種意思的喜歡。而我常常想，我本來可以做他的好妻子……我能使他幸福。他愛羅絲瑪莉，但是他和她在一起並不幸福。」

雷斯和藹地說：「你不喜歡羅絲瑪莉？」

「是的，我不喜歡她。噢！她很可愛，很有魅力，也很能討別人歡心。可是她從來沒有對我好過！我很討厭她。她的死使我震驚，她死的方式也叫我震驚。可是我並不真的感到悲傷。恐怕，我可能還挺高興呢。」她頓了頓，又說：「我們談些別的好嗎？」

雷斯馬上答道：「我希望你盡可能告訴我昨天晚上的一切細節……從早晨說起，尤其是喬治的一言一語、一舉一動。」

露絲立即談了起來。她談到了上午發生的事……他為維克托惹的麻煩而心煩意亂；她親自打電話到南美，為這件事做了安排；喬治聽到事情已經安排妥貼時心情很愉快。接著，她又談到她是如何到盧森堡飯店的；東道主喬治是如何因為激動而顯得慌慌張張。就這樣，她娓娓而談，直到這齣悲劇的最後一刻。她所談的情況和他已知的情況完全吻合。

露絲皺著雙眉，說出了他也正為之感到困惑的問題。

「這不是自殺，我堅信這不是自殺。但又怎麼可能是謀殺呢？我是說，凶手是如何下手的呢？答案是不可能。它不是我們當中的某個人犯下的。那麼，是不是在我們大家離座去跳舞的時候，有人把毒藥放進了喬治的酒杯呢？倘若如此，又是誰呢？這好像太不合情理了。」

「證據表明，在你們跳舞的時候，沒有人靠近你們的餐桌。」

「那就真的超乎情理之外了！氰化鉀總不會自己跑進酒杯裡去吧！」

「你是不是想不出……甚至沒有懷疑過是誰把氰化鉀放進杯子裡呢？想想昨天晚上的情形吧。真的沒有任何引起你懷疑的瑣事嗎？一點蛛絲馬跡都沒有嗎？」

他看到她的面部表情在起變化。只見她眼中流露出片刻的猶疑。在她回答「一點兒沒有」之前，有極短暫、幾乎覺察不到的躊躇。

但是其中必有文章，他對此確信不疑。她一定是看到、聽到或注意到了什麼事，只不過是由於某些原因，她決定不講出來。

他並沒有勉強她。他清楚，像露絲這樣的人，勉強是不會有用的。他知道，如果出於某種原由她已決定保持沉默，那她是不會改變主意的。

然而其中必有蹊蹺。這使他感到振奮，增加了新的信心。這是他眼前那堵堅壁上出現的第一道縫隙。

午飯後他告別了露絲，驅車前往艾瓦頓廣場，一路上分析著那個剛剛和他分手的女人。露絲．萊辛有犯罪的可能嗎？大致而言，他對她的印象不錯，她似乎頗為坦白、率直。她具備殺人的能力嗎？事到臨頭時，大多數人都具備這種能力。這並不是一般的謀殺技巧，而是特定情況下的謀殺能力。因此，現在還很難把某個人排除在外。這個女人具有某種冷酷無情的素質，而且她具備謀殺的動機……或者說，具備可供選擇的動機。除掉羅絲瑪莉，她就有成為巴頓夫人的機會。不管那是出於想與一個有錢人結婚，還是想與一個她所鍾情的男人結婚，除掉羅絲瑪莉都是首要條件。

雷斯傾向於認為她只是想要和一個有錢人結婚，這個理由尚不足以圓滿地解釋這樁謀殺案。露絲．萊辛的頭腦十分冷靜，行事小心謹慎，她還不至於為了過上闊太太的舒適生活而拿自己的生命去冒險。是愛情嗎？也許是。不過她那種冷靜而超然的作風，不像容易被男人搧起愛情的火焰。她既然喜愛喬治，憎恨羅絲瑪莉，她很可能冷酷地策畫並導致羅絲瑪莉死亡。事情大功告成，自殺的結論毫無異議地被接受了，這足以證明她那與生俱來的才幹。

但後來，喬治收到了匿名信，這件事叫他疑慮叢生。誰寫的呢？為什麼要寫呢？這是一個不斷困擾著他的難題。他設下一個圈套。於是，露絲乾脆讓他永遠安息去了。

不，這不合理，聽起來不像是真的。因為那樣做顯然是出於恐慌……而露絲．萊辛不是那種會驚惶失措的女人。她的腦子比喬治要好得多，她能夠輕而易舉地避開他所設下的任何圈套。

看起來這不會是露絲幹的。

／18

露西拉．德雷克見到雷斯上校時，分外高興。

窗上的百葉全都放了下來。穿黑色喪服的露西拉走上前來，她一邊伸出顫巍巍的手和他相握，一邊用手帕抹著眼淚。除了那位最最親愛的喬治的老朋友以外，她本來誰都不見的，一個人也不見。要知道，家裡沒男人是多麼可怕呀！真的，家裡要是沒了男人，任何事情都不知道該怎麼辦了。家裡只有她這麼一個孤苦伶仃的老寡婦；還有艾麗絲，一個無依無靠的年輕女孩。以前，喬治總是把什麼事都安排得妥妥貼貼。雷斯上校可真是個大好人，她真是感激不盡，簡直感激得都不知道怎麼辦才好了。當然，萊辛小姐會去辦所有的業務，葬禮也由她安排，但是誰去應付偵訊呢？警察找上門來，就在你家裡，這有多可怕？當然，他們都是穿著便衣，也很能體諒人。可是，現在她真的被搞糊塗了，這事純粹是一場悲劇不是嗎？雷斯上校是不是以為這件事是由於聯想的緣故呢……精神分析家是這麼講的，對吧？全是因為聯想的緣故嗎？可憐的喬治在盧森堡飯店那個可怕的地方，和上回同樣的一夥人，想起了可憐的羅絲瑪莉是怎樣死的……那麼聯想一定是突然降臨的。他要是早點聽她露西拉的話，吃了那些加斯克爾大夫開的補藥就好了。他已經筋疲力盡，整整一個夏天……是的，他全垮下來了。

說到這兒，露西拉自己也筋疲力盡，暫時不出聲了。雷斯這才找到了說話的機會。

他說，他對此深表同情。今後德雷克太太不論在什麼情況下都可以得到他的幫助。

於是，露西拉的話匣子又打開了，說他真是太好了，不過這次打擊真的太大了。但它今天來，明天就會過去的。就像聖經上說的那樣：早上長出來的草，晚上就會被割走的。只是這句話講得還不夠精闢，但雷斯上校應該明白她想要說的是什麼。能有個人來依賴，真是再好不過了。當然，萊辛小姐是個好心腸的人，辦事也很有效率，不過她老是一副不通人情的模樣，而且有時候也太愛攬事了。在她露西拉看來，喬治太過於依賴她。有段時間露西拉真的擔心過，怕他會幹出什麼令他後悔的傻事來；擔心一旦他們結了婚，她或許會不留情面地欺負他。當然啦，她露西拉是早就瞧出其中端倪。小艾麗絲太不懂世故了，雷斯上校難道也認為對年輕的女孩子不能太寵，讓她們單純一些比較好？真的，艾麗絲到了這個年紀還是那麼不懂事，那麼不愛說話……她在想些什麼，別人休想猜得到。羅絲瑪莉又美麗又活潑，在家裡總是待不住。可是艾麗絲老是待在家裡，對一個年輕女孩來說，這太不正常了。女人們應該去上學、去學學烹調，也許還得學學做衣服，這樣她們就不會胡思亂想了。況且，誰知道什麼時候這些本領或許派得上用場呢。幸虧在羅絲瑪莉亡故之後，她露西拉能抽身到這兒來住；還有，那次流行性感冒真是太可怕了，加斯克爾大夫說過，那不是一次普通的流行性感冒。加斯克爾大夫是個聰明人，風度又好，還愛說笑話呢。

今年夏天，她想叫艾麗絲到他那兒去看病。她看起來臉色蒼白，渾身無力。「真的，雷斯上校，我想這是因為這棟房子的位置不好。你知道，它地勢又低又潮溼，晚上總有一股瘴氣。」這是喬治一意孤行的結果，他自以為是地買下它，誰都不問一問……真可惜。當初他還說，他買下這棟房子是要讓我們大家都驚喜一番呢。不過老實講，他要是聽聽老人言，那結果會好得多。男人根本不懂房子。喬治應該知道，她露西拉是什麼麻煩都不怕的。說來說去，她現在過的是什麼日子啊？她丈夫好些年以前就過世了，她那寶貝兒子維克托又遠在異鄉阿根廷……其實她想說的是巴西，它就在阿根廷吧？他是個好惹人心疼的漂亮小夥子。

雷斯上校說，他已聽說她在國外有個兒子。

於是他足足花了一刻鐘，把維克托那些五花八門的生活聽了個夠。這個精神十足的維克托，什麼他都想試試看……接著她就把維克托幹過的各種職業都報告一遍。他對誰都好心腸，對誰都不抱惡意。「但他總是運氣不佳，雷斯上校。他的舍監錯怪了他，我覺得牛津大學的做法太不厚道了。他們都不理解，一個喜歡描描畫畫的聰明孩子，當然會覺得模仿別人的筆跡是個有趣的小玩笑。他那麼做只不過是鬧著玩，不是為了弄錢呀。」他一直就是媽媽的好兒子，當他碰到麻煩的時候，一定會告訴媽媽，難道這不是表示他相信她嗎？唯有一件事讓人想不通，那就是大家總給他找些遠在英國以外的工作。這叫她不由得感到，只要他能找到一份好工作，比如在英格蘭銀行的差事，那他一定能安安穩穩地過日子。也許他能住在離倫敦不遠的地方，自己還有輛小汽車。

關於維克托是多麼完美無缺，又如何不走運，雷斯上校幾乎聽了二十分鐘，這才好不容易把露西拉的話題從她兒子身上拉到僕人這頭。

對了，他說得太對了，你再也找不到老派的僕人了。這就是現在最麻煩的事，倒不是她喜歡怨天尤人，其實他們還算是走運的了。儘管龐德太太有點耳背，但她倒是個好人。有時候，她做的糕點麵粉發得不好，湯裡的胡椒也放得太多，但大致說來，她是個最可靠的人，花錢也儉省。喬治結婚後她就到這兒來了，今年到鄉下去的時候，她也沒吵鬧，要是別的僕人早就不行了。那個客廳女僕就走人了——其實這倒合我們的心思呢——那個女孩可真沒家教，愛頂嘴。她曾經一下子就打碎了六個上好的酒杯。隔段時間，偶爾打碎一個，這是誰也免不了的，可是她一次就報銷了六只，實在是太粗心大意了。你說對不對，雷斯上校？

「的確太粗心了。」

「我就是這麼說她的。我對她說，我不得不在給她的推薦函中寫上一筆。真的，雷斯上校，我覺得每個人都應當有責任感，我是說，為了不讓別人誤解，缺點、優點都得提。可是那個女孩，真是的，簡直是蠻橫無禮。她說，她要再找個人家，說什麼也得是家裡沒有人被宰掉的家庭……宰掉！這是句難聽透了的流行話，我想，也許是從電影院裡學來的吧。這話也說得不對。因為可憐的羅絲瑪莉是自尋短見。驗屍官說得很對，當時她是不能對她的行為負責的。至於那個難聽的說法，我相信，那是形容強盜們用衝鋒槍互相廝殺的狀況。謝天謝地，幸虧英國沒有這種事。我說過了，我就在給她的評語裡寫道：『貝蒂．阿奇代爾，完全明白作為一個客廳女僕的職責，她穩重誠實，就是東西摔得太多，有時候對人的態度不好。』拿我來說吧，如果我是里斯塔伯特太太，我就會從評語裡嗅出味道來，也就不會雇用她了。可是現在的人見了什麼都想搶，有時候就偏偏雇了那種一個月能換三個地方的女孩。」

趁著德雷克太太停下來喘口氣的工夫，雷斯上校趕緊問，她指的是不是理查．里斯塔伯特太太？他說，如果是的話，那他在印度的時候就認識她了。

「我不確定，她家的地址是卡多根廣場。」

「那就是我朋友的家。」

於是露西拉又感嘆世界太小了。可不是嗎？她說，沒有比老朋友的交情更可貴了，有朋友是件大好事。她一直覺得維奧拉和保羅的友誼是那樣的羅曼蒂克。親愛的維奧拉，她是個好可愛的女孩，很多男人都愛上了她。只是，唉，老天爺，雷斯上校不知道她談的是何許人也！人們是多愛重溫舊夢啊。

雷斯上校請求她接著往下說。為了報答他的彬彬有禮，她又講了一大串赫特．馬爾的生活，他是怎麼由他的姐姐撫養成人，以及他的怪癖和他的弱點。最後，在雷斯上校差不多已經忘了她還在說話的時候，她又談到了他是怎樣和美麗的維奧拉結婚的。「你知道，她是個孤兒，是大法官的被保護人。」接著雷斯又聽她說道：保羅．貝內特在維奧拉拒絕了他之後，克制了失望之情，由一個追求者轉而變成了這家人的老友。她又說到他很喜愛他的教女羅絲瑪莉，以及他遺囑的條款。「我一直覺得這是件最羅曼蒂克的事……那是多大的一份家產啊！當然，金錢並不意味著一切，不，的確不意味著一切。只要想想羅絲瑪莉的慘死就可以明白了。就是對親愛的艾麗絲，我也不敢樂觀啊！」

雷斯好奇地望了她一眼。

「我覺得挑著一副重擔是最傷腦筋的事了。當然，她是一筆鉅額家產的繼承人，這已經是人人皆知的事。我得特別留心那些居心不良的小夥子，可是，雷斯上校，我又能怎樣呢？現在，服侍年輕小姐可不同以往了。艾麗絲交的朋友，我幾乎一無所知。我常常這麼說：『小寶貝，請他們到家裡來玩玩吧。』可是我猜，有些年輕的男朋友她是不會往家裡帶的。可憐的喬治也很擔心，他擔心一個叫布朗的年輕人。我自己沒見過他，可是艾麗絲好像經常和他碰頭。不過依我來看，她是可以找到更好的人。喬治不喜歡他，這我很清楚。而且我總是這麼想，雷斯上校，男人們看別人比看自己要準。我還記得有位珀西上校，他是我們的一位教會執事，一個挺有魅力的人。但我丈夫總是對他敬而遠之，還囑咐我也這樣……沒錯，那是在一個星期日，當他正端著盤子收捐款的時候，猛地摔倒在地，看起來醉成爛泥了。當然，後來……人們總是事後才會聽到這種事，要是能事先知道的話，那不就好了……我們才知道，每個星期他都從家裡搬出一堆堆的空白蘭地酒瓶呢！真是太丟臉了，因為他儘管傾向於低教會派的觀點，但到底還是個虔誠的教徒啊。他和我丈夫為了萬聖儀式的安排細節大吵了一頓。噢，天哪，萬聖節！想想看，昨天是萬靈節呀！」

門口傳來了一陣輕微的響動。雷斯從露西拉的頭頂望過去。他以前在「小修道院」別墅見過艾麗絲，可是，現在他覺得好像是頭一次見到她似的。在她那寧靜的表情背後，隱藏著一種異乎尋常的緊張情緒，給他觸動頗大。當她那雙大眼睛與他的眼光相遇時，他覺得他應該可以從中看出些東西來，然而他沒有。

現在輪到露西拉轉過頭來了。

「艾麗絲，小寶貝，我怎麼沒聽見你進來呢。你認識雷斯上校嗎？他可真是親切。」

艾麗絲走上前來，繃著臉和他握了握手。她穿著一身黑色的衣服，這使她顯得比他記憶中的更形消瘦，更為蒼白。

「我是來看看能不能給你們幫點忙。」雷斯道。

「謝謝，你真是太好了。」

顯而易見，她受到了很大的打擊，而且現在仍然沒有從這打擊中恢復過來。難道她真是那樣摯愛喬治，以至於他的死對她的打擊是如此之大嗎？

她將雙眼轉向姑姑。雷斯看得出來，這是一雙充滿戒備的眼睛。她說道：「你們在談什麼呢？我是說剛才我進門的時候？」

露西拉面紅耳赤，慌了手腳。雷斯猜測，她一定是想極力避免提到那個安東尼．布朗。

她大聲地說：「啊，讓我想想……噢，對了，我們談萬聖節。昨天是萬靈節。萬靈節……對我來說，這好像是件怪事。這是人們在實際生活中難得碰上的一個巧合呀。」

「你是不是想說，」艾麗絲道，「昨天羅絲瑪莉回來帶走了喬治？」

露西拉輕輕地尖叫了一聲。

「艾麗絲寶貝，快別這麼說。多可怕的想法呀，簡直像是異教徒。」

「怎麼說像異教徒呢？昨天就是死人的節日嘛。在巴黎，人們這時通常會到墓地去獻上鮮花。」

「哦，我知道，親愛的。但他們是天主教徒呀，不是嗎？」

艾麗絲撇撇嘴微微一笑。接著，她直截了當地說：「我想，你們大概在談托尼……安東尼·布朗吧。」

「哦，」露西拉又像小鳥似地嘰嘰喳喳起來了。「確實，剛才我們提到了他。你知道，我正在說我們一點也不了解他……」

艾麗絲生硬地打斷了她的話。

「你幹嘛要了解他呢？」

「不，小寶貝，當然我們不一定非了解他不可。不過我是說，呃，要是我們了解他的話，那樣會更好一些，對不對呀？」

「你將來有的是機會，」艾麗絲說道，「因為我就要和他結婚了。」

「啊，艾麗絲！」這是一種介乎慟哭與哀嚎之間的呼喊。「你千萬不要莽撞呀！我的意思是，眼下什麼也別決定。」

「可是已經決定了，露西拉姑姑。」

「不，寶貝，喪事還沒辦，怎麼能辦喜事呢？這太不成體統了。況且這個案子有好些事還沒了結呢。真的，艾麗絲，我想喬治是不會贊成的。他不喜歡這位布朗先生。」

「是的，」艾麗絲說，「喬治是不會高興。他的確不喜歡安東尼，但是這有什麼關係？這是我的終身大事，不關喬治的事，再說，無論如何，喬治已經過世了……」

德雷克太太又哭叫了起來。

「艾麗絲呀，艾麗絲，你到底是怎麼了？你這麼說太無情無義了。」

「對不起，露西拉姑姑，」那女孩厭倦地說，「我明白這句話聽起來太無情無義，但那不是我的本意，我只不過是想說，喬治已經安息了，再也無需為我或我的將來而擔憂。我必須自己做主。」

「胡說，寶貝，這種事不能在這個時候決定，這是最不恰當的時機。這事就是不能提。」

艾麗絲驀地冷笑一聲。

「可是已經提出來了。在我們離開『小修道院』別墅之前，安東尼就向我求婚了。他當時要我偷偷回倫敦來，第二天就和他結婚。現在，我真希望當時那麼做就好了。」

「那必定是一個奇怪的要求。」雷斯上校溫和地說。

她向他投以挑戰的目光。

「不，不是。因為這樣可以省去許多大驚小怪。我為什麼不能相信他？他要求我信任他，但那時我沒有。不管怎麼樣，現在，只要他樂意，我馬上就和他結婚。」

露西拉語無倫次地講了一大堆反對意見。她那鼓腫的腮幫子在顫抖著，眼裡含著淚水。

局面十分尷尬，雷斯上校趕緊出來周旋。

「馬爾小姐，在離開之前，我可否和你談一談呢？完全是公事。」

那女孩頗有些驚訝，低低地說了一聲：「請吧。」就向門口走去了。等她從面前過去後，雷斯急忙回身向德雷克太太身邊跨了幾步。

「德雷克太太，別激動。你是明白的，這種事愈說會愈壞事。讓我們看看還有什麼其他辦法吧。」

這給了她一點慰藉。他說完，便跟著走在前面的艾麗絲穿過門廳，來到房子後面的一間小房間。窗外有一棵令人傷感的梧桐樹，最後的幾片殘葉，正在蕭蕭飄落。

雷斯操著公事公辦的口吻說道：「馬爾小姐，我打算跟你說的是，坎卜探長和我有私交。我相信，他會竭盡全力幫助你。他所擔負的是一種不愉快的責任。但是，我相信他會以最大的體諒來辦這件事。」

她對他看了一會兒，一語不發。接著，她出其不意地問道：「你昨天晚上為何不來參加我們的宴會？喬治一直在盼著你。」

他搖搖頭。

「喬治並沒有盼著我去。」

「可是他說過他要你去的。」

「他可能這樣講過，但那不是真話。喬治心裡很清楚我不會去。」

她說：「可是那把空椅子……是給誰準備的呢？」

「反正不是給我留的。」

她半閉起兩眼，臉色變得煞白。

她喃喃地說道：「那是給羅絲瑪莉留的……我明白了……是為羅絲瑪莉留的……」

他覺得她要倒下去了，於是趕緊走到她的身邊，扶住了她，並且硬讓她坐了下去。

「請鎮靜一些。」

她喘著氣，低聲地說著：「沒什麼……但我真不知道該怎麼辦才好……我不知道該怎麼辦才好。」

「我能幫忙嗎？」

她兩眼望著他的臉龐，目光沉思又憂鬱。

過了一會兒，她說道：「我一定要把事情弄個水落石出。我一定要一步一步地搞清楚。」她做了一個摸索的手勢。「事情的前前後後是這樣的。首先，喬治相信羅絲瑪莉不是自殺的，而是被殺的。他之所以相信這一點，是由於接到了那兩封匿名信。雷斯上校，那些信是誰寫的呢？」

「不知道，誰也不知道。你自己怎麼看呢？」

「我簡直無法想像。可是喬治相信那些信的內容，所以才安排了昨天晚上的宴會，他還安排了一把空椅子。昨天是萬靈節，是死人的節日，那時羅絲瑪莉的靈魂會返回，並且……並且告訴他事情的真相。」

「你太富於想像力了。」

「可是我感覺到了。有時，我感到她就在我的身邊……我是她的妹妹，我想，她一定是想告訴我一些事。」

「沉住氣，艾麗絲。」

「我非說不可。喬治為羅絲瑪莉乾過杯以後，他就……就死了。也許，是她來把他帶走了。」

「親愛的，死人的靈魂是不會把氰化鉀放進香檳酒杯裡的。」

這席話似乎使她恢復了常態。她的語調也正常多了。

「但這件事真是令人難以置信啊。喬治是被謀殺的，是的，是被謀殺的。警方就是這樣想，而且那一定是真的。因為不可能有別的解釋。可是，這講不通啊。」

「你是這樣想嗎？如果羅絲瑪莉是被殺的，而且喬治也開始起了疑心……」

她打斷了他的話。

「是的，可是羅絲瑪莉不是被殺害的，這就是這件事講不通的緣故。因為感冒以後精神壓抑就去自殺，這的確叫人難以相信，所以，喬治才會相信那些無恥透頂的信。可是羅絲瑪莉自有她的道理。等一下，我會讓你明白的。」

她跑出房間。不一會兒，手裡拿著一封疊好的信轉了回來：「看看吧，看完你就會明白。」

他展開了那張有些弄皺了的紙。

「『親愛的豹子……』」

他讀了兩遍，才將信還給她。

那女孩焦灼地問道：「明白了吧？她遭到了不幸，心已經碎了，她不打算活下去了。」

「你知道這封信是寫給誰的嗎？」

艾麗絲點點頭。

「是寫給史蒂芬．法拉第，不是寫給安東尼．布朗的。她愛史蒂芬，可是他對她太絕情了。於她就帶著毒藥去了飯店，在他能夠親眼看著她死的地方喝了下去。也許，她是指望他事後會感到內疚。」

雷斯若有所思地點了點頭，但是什麼也沒講。過了一會兒，他說道：「你是什麼時候發現這封信的？」

「大概在六個月之前。這封信在一件舊睡衣的口袋裡。」

「你沒把它給喬治看過嗎？」

艾麗絲生氣地喊道：「我怎麼能呢？怎麼能呢？羅絲瑪莉是我的姐姐，我怎麼能把她的事洩漏給喬治呢？他非常堅信羅絲瑪莉是愛他的。我又怎麼能在她死去後把這封信給他看？他把事情全搞錯了，但我又不能誠實地告訴他。不過現在我想要知道的是：我該怎麼辦？我把這封信給你看，是因為你是喬治的朋友。我是不是也得把這封信給坎卜探長看呢？」

「是的。你知道，坎卜必須讀一讀這封信。這是證據。」

「可是，他們會……他們也許會在法庭上宣讀這封信吧？」

「沒有這個必要，不會這樣做。現在正在調查的是喬治的死，除非是跟案情密切相關，否則它是不會公諸於世。你最好讓我來保存這封信。」

「好。」

她送他到了前門。在他開門的時候，她突然問道：「這封信能說明羅絲瑪莉的死確實是自殺嗎？」

雷斯道：「當然，這封信說明了她曾經有過自殺的企圖。」

她深深地嘆了口氣。他順著台階往下走去。當他再度回頭向她望去的時候，只見她呆呆地站立在敞開的門前，目送著他步行穿過艾瓦頓廣場。

19

見到雷斯上校著實讓瑪麗·里斯塔伯特大吃一驚，她喊了起來。

「親愛的，自從那次在阿拉哈巴德你神祕地離開我們以後，我就沒再見過你了。是哪陣風把你吹來的？你一定不是來看我的，你向來是無事不登三寶殿。來吧，有什麼就直說，用不著說些外交辭令。」

「瑪麗，對你使用外交辭令是白費時間。你的腦袋像X光機一樣，我一直很佩服。」

「乖乖，別廢話，開門見山說吧。」

雷斯笑了。

「領我進來的女僕叫貝蒂·阿奇代爾嗎？」他問道。

「沒錯！地地道道的倫敦人。你可別以為她是歐洲有名的女間諜，反正我不信。」

「不，不，沒這回事。」

「也別把她當成是我們的地下工作人員，我也不會信。」

「沒錯，她不過是個客廳女僕罷了。」

「那麼，你從什麼時候開始對一個簡簡單單的客廳女僕感興趣了？不能說貝蒂單純，她挺滑頭滑腦的。」

「我想，」雷斯上校說，「她或許能告訴我一些情況。」

「你的意思是，要心平氣和地跟她談談？她若知道什麼事，我是不會奇怪的。因為家裡一有事，她在門邊偷聽的本領可是十分高明。請吩咐吧，我該怎麼辦？」

「先客客氣氣地請我喝點東西吧，按鈴叫貝蒂去拿。」

「當貝蒂把飲料端來以後呢？」

「她端來時請你迴避一下就是了。」

「叫我到門外去偷聽？」

「悉聽尊便。」

「這樣我就能聽到歐洲最近的危機和其中的內幕了。」

「恐怕不見得。這和政治形勢無關。」

「遺憾，遺憾！好吧，我就這麼辦！」

里斯塔伯特太太今年四十九歲，淺黑色頭髮，生氣勃勃。她按了電鈴，叫她那位漂亮的女僕給雷斯上校拿一杯威士忌和一瓶蘇打水來。

當貝蒂．阿奇代爾端著托盤和飲料回到房間的時候，里斯塔伯特太太正站在通往客廳的門邊。

「雷斯上校想問你幾個問題。」她說完便走了出去。

貝蒂那對大膽而隱含著戒備的目光，落到了這位身材高大、頭髮花白的軍人身上。他從托盤裡拿過杯子，笑了笑。

「看過今天的報紙了嗎？」他問。

「看了，先生。」貝蒂小心翼翼地望著他說。

「看到喬治．巴頓先生昨天晚上在盧森堡飯店死了的消息嗎？」

「啊，是的，先生。」貝蒂的眼睛裡閃現出對社會新聞那種幸災樂禍的表情。「多可怕啊！」

「你在他家做過事，對吧？」

「是的，先生，去年冬天巴頓太太死後不久我就離開了。」

「她也是死在盧森堡飯店。」

貝蒂點點頭。

「有點可笑，對吧，先生？」

雷斯並不覺得可笑，但他明白貝蒂話中有話。他嚴肅地說：「我看得出來你頭腦很好，你一定能看出一些端倪。」

貝蒂合掌一拍，剛才的拘謹霎時煙消雲散了。

「他也是被害死的吧？報紙上說得不很明白。」

「你為什麼要說他『也是被害死』的呢？陪審團說過，巴頓太太是自殺的。」

她飛快地用眼角瞟了他一眼。她覺得儘管他已經上了年紀，但長得仍然十分體面，是一位沉靜、地道的紳士，是年輕時會送你一枚金幣的那種紳士。真有意思，我還沒見過金幣是什麼樣子呢！他到底想幹什麼呢？

她一本正經地說：「是的，先生。」

「你從來不認為這是自殺？」

「哦，是的，先生。我是不認為……確實不認為。」

「很有意思，太有意思了。為什麼你認為不是自殺呢？」

她猶豫起來，手指不自覺地擺弄著圍裙。

「告訴我吧，這一點可能很重要。」

他的話講得十分和善而莊重，使她聽了覺得自己的地位突然提高了，並產生了想幫助他的心情。不管怎麼說，羅絲瑪莉．巴頓的死是瞞不過她的，她沒被騙過去！

「先生，她是被謀害的，對吧？」

「看來有可能。但你怎麼會認為她是被謀害的呢？」

「這個，」貝蒂吞吞吐吐地說，「有一天我聽到……」

「你聽到什麼？」

他的語氣是平靜的，但又帶著鼓勵。

「當時門沒關……我從來不在門邊偷聽的，我不喜歡幹這種事。」貝蒂義正辭嚴地說，「但當時我端著一盤銀餐具，穿過門廳要到飯廳去，他們談話的聲音很大。巴頓太太說安東尼·布朗不是他的真名。他發火了，布朗先生真的動了氣。他長得那麼好看，平常又是那麼溫文爾雅，我真沒想到他會發這麼大的火。他說要破她的相……噢！後來他又說要是她不按照他的話去做，他就宰了她。他就是這麼說的！後來，艾麗絲小姐下樓來了，我就沒再聽下去。當時我對這些想得不多。但是後來都說她是在那次宴會上自殺的，而他當時也出席了宴會……啊，這使我渾身毛骨悚然……這一點也不誇大！」

「你說了什麼嗎？」

貝蒂搖搖頭。

「我不想讓警察來找我的麻煩，不管怎麼說，我什麼也不知道，真的。我要是說了什麼，或許我也會被殺掉，或者像他們說的那樣『見鬼去了』。」

「我明白，」雷斯停了停，接著又用溫和的口氣說：「所以你就給喬治·巴頓先生寫了一封匿名信？」

她目瞪口呆地望著他。除了純然的驚訝之外，他在她的目光裡覺察不到任何不安、犯罪的表情。

「我？給巴頓先生寫信？我從沒寫過。」

「說出來不用害怕。做得挺好的。這樣的信既告誡了他，又不會把自己牽扯進去。你做得很聰明。」

「但是我沒寫過信，先生。我從來沒有想到要這樣做。你是說給巴頓先生寫信，說他的夫人是被人害死的？我壓根沒這麼想過！」

她否認得那麼認真，不禁使雷斯的信念動搖了。要是寫這些信的人是她，那就很自然而且合乎邏輯。然而她堅持不承認，沒大吵大鬧也沒有絲毫不安；她否認得那麼冷靜，沒有任何不恰當的抗議。他無可奈何，只有相信她的話。

他轉了個話頭。

「你對別人說過這些事嗎？」

她搖搖頭。

「我沒對誰說過。老實說，先生，我很害怕。我想我還是閉嘴不說的好。我想忘了它，只有一次我提過這事，那是我通知德雷克太太說我想離開的時候。她總是那麼大驚小怪，實在叫人受不了。她恨不得給我找個連公共汽車也到不了的荒郊野外，把我葬在那裡才如意！我提到要走，她就不高興了，還數落我經常打碎東西。我挖苦說，反正我總能找到一個沒有人被宰掉的家庭……這話一說出口，我就害怕起來了，但她並沒有很在意。也許那時我就應該講出來，但我不能講。我的意思是，也許我聽到的只是一句玩笑話。人嘛，什麼都會說的。布朗先生為人一向很好，也喜歡說笑話。因此，我不能講，你說對不對，先生？」

雷斯認為她做得對。接著他說：「巴頓夫人說布朗不是他的真名，那她說了他的真名叫什麼嗎？」

「她說了，因為他說：『不許再提托尼這個名字了。』讓我想想，那名字叫什麼來著？托尼……這名字當時讓我想到了廚師做的櫻桃醬。」

「托尼．徹里頓？徹拉勃爾？」

她搖搖頭。

「比這個名字更誇張。開頭的字母是M，聽起來像個外國名字。」

「別急，你或許能想起來。想起來了就告訴我。這是我的名片，上面有地址。要是你想起那個名字來，就按地址寫信給我。」

他遞給她一張名片和一張一英鎊的鈔票。

「我會的，先生，謝謝您，先生。」

她跑下樓梯時，心想，這人真是一位地道的紳士。他給的是一英鎊，不是十個先令，要是活在那些使用金幣的時代該有多好啊……

瑪麗．里斯塔伯特回到房間裡。

「怎麼樣，順利嗎？」

「是的，但還有一個問題要解決。你能發揮才能幫我一下，想出一個和櫻桃醬有關的名字來嗎？」
「多奇怪的問題啊！」
「想想吧，瑪麗。我對家務事完全外行。求你好好想想怎麼做果醬吧，特別是櫻桃醬。」
「櫻桃醬平常人很少做的。」
「為什麼呢？」
「這個嘛，因為它容易做得太甜，除非你用那種做菜的櫻桃，莫雷利櫻桃。」
雷斯驚呼起來。
「就是它！我敢打賭就是這個名字。再見，瑪麗，我非常感激你。我可以按鈴讓貝蒂來帶我出去嗎？」
他匆匆走出屋子時，里斯塔伯特太太在他後面嚷道：「忘恩負義的傢伙！你不打算告訴我這到底是怎麼回事嗎？」
他回身嚷道：「我以後再來告訴你吧。」
「鬼才知道。」里斯塔伯特太太嘟囔著。
貝蒂拿著雷斯的禮帽和手杖在樓下等著。
他謝過了她，走出門去。他在門邊的台階上又停了下來。
「我想起來了，」他說，「那個名字是莫雷利，對吧？」
貝蒂的臉豁然開朗。

「正是，先生。就是這個名字。托尼・莫雷利，這就是他叫她忘掉的那個名字。他還說他坐過牢呢。」

雷斯微笑著走下台階。

他在最近的一個電話亭裡給坎卜探長打了一通電話。談話雖然簡短卻令人滿意。坎卜說：「我馬上拍電報去。我們得看看回電怎麼說。如果你說對了，那真是一大進展。」

「我想我是對的。前因後果都很清楚了。」

／20

坎卜探長的心緒不佳。他剛和一個被嚇成驚弓之鳥的十六歲年輕人談了半小時。這個年輕人憑藉他叔叔查爾斯的地位，一心想成為高級的盧森堡飯店的一名侍者。然而，他不過是餐廳六名最低級的小跑腿之一，他們和那些高級侍者不同，得腰繫圍裙，做各種受氣的工作，端上端下送麵包牛油，讓人家用法語、義大利語、英語不停地呼來喝去。查爾斯完全像個大人物，為了避免有偏袒親戚之嫌，在支使他、辱罵他時都比對別人還凶。但儘管這樣，皮爾的心裡還是渴望將來有朝一日成為這家頂尖餐廳的領班。

可是現在，他的前途受到了阻礙，他發覺自己被人當成了謀殺嫌疑犯。

坎卜把這個小夥子反反覆覆地問了個夠，最後只好憋著一肚子氣相信這個小夥子說的話……也就是說，他只是從地板上撿起了那位太太的手提包，並將它放回她的碟子旁邊，別的就什麼也沒有了。

「在我急急忙忙將調味醬端給已經等得不耐煩的羅伯特先生時，那位年輕的太太站起來去跳舞，她的手提包被碰掉到桌子底下，我馬上就撿起來放回桌上，然後我繼續去送調味醬，因為羅伯特先生已經在那邊使勁向我招手。先生，這就是全部的經過。」

這就是全部的經過。坎卜生氣地放走了他，真想給他來上一句：「以後別讓我再抓到你幹這種事了。」

警佐波洛克進來報告說，樓下來了個電話，說是有一位年輕女人求見他，更確切地說，是求見偵辦盧森堡飯店一案的長官。

「來的人是誰？」

「她的名字是克洛．韋斯特小姐。」

「請她上來，」坎卜無所謂地說，「我可以和她談十分鐘。然後，法拉第先生就該來了。讓他等上幾分鐘沒關係。這樣能叫他神經緊張。」

克洛．韋斯特小姐走進房間時，坎卜馬上就覺得和這個人似曾相識。但一分鐘之後，這種想法消失了。不，他以前沒見過這個年輕女人。然而，一種似曾相識的模糊印象仍然纏擾著他。

韋斯特小姐約莫二十五歲，高高的個子，棕色的頭髮，長得非常漂亮。可以聽得出她很注意咬文嚼字，顯然是有些神經質。

「韋斯特小姐，請問找我有什麼事？」坎卜精神飽滿地說。

「我在報上看到那個人死在盧森堡飯店。」
「是喬治・巴頓先生嗎？你認識他？」
「不，不，我不怎麼認識。我是說，我並不真正了解他。」
坎卜仔細地打量著她，並將最初的推測丟置腦後。
克洛・韋斯特舉止高雅、正派，這是一點也不假的。他愉快地說：「請你先告訴我你的確切姓名和地址。這樣談起來就更有頭緒了。」
「克洛・伊麗莎白・韋斯特，住在梅達維爾區梅里維爾路十五號。我是個演員。」
坎卜又用眼角斜睨了她一眼，看得出她確實是一位演員……儘管外表如此，卻是一個老實人。
「往下說吧，韋斯特小姐。」
「我從報上看到巴頓先生死去和警察正在調查案情的消息。我想我也許應該來告訴你一些事。我和我的朋友談過，她也覺得應該如此。不過我說的可能和案情沒有多大關係，但是……」韋斯特小姐停了下來。
「這個我們會判斷，」坎卜欣然說，「你就請講吧。」
「那時我正巧沒有演出。」韋斯特小姐解釋說。
探長差點說出「輪休」兩個字來，想顯示一下他是懂得這一行的，然而他忍住了。
「但是我的名字在經理那裡仍舊掛上，照片也掛在顯眼的地方。我想巴頓先生看過我的照片，於是他就和我聯繫上了，向我說明了他要讓我做的事。」
「後來呢？」
「他告訴我，他要在盧森堡飯店請客。他想叫他的朋友們大吃一驚。他給我一張照片，並且叫我按那張照片化妝。他說，我和照片上的那個人長得一模一樣。」
坎卜突然覺得豁然開朗了。他在喬治房內的寫字桌上看過羅絲瑪莉的照片。剛才這個年輕女人讓他想起了她。她的確很像羅絲瑪莉．巴頓。也許她們長得並不是一模一樣，但她們的輪廓和面貌是相同的。
「他當時還給我一套衣服叫我穿上，我現在把它帶來了。一套淺綠色綢料裙衫。他要我把頭髮做得和照片上的一樣（照片上的頭髮是染色的），要我化妝得愈像愈好。然後他要我到盧森堡飯店，並在表演第一個舞蹈節目時走進餐廳，坐在巴頓先生餐桌的空位子上。他帶我到那裡吃了午飯，把擺餐桌的地方告訴了我。」
「那麼你為什麼沒有守約呢，韋斯特小姐？」
「因為那天晚上八點左右，有人——是巴頓先生——給我打電話，說整個安排都延遲了。他說第二天會告訴我延到什麼時候。第二天早晨，我就在報上看到他死去的消息。」
「你到這兒來向我們報告非常正確，」坎卜高興地說，「多謝你了，韋斯特小姐。你給我們解開了一個謎……空位之謎。噢，你剛才說『有人』給你打電話，後來又說是『巴頓先生』，這到底是怎麼回事？」

「因為起初我覺得不是巴頓先生，他的聲音不太一樣。」

「是男人的聲音嗎？」

「是的，我想是的。至少聲音相當沙啞，好像他得了感冒。」

「他就講了那些話嗎？」

「就是那些話。」

坎卜又問了幾個問題，但並沒有什麼新的情況。

她離開以後，他對警佐說：「那麼，這就是喬治．巴頓的『妙計』了。現在我懂了，為什麼他們都說舞蹈節目結束後他瞪眼望著那個空位子，表情異常，茫然若失。因為他精心的計畫出了差錯。」

「你認為告訴她要延期的不是他本人？」

「絕對不是。我不敢肯定那是一個男人的聲音。在電話裡裝沙啞是一個很好的偽裝。嗯，沒錯，我們有了進展。請法拉第進來吧。」

／21

史蒂芬．法拉第走進蘇格蘭警場。他外表沉靜，內心卻充滿了畏懼。他的精神承受著一種幾難忍受的壓力。那天上午的事情看來還挺順利的，坎卜探長為什麼又特意把他叫到蘇格蘭警場來呢？他打聽到了什麼？懷疑什麼？最多不過是一些模糊的猜疑罷了。一定要保持清醒的頭腦，什麼都不能承認。

姍卓沒有和他在一起，這使他感到異樣的孤單，不知所措。彷彿兩個人一起面對危境，恐懼就會減少一半似的。在一起的時候，他們有力量、有信心、有能力。可是單槍匹馬的時候，他就什麼也沒有了，甚至於更糟。姍卓呢？她也有同感嗎？她是不是正坐在基德敏斯特的家裡，默默、傲慢而矜持地思考，內心也感到大難即將臨頭了呢？

坎卜探長客氣又嚴肅地接待了他。桌子旁邊坐著一位身著警服、手拿紙筆的人。坎卜請史蒂芬坐下後，就一本正經地說：「法拉第先生，我想聽取你的陳述，陳述經過筆錄後將請你過目核閱，並請你在離開前簽字確認。同時，我有責任告訴你，你有權拒絕做這種陳述，也有權要求請你的律師到場，如果你想這樣做的話。」

史蒂芬嚇了一跳，但沒有表露出來。他強笑著說：「探長先生，這種程序聽起來有點令人生畏。」

「法拉第先生，我們不希望有任何誤解。」

「那麼我說的每一句話都可以拿回來對付我了，是不是這樣呢？」

「我們不用『對付』這個字眼。你說的每句話都會作為呈堂證供。」

史蒂芬冷靜地說：「我懂了。但探長先生，我想不出你為什麼還需要我進一步的陳述？今天上午我已經都談過了。」

「那是非正式的，只是在開始的預審階段有用。另外，法拉第先生，我想有些事，想必你寧可在這裡和我談。都是與案件無關的事，我們將盡力在不妨礙執法的情況下不加聲張。我想，你明白我的意思。」

「我不明白。」

坎卜探長嘆了口氣。

「我指的是你和已故羅絲瑪莉．巴頓太太的親密關係……」

史蒂芬打斷他，說：「這是誰說的？」

坎卜欠身從辦公桌上拿過一份列印的文件。

「這是在已故巴頓太太的遺物中所找到的一封信，這是複本，原信存在檔案裡，是艾麗絲·馬爾交來的，她確認這是姐姐的手跡。」

史蒂芬念起信來。

「『親愛的豹子』……」

他感到一陣噁心。這是羅絲瑪莉的聲音，她在訴說著、懇求著……難道往日的醜事就這樣難以消逝，這樣頑固地不肯讓人埋葬嗎？

他定了定神望著坎卜。

「你說這封信是巴頓太太寫的，這也許是對的……但信上並沒有說是寫給我的。」

「你否認付過厄爾斯考特路二十一號公寓的房租嗎？」

他們已經知道了！他甚至懷疑他們早就知道了。

他聳聳肩膀。

「看來你們的消息倒是很靈通。但請問，為什麼要把我的私生活作為審訊的重點呢？」

「如果你的私生活和喬治·巴頓的死無關，那就不會被當成審訊的重點。」

「我懂了。你是想說，我先和他夫人私通，然後又謀殺了他。」

「法拉第先生，讓我們開誠布公地談吧。你和巴頓太太曾經是關係極好的密友。你們分手是出於你的願望，而不是她的意願。這封信說明她當時打算給你找麻煩。她死了，就方便了你。」

「她是自殺的。我可以說我有部分責任。我可以責備自己，但這不關法律的事。」

「她可能是自殺，也可能不是。喬治‧巴頓就認為不是自殺。他著手調查這件事，然後他也死了。這前前後後的事件是挺發人深思的。」

「我不明白為什麼你們非要咬著我不放？」

「對你來說，巴頓太太死得正是時候，這你承認吧？法拉第先生，一件醜聞會大大妨礙你的前程。」

「不會有什麼醜聞。巴頓太太是有理智的。」

「不一定吧！法拉第先生，你夫人知道嗎？」

「當然不知道。」

「你有把握嗎？」

「是的，我有把握。我太太認為，我和巴頓太太之間除了友誼之外別無其他曖昧之情。我也不希望她有別的想法。」

「法拉第先生，你夫人善妒嗎？」

「絲毫不會。她極其通情達理。」

探長對此未加評論，而只是說：「法拉第先生，去年你是否一度持有氰化物？」

「沒有。」

「但你在那棟鄉間別墅裡收放著氰化物，對吧？」

「園丁那兒可能有，但我一無所知。」

「你自己從未在藥房買過氰化物沖洗底片嗎？」

「我根本不懂照相，我重申，我從來沒買過氰化物。」

坎卜又追問了幾句後，就讓他走了。

他沉思地對他的部下說：「他馬上就否認了他太太知道他和巴頓夫人之間的關係。我不明白為什麼他要這樣做？」

「先生，我敢說，這是因為萬一他太太知道了，那他就難堪了。」

「這有可能。但我倒認為他心裡明白，如果他夫人被蒙在鼓裡，一旦知道後就會翻臉，這使他產生除掉羅絲瑪莉．巴頓的另一個動機。為了化險為夷，他的做法應該是讓他的夫人對他們的關係多少有所了解，又不願真實面對。」

「先生，我敢說他還沒想到這一層。」

坎卜搖搖頭。史蒂芬．法拉第並不傻，他頭腦清醒、心思機敏。他一直設法給探長留下姍卓對此一無所知的印象。

「好吧。」坎卜說，「雷斯上校在電話裡似乎對他找到的線索甚為樂觀。如果他的想法是對的，那麼法拉第夫婦就應該排除在外。要是他們真被排除在外，我倒是感到高興。我喜歡這個傢伙。再說我本人也不認為他是凶手。」

§

「姍卓。」史蒂芬推開客廳的門喊道。

她從黑暗中迎出來，突然用雙手摟住他的雙肩。

「是史蒂芬嗎？」

「你為什麼不開燈？」

「我受不了燈光。告訴我吧。」

他說：「他們知道了。」

「羅絲瑪莉的事？」

「是的。」

「他們怎麼看？」

「他們當然認為我有那樣的動機……哦，親愛的，我真不該這樣連累你，全是我的錯。羅絲瑪莉死後，要是我能擺脫這一切，離開這裡，讓你自由，那就好了。這樣無論如何我就不會把你扯到這些可憎的事件中了。」

「啊，不，不，永遠不要離開我……永遠不要離開我。」

她緊緊依偎著他，哭泣著，眼淚順著雙頰流下。他感覺到她全身在戰慄著。

「史蒂芬，你是我的生命，我的全部生命。永遠不要離開我……」

「你真的把我看得這麼重要嗎，姍卓？我從來不知道你……」

「我以前不想讓你知道，但是現在……」

「是的，現在……我們一起捲進去了，姍卓……我們一起來面對它吧……不管會出現什麼情況，我們永遠在一起！」

他們佇立在黑暗中，緊緊地摟在一起，覺得渾身充滿了力量。

姍卓堅定地說：「絕不能讓它毀了我們的生活！不能，絕對不能！」

22

安東尼・布朗看著小聽差遞上來的名片。

他皺著眉頭，聳了聳肩，對聽差說：「好吧，請他進來。」

當雷斯上校走進來時，安東尼正背著窗戶站著，明亮的陽光斜照在他的肩頭。

他看見一個身材高大、有軍人風度的男子走進來。他那古銅色的臉上布滿了皺紋，一頭鐵灰色的頭髮……他曾經見過這個人，但已經是好幾年前的事了。他非常了解此人。

雷斯看到的是一個漂亮的身影和輪廓清晰的頭顱。一個愉快然而懶洋洋的聲音說：「是雷斯上校嗎？我知道你是喬治・巴頓先生的朋友。他活著的最後一個晚上還談到你呢。請抽根菸。」

「好的，謝謝。」

在安東尼舉著火柴給他點菸的時候，說道：「那麼你就是那天晚上沒有露面的不速之客了……你不去倒是對了。」

「這你可就說錯了。那個空位子不是留給我的。」

安東尼抬起眼皮。

「真的嗎？巴頓說……」

雷斯打斷他的話。

「喬治．巴頓可能那樣說過。但他的計畫卻不是如此。那張椅子，布朗先生，是為了在燈光轉暗時，讓一位名叫克洛．韋斯特的女演員坐的。」

安東尼目瞪口呆了。

「克洛．韋斯特？我從未聽說過她。她是什麼人？」

「一個不太出名的女演員，不過外表有些像羅絲瑪莉．巴頓。」

安東尼吹了一下口哨。

「我有點頭緒了。」

「他還給她一張羅絲瑪莉的照片，讓她模仿她的髮型。他甚至把羅絲瑪莉死亡當天穿的衣服也交給了她。」

「那麼喬治的計畫就是這樣了？燈光一亮，說變就變，來一個鬼魂還陽的可怕場面！羅絲瑪莉又回來了！這樣犯罪的人就軟癱癱地招認：『是的，是我幹的，真的是我幹的。』」

他停了停又接著說：「真笨！可憐的喬治比驢子還蠢。」

「我不懂你的意思。」

安東尼咧嘴笑笑。

「哦，先生，狠心的凶手不會像一個歇斯底里的女學生那樣。要是有人殘忍地毒死了羅絲瑪莉．巴頓，並準備用同樣劑量的致命氰化物來對付喬治．巴頓，那他必定膽量過人。打扮成羅絲瑪莉的女演員是不足以讓他露出馬腳的。」

「請記住，馬克白這個不折不扣的冷酷罪犯，在宴會上見到班柯的鬼魂時也魂飛魄散。」

「是啊，但是馬克白看見的是一個真正的鬼，而不是一個穿著班柯衣服的蹩腳演員！真正的鬼魂是會帶來陰間的氣氛。事實上，我承認我相信鬼魂……六個月來我一直相信有鬼魂，一個特殊的鬼魂。」

「真的嗎？那是誰的鬼魂？」

「羅絲瑪莉．巴頓的鬼魂。要是你想笑，就儘管笑。我沒看過，但我感覺到她的存在。因為某種原因，可憐的羅絲瑪莉算是死不瞑目。」

「我可以提出一個原因來。」

「因為她是被謀害的嗎？」

「用另一句粗話說，因為她是被『宰掉的』。你認為怎麼樣，托尼．莫雷利先生？」

一陣沉默。安東尼坐了下來，將菸頭丟進火爐，又點燃了另一根菸。

然後他說：「你是怎麼發現的？」

「那麼你承認你就是托尼．莫雷利了嗎？」
「我不想浪費時間否認，顯然你已經給美國打過電報，什麼都知道了。」
「這麼說，你承認在羅絲瑪莉認出你是托尼．莫雷利的時候，威脅過她不許講出去，否則就宰了她。」
「我想盡辦法威脅她，要她保守祕密。」托尼痛痛快快地承認了。
雷斯上校覺得有一種奇怪的感覺爬上他的心頭。這次談話本來不該這樣進行的。他凝神望著面前那個懶洋洋靠在安樂椅裡的身影，突然有一種說不出來的熟悉感。
「莫雷利，要我講講我所了解的你嗎？」
「也許很有意思。」
「在美國，你由於破壞艾里克森飛機工廠的生意被定罪並判處監禁。刑滿出獄後，你避開了當局對你的監視。後來你到了倫敦，在克拉里奇待了下來，並改名為安東尼．布朗。你在那裡想方設法結識了迪斯伯里勳爵，並透過他見到一些著名的軍火商。你住在迪斯伯里勳爵的家裡，利用作客之便，看了許多不該看的東西。真是奇怪的巧合，莫雷利，就在你參觀過一些重要工廠以後，就發生了一系列原因不明的事故，險些造成巨大損失。」
「巧合，」安東尼說，「當然是異乎尋常的事。」
「過了一陣子，你又出現在倫敦，和艾麗絲．馬爾繼續交往，但總是找藉口避免到她家去拜訪，使她家裡摸不透你們兩人的密切關係。最後，你還企圖誘使她和你祕密結婚。」

「你知道，」安東尼說，「你查明這一切，實在是太了不起了……我不是指軍火生意，而是指我對羅絲瑪莉的威脅，以及我在艾麗絲耳邊悄悄說出的那些小小情話。毫無疑問，它們不屬於軍事情報部的管轄範圍吧？」

雷斯嚴厲地望著他。

「你有許多事情需要解釋，莫雷利。」

「完全不需要。即使你說的那些都對，那又怎樣？我已經服滿刑期。我交了一些有意思的朋友，愛上一位很迷人的女孩，並且很自然地急著將她娶回家。」

「你太心急了，急得想趕在她家人有機會了解你以往的經歷前就舉行婚禮。艾麗絲・馬爾是個非常有錢的年輕女人。」

安東尼欣然贊同地點了點頭。

「我知道。有錢的家庭總愛多管閒事，真是討厭。你知道，艾麗絲並不了解我不光彩的歷史，我也不願讓她知道。」

「我想她恐怕什麼都要知道了。」

「那就太遺憾了。」安東尼說。

「可能你沒有想到……」

安東尼笑著插言道：「哦！我替你把話全說了吧。羅絲瑪莉了解我罪惡的過去，所以我就害死了她。喬治・巴頓對我起了疑心，我又謀害了他！我要追求艾麗絲的錢！這一切多麼合乎邏輯，聽起來又多麼順理成章，但是你沒有絲毫的證據。」

雷斯認真地觀察了他幾分鐘，然後站起身來。

「你說的一切都是真的，」他說，「但全都錯了。」

安東尼細細打量著他。

「什麼錯了？」

「你說錯了。」雷斯在房內慢慢地踱著步。「我見到你以前，這一切都很合情合理。但見到你以後就不是這樣了。你不是一個騙子。既然你不是騙子，你就是和我們一樣的人，對吧？」

安東尼一聲不響地望著他，臉上慢慢綻開了笑容。接著，他低聲哼了起來。

「『因為上校夫人和歐格雷迪是親姐妹。』是啊，同行相識，多滑稽。正是因為這樣，我才盡量避免與你碰面。我擔心你看出我的本來面目。在昨天以前，不讓人們知道這一點是極為重要的。好了，謝天謝地，現在氣球破裂了！我們也已經把那幫搞跨國際顛覆活動的傢伙們一網打盡了。我為這項任務工作了三年。參加集會、鼓動工人，給自己爭取一個恰當的名望。最後決定讓我破壞一項重要工程，並因此被捕判刑。要讓人們相信，就得假戲真做。

「我出來後，事情有了進展，我一點一點深入到一個來自中歐的大型國際組織中心，成為他們的代理人，來到倫敦，住進克拉里奇飯店，我得到命令，要我和迪斯伯里勳爵結交……他就是我的工作目標，這個社交界的紈褲子弟！然後我以一個有吸引力的都會男子之姿，結識了羅絲瑪莉・巴頓。後來，突然發覺她知道我在美國入過獄，還知道我那時的名字叫托尼・莫雷利，這使我大為驚恐。我真替她擔心。和我打交道的那一夥人要是認為她知道這些事，會毫不猶豫地把她幹掉。我盡了最大努力去嚇唬她，讓她守口如瓶，但我不抱多大希望。羅絲瑪莉生性輕率，我想我還是擺脫她的好……正在這時，我看見艾麗絲走下樓梯，於是我發誓完成使命後一定要回來和她結婚。

「主要的任務結束後，我回來了，繼續和艾麗絲交往，但我對她的家人敬而遠之，因為我知道他們一定想打聽我的情況，而我暫時還不能暴露自己的真實身分。然而，她漸漸讓我擔心起來。她看起來身體不佳、心神不定。喬治・巴頓的行動也顯得有些古怪。因此我催她離開家裡和我結婚。可是，她拒絕了。也許她這樣做是對的。後來，我就受邀出席那個宴會。在我們坐下用餐時，喬治說你也要出席宴會，於是我趕緊說我來之前碰見一個熟人，或許要早一點告辭。事實上，我的確碰見了我在美國認識的一個人，他叫蒙基・科爾曼——儘管他想不起我來了——但我實在不想和你見面，因為我當時還有任務在身。

「接著發生的事你已經知道了……喬治死了。我和他以及羅絲瑪莉的死毫不相干。我到現在都不明白害死他們的到底是誰。」

「一點想法也沒有嗎？」

「我想要不是侍者，就是同桌五個人中的一個。但我並不認為是侍者幹的，不是我，也不是艾麗絲。姍卓・法拉第有可能，史蒂芬・法拉第也有可能，或者可能是他們兩人一起幹的。不過依我的看法，最有可能的是露絲・萊辛。」

「你這種想法有什麼根據嗎？」

「沒有。我覺得最有可能的就是她。然而，我一點也不明白她是怎樣下手的！在這兩次悲劇中，她坐的位置根本接觸不到這些香檳酒杯。我愈是回想那天晚上所發生的情況，就愈是覺得喬治不可能被害死。但他又確確實實是被害死了！」安東尼頓了一頓。「還有，你是不是已經搞清楚，是誰寫了那些匿名信引他去調查？」

雷斯搖了搖頭。

「我原來以為我搞清楚了，其實沒有。」

「有意思的是，這件事意味著有一個人知道羅絲瑪莉是被謀殺的。你得小心才是，不然那個人也會接著被殺！」

23

安東尼接過電話後，知道露西拉·德雷克太太要在五點外出去赴一個老朋友的茶會。考慮到她出門前可能發生的耽擱（例如忘了帶錢包、拿雨傘以防下雨、到了門口可能還要再說幾句話），安東尼把他到達艾瓦頓廣場的時間安排在五點二十五分。他想見的是艾麗絲，而不是她的姑媽德雷克太太。誰都知道，只要露西拉在場，他就沒有機會能與艾麗絲順順利利地談話了。

客廳女僕（她沒有貝蒂·阿奇代爾那種風騷的打扮）告訴他，艾麗絲小姐已經回來了，現在在書房裡。

安東尼微笑著說：「不用麻煩了，我自己去吧。」

說著就從她面前走過，逕自向書房走去。

他走進書房時，艾麗絲神經緊張地轉過身來。

「噢，是你啊。」

他快步走到她身邊。

「親愛的，出了什麼事？」

「沒什麼事。」她停了停，接著急匆匆地說：「沒什麼事。只是我差點被汽車撞到了。哦，這是我自己不小心。我當時正在想心事，沒有看四周就呆頭呆腦地穿越馬路，那輛車飛快地轉過轉角，差點撞上我。」

他輕輕地搖了搖她的雙肩。

「艾麗絲，你可別再做這種事了。我真為你擔憂！我所擔憂的，倒不是你這次奇蹟般地從車輪下脫險，而是你在這車水馬龍的地方失神的原因。親愛的，這是怎麼了？是不是出了什麼事？」

她點了點頭，哀傷地抬起頭來，望著他的眼睛。她那又大又黑的雙眼充滿了恐懼，他馬上就懂得了這一雙眼睛要表達的含義。接著她很快地低聲說了一句：「我害怕。」

安東尼恢復了平靜，又露出了笑容。艾麗絲坐在長沙發上，他在她旁邊的座位上坐下。

「來，」他說，「說給我聽。」

「安東尼，我不想告訴你。」

「哦，有意思。你可別學那種三流驚險小說裡的女主角，她們先是為了和男主角搗亂，從第一章開頭就毫無來由地幹出一些莫名其妙的事，這使得小說又增加了五萬字的廢話。」

她的臉上飄過一絲慘澹的笑容。

「我想告訴你，安東尼，但我不知道你會怎麼想，我不知道你是不是相信……」

安東尼舉起一隻手，扳起手指頭來。

「第一，你有一個私生子；第二，你有一個好敲詐勒索的情人；第三……」

她生氣地打斷他。

「絕對不是，不是這類事情。」

「這樣我就放心了，」安東尼說，「說下去吧，小傻瓜。」

艾麗絲的臉色又陰沉了下來。

「這沒什麼可笑的。是……是關於那天晚上的事。」

「是嗎？」他提高了嗓音說。

艾麗絲說：「今天上午的驗屍審訊你去了。你聽說了……」

她說到這兒停住了。

「我聽到的不多。」安東尼說，「法醫冷冷地說了一些氰化物的一般情況，以及喬治喝了氰化鉀以後的反應。還有一名警探所提出的警方證據，那不是坎卜，而是長著一撮漂亮小鬍子、最先到盧森堡飯店負責查勘的那一個。喬治的祕書證實了那是喬治的屍體。然後那個溫文爾雅的驗屍官就宣布審訊休會一週。」

「我講的就是那個警探，」艾麗絲說，「他說，他在餐桌底下發現一個小紙包，紙包裡有微量氰化鉀這種烈性毒藥。」

安東尼似乎對此很有興趣。

「是的。那個下毒的人把毒藥放進喬治的酒杯以後，就把包毒藥的紙扔到桌子底下。這是最簡單不過的事了。他或她是不會冒險把包毒藥的紙帶在自己身上的。」

艾麗絲劇烈地顫抖起來，使安東尼大吃一驚。

「噢，不，安東尼。啊，不，不，不是那麼回事。」

「親愛的，你要說什麼？你知道什麼情況嗎？」

艾麗絲說：「是我把紙包扔到桌子底下的。」

他轉過身來，瞠目結舌地望著她。

「聽我說，安東尼。你還記得喬治是怎麼喝光香檳酒，以及後來發生的事嗎？」

他點點頭。

「真可怕，就像是一個噩夢。它恰恰就發生在一切都似乎很順利的情況下。我的意思是，節目表演一結束，燈光轉亮的時候，我感到如釋重負。因為你知道，羅絲瑪莉就是這個時候……死的。不知道為什麼，我總覺得這種事還會再出現，我覺得羅絲瑪莉就在那裡，慘死在桌旁……」

「親愛的……」

「噢，我知道，這只不過是神經質罷了。但不管怎麼說，我們都好好的，什麼可怕的事都沒發生。我突然覺得，事情終於過去了，大家可以——我不知道該怎麼說才好——重新生活了。因此，我便和喬治去跳舞，而且的確感到很快活。後來，我們回到桌邊。這時，喬治突然提起了羅絲瑪莉，並且請我們為懷念她而乾杯。接著他就死了，噩夢又全回來了。

「我想我當時都嚇癱了。我站在那兒，渾身戰慄。你繞過桌子趕上前去看他，我後退了幾步，侍者也過來了，有人說要請醫生來。這時，我一直麻木地站在那裡。突然，像是有一大塊東西堵住了喉嚨似的，眼淚就止不住地流了下來，於是我拉開手提包找手帕。我摸索了一陣，沒找到。最後，終於找出了手帕，但手帕裡有東西……一團疊好的硬白紙，就像藥房包藥粉的那種白紙。可是，安東尼，你想，我從家裡出來的時候，手提包裡根本沒有這東西。我從來沒有這種東西！我的提包幾乎是空的。我只放了一小盒粉、一管口紅、我的手帕、帶套的梳子，還有一先令和一些六便士的硬幣。那個紙包是別人放進我的提包裡的，一定是這樣。我後來想起來了，羅絲瑪莉死後，人們就在她的手提包裡找到了這樣的紙包，包的也是氰化物毒藥。我當時好害怕，安東尼，害怕極了。我手指一鬆，紙包就從手帕裡掉到桌子底下。我也就隨它去了，以後也沒有講過這件事。我太害怕了。有人想造成是我害死喬治的假象，但害死喬治的不是我。」

安東尼吹出了一聲又緩又長的口哨。

「這件事有沒有人看見呢？」他問。

艾麗絲遲疑了一陣。

「我不敢肯定，」她慢慢地說，「我想露絲注意到了。但她看起來迷迷糊糊的，我不知道她是否真的注意到，或許她只是呆呆地望著我而已。」

安東尼又吹了一聲口哨。

「這就複雜了。」他說。

艾麗絲說：「事情愈來愈糟糕了，我真害怕他們會查出來。」

「我真是想不通，為什麼紙包上沒有你的指紋？他們該做的第一件事就是去查紙上的指紋。」

「我想，那是因為我是隔著手帕拿著的緣故。」

安東尼點點頭。

「對了，這算你走運。」

「但是，是誰把紙包放進我的提包裡的呢？我一晚上都帶著它呀。」

「這不像你想的那樣難。節目表演完、你去跳舞的時候，把提包留在桌上了。這時，有人就可以動手腳。當時有女人在場。你能站起來模仿一下你們女人在衣帽間裡的動作嗎？這類事我是不清楚。你們是湊在一塊聊天，還是在鏡子前面串來串去？」

艾麗絲想了想。

「我們都在同一張桌子前面……一張又長又大的玻璃桌面長桌。我們把手提包放下，照鏡子。這樣你明白了吧。」

「老實說，我不明白。請你說下去。」

「露絲在鼻子上撲了一點粉，姍卓拍拍頭髮，別了一根髮針，我取下狐皮披肩交給侍者。這時我看見我的手有點髒，沾了一點泥，就到洗臉池那邊去了。」

「提包還留在玻璃桌上，對吧？」

「是的。我洗了手。我想那時露絲還在撲粉，姍卓去放斗篷。然後她回到鏡子前面，露絲過來洗手，而我回到桌子前面，又理了理頭髮。」

「那麼說來，她們兩人都有可能在你不注意的時候往你的手提包裡放東西了？」

「是的，但我不相信露絲或姍卓會做這樣的事。」

「你把人家想得太好了。姍卓是那種在中世紀時會將她的敵人綁在火刑柱上活活燒死的哥德人，而露絲有可能是宇宙間最老練的下毒者。」

「如果是露絲，她曾經看見我把紙包扔掉，她幹嘛不講出來呢？」

「你說對了。如果露絲有意將氰化物放在你的提包裡，她會盡量留意，不讓你扔掉它。因此看來不像是露絲。實際上，最有可能的是侍者，侍者！如果是一個奇怪的侍者、特別的侍者、一個專為那次晚宴雇來的侍者，那就有相當的可能了。可是，當時伺候我們的是朱塞佩和皮爾，那又不像是他們幹的……」

艾麗絲嘆道：「我很高興我把這事告訴了你。你不會告訴別人吧？只有你和我知道吧？」

安東尼望著她，臉上露出為難的表情。

「艾麗絲，這樣是不行的。你現在就得跟我坐計程車去找我們的老朋友坎卜。我們不能不講。」

「啊，不，安東尼他們會認為是我害死喬治的。」

「如果他們以後發現你對於這一切都守口如瓶，什麼也不講，那他們就一定會這樣想！到那時，你再解釋就很難叫人相信了。如果你現在主動講，他們還有可能相信你。」

「還是不要去吧，安東尼。」

「你知道，艾麗絲，你現在的處境相當不利。然而不管情況如何，真理總是存在。事情涉及司法正義，不能冒險從事，也不能只顧及個人安危。」

「噢，安東尼，你一定要這麼高尚嗎？」

「挺伶牙俐齒的！」安東尼說道，「但不管怎樣，我們還是要到坎卜先生那兒去！現在就去！」

她勉勉強強地跟著他走出房間來到門廳。她的大衣搭在椅背上，他拿起大衣，給她披在身上。

她的眼光流露出違抗和恐懼的神情，安東尼卻不為之動心。

他說：「我們可以在廣場邊叫一輛計程車。」

正當他們向前門走去時，門鈴響了，這是從底層傳來的鈴聲。

艾麗絲嚷了起來。

「我忘了，是露絲來了。她離開辦公室到這裡來安排葬禮的事宜。葬禮定在後天。我想最好趁露西拉姑姑不在的時候，把事情定下來。她總是把什麼事都弄得一團糟。」

安東尼上前打開門，叫住從樓下跑上來的客廳女僕。

「叫她上來吧，伊文絲。」艾麗絲說。

女僕又奔下樓去。

露絲看上去神色疲倦，頭髮蓬亂，手裡提著一個大手提包。

「對不起，我來遲了。今晚地鐵實在擠得嚇人，我只好轉了三趟公車，計程車連個影子都瞧不見。」

安東尼覺得這不像平時辦事效率極高的露絲會說的話。喬治的死使她失去了那種非同一般的效率。

艾麗絲說：「安東尼，我不能和你去了。我得和露絲商量事情。」

安東尼果決地說：「我想那件事更重要……萊辛小姐，這樣拉走艾麗絲實在太抱歉了，但這件事情的確很重要。」

露絲馬上說：「沒關係，布朗先生。德雷克太太回來後我會和她把一切都安排好。」她微微一笑。「你知道，我還真能駕馭她呢。」

「我相信你能讓誰都聽你的話，萊辛小姐。」安東尼用稱讚的口吻說。

「也許是吧。艾麗絲，你有什麼特別的事要交代嗎？」

「沒什麼。我提出我們一起來安排這件事，是因為露西拉姑姑總是事到臨頭又改變主意，我想這樣會使你為難。你要做的事太多了。其實葬禮辦成什麼樣，我才不在乎呢！露西拉姑姑喜歡葬禮，可是我討厭。人是要埋葬，但我反對鋪張。人都死了，還在乎什麼葬禮。人死不能復生啊。」

露絲沒有回答。艾麗絲用一種目中無人、執拗的語氣又重複了一句：「人死不能復生！」

「走吧。」安東尼說著，拉著她走出敞開的前門。

一輛巡行的計程車從廣場那邊緩緩地開過來，安東尼攔住它，扶著艾麗絲坐進車裡。吩咐司機去蘇格蘭警場後，他對艾麗絲說：「美人，告訴我，你堅持說人死不能復生時，你是感覺到死去的兩人中有誰在客廳裡嗎？是喬治，還是羅絲瑪莉？」

「誰也沒有！根本沒有！我告訴你，我就是討厭葬禮。」

安東尼嘆了一口氣。

「那麼說，我準是成了一個巫師了！」

24

三個人坐在一塊大理石面的小圓桌旁。

雷斯上校和坎卜探長啜著鞣酸含量極高的深褐色濃茶。安東尼喝著那種在英國咖啡館裡算是上好的咖啡。但那並非安東尼的標準，不過他為了能與另外兩位平起平坐地一同研究案情，也勉強地喝著。坎卜探長認真地查看了安東尼的證件後，同意把他視為同行了。

「要是你問我，」探長說著將幾塊糖放進他的紅茶中，攪了攪。「我的意見是，這個案子永遠不會開審，我們永遠找不到證據。」

「你認為找不到證據嗎？」雷斯問。

坎卜點點頭，喝了一口紅茶表示同意。

「唯一的希望是，證明那五人中有一人購買過或經手過氰化物，但我的努力都失敗了。這是那種你知道是誰做了案卻不能證明的案子。」

「這麼說，你知道是誰做的案了？」安東尼很感興趣地望著他說。

「是啊，我心裡相當有把握是姍卓・法拉第太太。」

「你斷定是她，理由何在？」雷斯問。

「那我就說給你們聽吧。我敢說她是那種瘋狂嫉妒型的女人，而且獨斷專行。就像埃莉諾王后[11]，根據線索追查到美人羅莎蒙德的閨房，讓她自己選擇用一把短劍或一杯毒藥自盡。」

「可是在這個案子中，」安東尼道，「美人羅絲瑪莉可沒有選擇呀。」

坎卜探長繼續說：「有人警告了巴頓先生，他起了疑心。我敢說他疑心的目標相當明確。若不是想密切注意法拉第夫婦，他不會在鄉村買下一棟別墅。他一定弄得她相當明白了……一再提到要請客並執意要請他們夫婦出席。她可不是那種坐視情勢任意發展的女人。又是她的專制發揮作用，她決定了結他！你們或許會說這只不過是根據理論和性格所做出的推論，但是我敢說，在巴頓先生喝酒以前有機會在他酒杯裡放東西的唯一一人，就是坐在他右邊的那位太太。」

11 埃莉諾王后（Eleanor of Aquitaine, 1122-1204），法王路易七世的妻子，後為英王亨利二世妻子。美人羅莎蒙德・克利弗德（Rosamund Clifford, 1150-1176）是亨利二世的情婦，相傳被埃莉諾王后毒死。

「難道沒有任何人看見她這樣做嗎？」安東尼說。

「別著急呀。他們本來有可能看見，卻又沒看見。可以說，她是很機靈的。」

「她這不成了魔術師了。」

雷斯咳嗽起來。他從嘴裡拿下菸斗，開始往裡面填充菸草。

「有個小問題。就算是姍卓太太專橫、善妒、非常熱愛她的丈夫；就算她會不顧一切進行謀殺，但你認為她會把罪證塞進一個年輕女孩的手提包裡嫁禍於人嗎？請注意，這個年輕女人全然無辜，從未傷害過她，難道這符合基德敏斯特家族的傳統嗎？」

坎卜探長坐在椅子裡不安地扭動著，兩眼瞅著他的茶杯。

「女人做事總是不夠光明磊落，」他說，「如果你是這個意思。」

「事實上，許多女人並非如此，」雷斯微笑著說，「我很高興看到你有些神色不安。」

坎卜為了擺脫窘境，轉過身來對著安東尼，擺出一副寬厚長者的神氣說：「布朗先生——要是你不介意的話我還是這樣稱呼你——我想說，今天傍晚你毫不躊躇地就把馬爾小姐帶到這兒來，告訴我們事發經過，我不勝感激。」

「我當時非得把她帶來不可，」安東尼道，「要是我耽擱了，也許以後就沒辦法把她帶來了。」

「當然，她是不想來的。」雷斯上校說。

「她當時心裡緊張極了，可憐的孩子，」安東尼說，「我想，這也是很自然。」

「很自然。」

探長說著又給自己倒了一杯茶。安東尼小心地啜了一口咖啡。

「嗯，」坎卜道，「我想我們使她放心了，她回家去的時候相當高興。」

「舉行葬禮以後，我希望她能到鄉村去住一陣子，」安東尼說，「我想，讓她躲開露西拉姑姑那張整天嘮叨的嘴，哪怕是安靜二十四小時對她也是有好處的。」

「露西拉姑姑的嘴自有它的妙用。」雷斯說。

「那你就儘管聽她講好了。」坎卜說，「幸好在聽取她的證詞時，我沒讓人做速記。否則可憐的速記員就得手指痙攣，住院治療了。」

「是的，探長先生，我敢說，你說這個案子永遠不會開審是對的，」安東尼說，「可是這個結局令人很不滿意。有一件事我們仍然不知道……是誰給喬治．巴頓寫信說他的夫人是被謀殺的？這個人是誰，我們毫無頭緒。」

雷斯說：「布朗，你還是懷疑你原先就疑心的那一位嗎？」

「露絲．萊辛嗎？是的，我仍然認為她有可能。你告訴過我，她曾向你承認她愛喬治，所以羅絲瑪莉是妨礙著她。我想她是突然發覺了一個好機會可以除掉羅絲瑪莉，而且對羅絲瑪莉死了以後能立即和喬治結婚有相當的信心。」

「這些我都同意，」雷斯說，「我承認露絲．萊辛冷靜又講求實際，而且能夠策畫並且執行謀殺，至於那種由於想像豐富而產生的同情心，這在她身上是缺乏的。是的，我承認如你所說，第一個人是她謀殺的。但我不懂，為什麼她要謀殺第二個。我不明白為什麼她要恐嚇並毒死她深愛且想與之結婚的人！排除她有謀殺嫌疑的另一件事是：為什麼她看到艾麗絲將包毒藥的紙扔到桌子底下時一聲不吭？」

「也許她沒看見。」安東尼毫無把握地說。

「我十分肯定她看見了，」雷斯說，「我和她談話時，覺得她有些事沒有講出來。再說艾麗絲．馬爾也認為露絲．萊辛看見了。」

「你說吧，上校，」坎卜說，「讓我們聽聽你的高見。我想，你已經發現凶手了？」

雷斯點點頭。

「說出來吧，這才公平。你已經聽了我們的判斷，而且表示反對。」

雷斯沉思的目光從坎卜的臉上轉向安東尼，並且停留在他身上。

安東尼揚了揚眉毛。

「你不會再說我是那個壞傢伙了吧？」

雷斯慢條斯理地搖了搖頭。

「我想不出你有什麼理由要謀殺喬治．巴頓。我想我知道是誰殺了他，也知道是誰殺了羅絲瑪莉．巴頓。」

「是誰？」

雷斯若有所思地說：「奇怪的是，我們都選擇了女人作為嫌疑犯。我所懷疑的也是一個女人。」他停了停後平靜地說：「我想罪犯是艾麗絲．馬爾。」

安東尼啪地一聲把椅子往後一推。他的臉色瞬間脹得通紅，然後他盡力控制住了自己。他說話時的聲音略微有些發顫，卻像往常一樣帶著輕鬆而嘲弄的口吻。

「讓我們來討論討論這個可能性吧，」他說，「為什麼是艾麗絲．馬爾呢？如果是她，那她為什麼要主動告訴我是她將紙包扔到桌子底下的呢？」

「那是因為她知道露絲．萊辛看見了。」雷斯說。

安東尼側著腦袋考慮了一會兒。最後，他點了點頭。

「算是說得通，」他說，「請接下去說，關於第一件謀殺，你為什麼懷疑她？」

「她有殺人動機，」雷斯道，「有一大筆遺產留給羅絲瑪莉，而艾麗絲沒有份。多年來她也許一直覺得自己受到極不公平的待遇。她知道一旦羅絲瑪莉死後無嗣，全部財產就是她的了。羅絲瑪莉情緒低落又不幸福，感冒以後筋疲力盡，這種心情使得自殺的結果可以順利成立。」

「是呀，簡直把這個女孩說成魔鬼了！」安東尼說。

「不是魔鬼，」雷斯說，「我懷疑她還有一個理由——在你看來也許有些牽強附會——那就是維克托．德雷克。」

「維克托．德雷克？」安東尼睜大眼睛問道。

「血統不良。你知道，我聽露西拉．德雷克嘮叨不是沒有理由的。馬爾一家的底細我全知道了。維克托．德雷克邪惡凶狠，他的母親智慧低下，神思恍惚。赫特．馬爾是一個意志薄弱的墮落酒鬼。羅絲瑪莉感情脆弱。懦弱、腐化墮落和反覆無常就是這個家庭的歷史。這就是潛在的原因。」

安東尼點燃了一根香菸。他的手發抖了。

「難道你不相信一根脆弱或邪惡的莖稈能長出一枝美好的花？」

「當然有可能，但我不敢肯定艾麗絲．馬爾就是一枝美好的花朵。」

「而且我的話不能算數，」安東尼慢慢地說，「因為我正在和她戀愛。喬治給她看了那些匿名信以後，她亂了方寸，於是就毒死了他？就是這麼回事，對吧？」

「是的，恐慌會促使她這麼做。」

「但是，她怎麼把毒藥放進喬治的香檳酒裡呢？」

「我承認這一點我沒有搞清楚。」

「謝天謝地，你還有沒弄清楚的事。」安東尼把他的椅背向後一推，接著又向前一翹，眼裡露出憤怒和威脅的神情。「你竟敢跟我講這些。」

雷斯鎮靜地答道：「我懂你的意思。但我認為還是有必要說。」

坎卜看著他們兩人覺得有趣，但他沒說話，漫不經心地攪動著他的紅茶。

「很好。」安東尼挺起身子說，「情況變了。現在已經不適合坐在桌邊喝著不合胃口的飲料空談理論。我們必須搞清楚這個案子，必須排除困難，掌握事情的真相。這是我的事。

我要想辦法解決這個問題，要認真調查我們現在還不了解的情況……因為弄清這些問題，整個案情也就清楚了。

「我再重申一下癥結之所在：是誰知道羅絲瑪莉是他殺的？是誰寫信給喬治告訴他羅絲瑪莉是被人謀殺的？又為什麼要寫信給他？

「再說說兩次謀殺案。且不說第一次，那一次時間相隔太久了，而且我們也並不知道到底發生了什麼事。但第二次謀殺是在我眼前發生的，我親眼目睹。因此，我必須搞明白它是如何發生的。把氰化鉀放進喬治酒杯的最佳時間是在表演節目的時候。但不可能在那個時間放進去，因為節目一完他馬上就喝酒了。我看見他喝的。喝過酒以後，沒有任何人往他酒杯裡放東西。沒有人碰他的酒杯。然而在他第二次喝酒時，杯子裡就有了毒藥。他不可能被下毒，但他是中毒了！他的酒杯裡有氰化鉀，但是誰也不可能把它投進他的酒杯！情況有沒有明朗了一些？」

「沒有。」坎卜探長說。

「當然是，」安東尼說，「好像是在變魔術，或者說鬼魂顯靈。現在我來談一談鬼魂學說的梗概。在我們跳舞時，羅絲瑪莉的鬼魂在喬治的酒杯上盤桓，把一些巧妙變出來的氰化鉀投進了酒杯……哪一個鬼魂都能變出氰化鉀來。喬治回到餐桌後，大家為她乾杯……啊，老天爺！」

另外兩人好奇地凝視著他。他兩手抱著頭左晃右搖，顯出苦思冥想的神情說：「有了，有了……手提包，侍者……」

「侍者？」坎卜警覺起來。

安東尼搖搖頭。

「不，不，不是你說的那個意思。我確實想過，我們需要的不是一個跑堂的侍者，而是一個變戲法的侍者——一個前一天雇用的侍者。可惜，那天的侍者一直是幹跑堂的男孩，一個天使般的小廝，不容置疑的侍者。他現在仍然是不容懷疑的……但是，他發生了作用！呵，天呀，對了，他發揮了最重要的作用。」

他注視著他們。

「你們明白了嗎？一個侍者有可能在香檳酒裡下毒，但是那個侍者並沒有。沒有人碰過喬治的酒杯，而喬治卻被毒死了。『一個』是非確指的不定冠詞，『那個』是確指的定冠詞。喬治的酒杯！喬治！這是兩個分離的事物。還有，錢……許多、許多的錢！誰知道，也許還牽涉到愛情。別這樣看我，好像我瘋了似的。來，我表演給你們看。」

他把椅子向後一推，跳了起來，他抓住坎卜的手臂說：「跟我來。」

坎卜向他那杯還剩下一半的茶投去戀戀不捨的一瞥。

「還沒有付錢哪。」他嘟囔說。

「不要緊，我們馬上就回來。來啊，我得帶你們到外面去。來啊，雷斯先生。」

他將桌子推到一邊，急匆匆地將他們帶進門廳。

「你們看見那邊的電話亭了嗎？」

「嗯？」

安東尼摸摸他的口袋。

「糟糕。我沒有帶兩便士的硬幣。不過不要緊，不這麼做也行。我們回去。」

他們又回到了咖啡廳，坎卜是第一個走進咖啡廳的，然後，是雷斯挽著安東尼的手臂走進來。

坎卜坐下來，拿起他的菸斗，皺了一下眉。他小心地吸了幾口，接著從背心口袋裡拿出菸斗勺子壓起菸絲來。

雷斯皺起眉頭望著安東尼，臉上露出困惑不解的神色。他向後靠了靠，端起茶杯，一飲而盡。

「媽的，」他嚷了起來。「怎麼加糖了？」

他朝桌子對面望去，碰上安東尼臉上緩緩舒展的笑容。

「啊呀！真是見鬼了，這是什麼玩意兒？」坎卜對著杯子喝了一口之後說。

「咖啡，」安東尼回答，「我想你不喜歡喝這玩意兒吧，我以前也不愛喝。」

╱25

看到他的兩位同行眼裡閃爍著恍然大悟的光芒，安東尼心裡十分高興。但這種稱心如意的感覺沒有持續多久，另外一個念頭向他襲來，使他感到心頭一沉。他突然叫了起來。

「天哪，那輛汽車！」他跳了起來。「我太傻了……簡直是白癡！她跟我說過，她差點被汽車壓死，而我竟然沒有注意。快走，快！」

坎卜說：「她離開蘇格蘭警場時說她要直接回家去。」

「唉，我怎麼沒有和她一塊兒回去呢！」

「誰在家裡？」雷斯問。

「露絲．萊辛在家裡等著德雷克太太。可能他們還在談著葬禮的事！」

「照我看，德雷克太太準會把那些陳年舊事一股腦搬出來跟她談。」雷斯說道。他接著又出其不意地說：「艾麗絲．馬爾還有別的親戚嗎？」

「就我所知，沒有了。」

「我想，我明白你的邏輯和想法。但是那樣真有可能嗎？」

「我認為有可能。你們自己想想吧，你們不也曾經不加思索就相信了一個人的話？」

坎卜付了帳。當三個人匆匆走出咖啡廳時，坎卜說道：「你認為馬爾小姐危在旦夕嗎？」

「是的，我想是的。」

安東尼小聲地咒罵著，並隨即叫住一輛計程車。三人跳進汽車，叫司機盡快開往艾瓦頓廣場。

坎卜緩緩地說：「我還是只明白了一個大概。按照這個想法，法拉第夫婦可以排除在外了。」

「是的。」

「謝天謝地。但不會又再次下毒手吧……會來得那麼快嗎？」

「愈快愈好，」雷斯說，「想趁我們還沒想通之前，第三次得逞……這就是那個人的想法。」他接著補充道：「艾麗絲．馬爾當著德雷克太太的面告訴過我，只要你想和她結婚，她馬上就嫁給你。」

他們在猛烈的顛簸中談著，因為計程車正按他們所指示的方向迅速轉過街角，疾駛在車水馬龍之中。

最後，汽車猛地轉進了艾瓦頓廣場，汽車劇烈地顛動了一下，停在一座樓房之前。

艾瓦頓廣場從來沒有像今天這般寧靜。

安東尼努力恢復了他往常冷靜的神態，喃喃地說：「真像演電影似的。不知為什麼，叫人覺得自己是個笨蛋。」

在雷斯付錢打發計程車走時，他已經奔上台階，按下門鈴，坎卜也跟著上了台階。

客廳女僕開了門。

安東尼厲聲問道：「艾麗絲小姐回來了嗎？」

伊文絲好像有點吃驚。

「噢，是的，先生，她半小時前回來的。」

安東尼舒了一口氣。房裡一切平靜正常，剛才那種緊張的恐懼甚至使他感到羞愧。

「她在哪兒？」

「我想她和德雷克太太在客廳裡。」

安東尼點了點頭，大步跨上樓梯。雷斯和坎卜緊跟在後。

客廳裡，帶罩的電燈發出恬靜的光芒，露西拉·德雷克正在寫字桌的信架裡專心尋找著什麼，只聽見她在嘟囔著：「乖乖，乖乖，我把馬樹太太的信放到哪兒去了呢？噢，讓我想一想……」

「艾麗絲在哪裡？」安東尼出其不意地問。

露西拉回過頭來打量著他。

「艾麗絲？她……抱歉得很，」她直起了身子。「請問你是誰？」

雷斯走上前來，露西拉臉上的表情明朗了。她還沒有看見坎卜探長，他是第三個走進房間的。

「啊，親愛的雷斯上校！真是感激你到這兒來！可是，我多希望你能早一點來呀，我想和你商量一下葬禮的安排……聽聽一個男人家的意見，那該多有用。我真覺得煩透了，我對萊辛小姐說，我簡直連腦袋瓜都轉不動了。不過我得說，這次萊辛小姐倒是挺通人情的，她答應要盡力幫我解除負擔。她說得很有道理，只有我最了解哪些才是喬治喜歡的讚美詩。這倒不是說我真的知道，因為我想喬治以前恐怕不常去教堂，但是不用說，身為一個教士的妻子——我的意思是寡婦——我確實知道哪些讚美詩最合適……」

雷斯趁她略有停頓，插了進來。

「馬爾小姐在哪兒？」

「艾麗絲？她剛才還在這兒。她說她頭痛，就上樓回她房間去了。年輕女孩嘛，你知道，現在我覺得她們老是精力不足，她們的菠菜吃得太少了。她明擺著不想談葬禮的事宜，但這些事情總得有人張羅才行。而且誰都想把事情辦得漂漂亮亮，這樣對死者也算是表示一份應有的敬意。我從來不認為用機動柩車是表示真心誠意地尊重死者……要是你懂我的意思的話。那和那些拖著又長又黑的尾巴的馬匹不一樣。不過，當然，我也馬上就表態，表示這樣做還可以，而且露絲——我就管她叫露絲，不叫她萊辛小姐——和我會把喪事辦得很好，她完全可以放心。」

坎卜問：「萊辛小姐走了嗎？」

「走了，我們把什麼都安排妥當了，萊辛小姐大概十分鐘以前走的。她帶著要登報的訃告。在這種情形下是不用鮮花的。韋特伯里牧師會主持葬禮……」

當她還在沒完沒了地嘮叨時，安東尼輕輕地溜了出去。他走出房間以後，露西拉突然打住話頭問道：「和你一塊兒來的那個年輕人是誰？一開始我還以為不是你帶來的呢。我想，他恐怕是那些可怕的新聞記者。他們煩死人了。」

安東尼躡手躡腳地跑上樓梯。他聽見身後有腳步聲，就轉過頭去，衝著坎卜探長咧嘴笑了笑。

「你也溜出來啦？可憐的雷斯！」

坎卜咕噥著說：「做這種事他在行，我可不行！」

他們到了二樓。當他們正準備上三樓時，安東尼聽見有人下樓的輕盈腳步聲。他把坎卜拉進了旁邊的浴室。

腳步聲走下了樓梯。

安東尼走出浴室，奔上樓梯。他知道艾麗絲的房間是後面的那個小房間。他輕輕地敲了敲門。

「嗨，艾麗絲。」

沒有回答。他再次敲門，又喊了一聲。接著他轉了轉門把，門是鎖著的。

情況真的很緊急了，他捶起門來。

「艾麗絲，艾麗絲！」

一兩秒鐘後，他不再捶門了，轉而向下張望，他站在門外的老式羊毛防風地毯上。地毯緊貼著門。安東尼踢開地毯。門下的縫隙較寬……他推測，有時地板會不上漆而鋪地毯，而做出這個縫隙是為了讓地毯鋪過去。

他彎下腰去，從鑰匙孔裡瞭望，但什麼也看不見。突然他仰起了頭，用鼻子嗅著。接著他又趴在地上，把鼻子貼緊門縫。

他跳了起來，喊道：「坎卜！」

探長不知到哪裡去了。安東尼又喊了一聲。

雷斯跑上樓來了。安東尼沒等他張口就說：「煤氣，煤氣正往外冒呢！我們必須把門撞開。」

雷斯的力氣很大。他和安東尼趕緊排除障礙。「喀啦」一聲，門鎖被撞開了。

他們往後退了幾步，然後雷斯說：「她就在壁爐旁邊。我衝進去把窗子打碎，你把她抱出來。」

艾麗絲・馬爾躺在煤氣壁爐的旁邊，嘴和鼻子正對著開得大大的煤氣嘴。

約莫一兩分鐘後，被嗆得一塌糊塗的安東尼和雷斯將已經昏死過去的艾麗絲放在樓梯通風窗口的地面上。

雷斯說：「我照顧她，你快去找醫生。」

安東尼飛奔下樓。雷斯在他背後喊道：「別擔心，我看她不要緊了。我們來得正是時候。」

在門廳裡，安東尼撥完電話號碼正對著話筒說話。背後傳來的露西拉．德雷克太太的叫喊聲，妨礙了他講話。

終於，他轉過身來，離開電話，鬆了一口氣說道：「找到他了。他就住在廣場對面，一兩分鐘後就能來。」

「我必須知道發生了什麼事！艾麗絲病了嗎？」

這是露西拉聲嘶力竭的哀嚎。

安東尼說：「她就在房間裡，門鎖著。她的頭栽在煤氣壁爐裡，煤氣大開著。」

「艾麗絲？」德雷克太太尖叫了一聲。「艾麗絲自殺了？我不信，我絕對不相信！」

安東尼那種淡然的笑容又回來了。

「你用不著相信，」他說，「她不是自殺的。」

26

「托尼，請你把事情的經過講給我聽好嗎？」

艾麗絲躺在沙發上，十一月明媚的陽光在小修道院的窗外照出了一片秀色。

安東尼看看坐在對面窗台上的雷斯上校，風度翩翩地咧嘴笑著說：「艾麗絲，我得承認，我一直在等待著這個時刻呢。要是我不馬上對人說說我有多聰明，我就要憋壞了。我要是講起來可不會謙虛，而是厚著臉皮自吹自擂。當然，在適當的地方我會停下來，好讓你有時間說：『安東尼，你真聰明』或者『托尼，你真了不起』什麼的。啊哈！閒話少說，言歸正傳，諸位請洗耳恭聽。

「整個事件似乎沒什麼了不起。我是說，它看起來像是一樁因果明顯的案件。羅絲瑪莉的死大家都認為是自殺，而實際上並不是。喬治起了疑心，開始調查，並認為自己正接近事情的真相。但是他沒有揭穿這起謀殺案，自己反而被謀殺了。這個推論，容我這樣說，是一清二楚的。

「但我們立刻就碰上了明顯的矛盾，例如：第一，喬治不可能被毒死；第二，喬治確實是被毒死的。又如：第一，沒人碰過喬治的酒杯；第二，喬治的酒杯確實是被人動過了。

「實際上我忽略了一件很有意義的事實……就是所有格的不同用法。喬治的耳朵無可辯駁的是屬於喬治的，因為它們是長在他的頭上，不動外科手術無法把它和頭分開！但是喬治的錶，就說喬治戴在左手上的錶……可就不一定了，這支錶可能是他自己的，也可能是別人借給他的。當我說喬治的酒杯或喬治的茶杯時，我開始意識到我的意思實在非常含糊。實際上我所說的只不過是喬治剛剛用過的酒杯或茶杯，而絲毫沒有將它們和其他許多同類的酒杯或茶杯區別開。

「為了說明這一點，我做了一個試驗。當時雷斯喝的茶是不加糖的，坎卜喝的茶是加糖的，我喝的是咖啡。三種飲料乍看顏色基本相同。我們當時正圍坐在一張大理石面的小圓桌旁，周圍還有幾張同樣的圓桌。我假裝突然心血來潮，將他們兩位拉離座位，帶到了門廳。我們出來時，我把椅子推向一邊，並把坎卜的菸斗從他的茶盤旁邊移到我的盤子旁邊。我這樣做的時候坎卜沒看見。我們一來到外邊，我又編了一個藉口，於是我們又回到咖啡廳裡。這時候，坎卜是走在前面的。他把椅子拉近桌子，面對有他的菸斗的盤子坐了下來。雷斯照例坐在他的右邊，我在他的左邊。但是請注意發生了什麼事：這裡有了一組新的第一和第二的矛盾。第一，坎卜的茶杯裡是加了糖的茶；第二，坎卜的茶杯裡是咖啡。這兩種說法互相矛盾，不可能都對，但它們偏偏都對。使人誤解的是『坎卜的茶杯』這兩個詞語，其實坎卜離開桌子時的茶杯和坎卜返回桌子時的茶杯已經不是同一個。

「艾麗絲，這就是那天晚上在盧森堡飯店所發生的情況。節目表演完以後，你們起身去跳舞，這時你的手提包掉到了地上。一個侍者拾了起來——這個侍者不是那個照顧你們那張桌子的人，他根本搞不清楚你的位置——那是一個手持托盤、受人吆喝、四下奔忙著的小夥子。他很快彎下腰，撿起提包，放在一個盤子旁邊……實際上，這個盤子是你座位左邊的那個盤子。你和喬治先回來，你想都沒想就逕自坐到放著你的手提包的那個座位上……正像坎卜回到放著他的菸斗的座位前一樣。喬治在你右邊的座位上坐了下來，以為是坐在自己的座位上。當他提議為懷念羅絲瑪莉而乾杯的時候，他以為他用的是自己的杯子，其實他用的是你的杯子……那個別人輕而易舉就能下毒的杯子，不需要用魔術師的手法來解釋，因為節目表演完之後，唯一沒有喝酒的人必然是被祝賀的那個人！

「現在再重新來看看整個事情的經過，情況就完全不同了。他們企圖毒死的是你，而不是喬治！這樣看來，喬治是枉做了替死鬼，不是嗎？倘若事情沒有出差錯，世人將怎樣看待事情的經過呢？一年前宴會的重演……又一次自殺！人們顯然會說這個家庭是有自殺癖的！你的手提包裡還發現了包過氰化鉀的小紙包，案情再清楚不過了！這位可憐的女孩對她姐姐的死一直耿耿於懷，鬱鬱寡歡。她悲傷到了極點……要知道，這些有萬貫家財的女孩子有時候是很神經質的！」

艾麗絲打斷他的話，叫了起來。

「但為什麼有人要害死我？為什麼？為什麼？」

「都是為了那筆可愛的金錢，我的小天使。金錢，金錢，金錢！羅絲瑪莉死後，她的財產由你繼承。假如現在你死了，沒有結婚，那筆財產怎麼辦？答案是由你的親戚繼承，也就是歸你的姑媽露西拉．德雷克。目前，從這位可愛的老太太各方面的情況來看，我很難把露西拉．德雷克看作是主犯。但是否還有別人可以從中得利呢？是的，確實有，那就是維克托．德雷克。露西拉有錢就等於維克托．德雷克有錢。維克托自有他的辦法！對他媽媽，他一直是任性妄為。而且，把維克托當作主犯很說得過去。打從一開始，維克托就廁身其中。他一直就在附近，是一個躲在陰暗中的虛幻魔影。」

「但是維克托在阿根廷啊！他到南美洲去已經有一年多的時間了。」

「是這樣嗎？我們現在就要說到每一個故事都具有的主要情節上了。『一拍即合！』從維克托和露絲．萊辛碰過面以後，這個非同一般的故事就開場了。他控制了她。我想，她在他那兒一定陷得很深了。那種文靜、頭腦清晰、守法的女人，常常落在真正的壞胚子手中。

「只要再想一想，你就能明白，說維克托人在南美洲憑的都是露絲單方面的說法，沒有經過任何證明，因為它從來就不是主要問題！露絲說她在羅絲瑪莉死前就已經將維克托．德雷克送上聖克里托巴號了！喬治死亡那天，建議給布宜諾斯艾利斯打電話的也是露絲……隨後，她又解雇了那個女接線生，以防她一不小心，洩漏了她根本沒有打過這個電話的祕密。

「當然，現在查證起來就容易了！一年前維克托．德雷克在羅絲瑪莉死後的第二天乘船離開英國，前往布宜諾斯艾利斯。而布宜諾斯艾利斯的奧爾基在喬治死亡那一天，並未和露絲通電話談到維克托．德雷克。幾個星期前，維克托．德雷克離開布宜諾斯艾利斯前往紐約，同時做好安排，讓人以他的名義在某一天發出電報，這是很容易做到的，這也就是那些人人皆知的要錢電報，這份電報似乎是他遠在數千里外的有力證明。然而，與此相反……」

「怎麼樣？」

「出事的那天晚上，他並非遠在天涯，」安東尼興致勃勃地將故事推向高潮。「他正和一個金髮女郎一起坐在盧森堡飯店裡，坐在靠近我們的那張桌子上！」

「不是那個長相嚇人的人吧？」

「黃斑的皮膚和帶著血絲的眼睛，這些不難偽裝，但可以令人看起來相當不同。實際上，當時在場的人當中除了露絲．萊辛之外，只有我見過維克托．德雷克。但我從來不知道他用過這個名字！不管怎麼說，當時我是背對著他坐。但我確實記得，當我們走進飯店時，在喝餐前酒的休息室裡，我認出一個我在監獄裡相識的人。這人叫科爾曼，綽號猴子。但是我現在過著很正常的生活，因此不想讓他認出我來。我以前一點也沒有疑心猴子科爾曼與這個犯罪案件有關，更不用說聯想到他和維克托．德雷克就是同一個人。」

「但我還是不明白他是怎麼做到的？」

雷斯接話了。

「再沒有比這更簡單的事了。在演出節目的時候，他出去打電話，從桌子前經過。德雷克以前當過演員，更重要的是，他還當過侍者。對一個演員來說，化裝一下、扮演一個正派角色是最容易不過了。但是要以侍者的步法靈巧地轉過桌子倒滿酒杯，絕對需要當過職業侍者的知識和技術。一個笨拙的動作就會引起你對他的注意。然而身為有經驗的侍者，你們誰也不會注意或看著他。你們當時正在欣賞節目，不會去注意餐廳的那一部分——它的侍者。」

艾麗絲猶豫不決地問道：「露絲呢？」

安東尼說：「顯然，是露絲把包著氰化鉀的紙放進你的手提包裡……很可能是晚宴開始前在衣帽間的時候。一年前，她對羅絲瑪莉就用了同樣的手法。」

「我就覺得奇怪，」艾麗絲說，「喬治怎麼沒有把那些匿名信的事告訴露絲？他什麼事都和露絲商量的。」

安東尼冷笑一聲。

「他當然告訴她了……這是第一個步驟。她也知道他會告訴她。正因為這樣，她才寫了那些信。接著，她為他安排了全部計畫……在這之前，她已經激起了他的復仇心理。就這樣，她布置好了舞台——第二個自殺，把一切都安排得十分妥當——讓喬治相信，是你害死了羅絲瑪莉，而後你又由於後悔和恐懼而自殺，這對露絲來說根本無關痛癢！」

「天哪！你想想，我還喜歡過她，非常喜歡她！實際上，我還想過讓她嫁給喬治呢。」

「要是她沒遇見維克托，或許她會成為喬治的好妻子，」安東尼說，「每一名女凶手都曾經是個好女孩……這就是這個故事的教訓。」

艾麗絲哆嗦起來。

「這一切竟然都是為了金錢！」

「你太天真了。當然這些事就是為了錢！維克托必定是為了錢。露絲一部分是為了錢，一部分是為了維克托，我想，還有一部分是因為她痛恨羅絲瑪莉。是的，當她想用汽車撞死你的時候，她已經陷得很深了，至於當她走出露西拉坐著的客廳，砰的一聲關上前門，跑向你的房間時，她就完全不可自拔了。她當時顯得怎麼樣？激動嗎？」

艾麗絲考慮了一下。

「我想不至於吧。她只是敲了一下門，進來說一切都安排妥當了，她還問我身體好嗎，我說還好，只是覺得有點累。然後她拿起我包著橡皮的手電筒說，這支手電筒真好看，以後我就什麼也不記得了。」

「親愛的，你不會記得了，」安東尼說，「因為她用你那好看的手電筒結結實實地給了你一下，不太重，敲在你的頸背上。接著，她巧妙地把你放到煤氣壁爐旁邊，關緊窗戶，擰開煤氣閥，然後走出房間，鎖上門，把鑰匙從門底下塞了回去，再把羊毛毯推向前靠緊門縫，不讓房間裡進風，再輕手輕腳地走下樓來。幸虧我和坎卜及時躲進了洗澡間。接著我跑上樓去找你，坎卜則去跟蹤露絲·萊辛小姐，因為我們不知道她把汽車停在什麼地方……你知道，露絲努力想讓我們認為她是乘公共汽車和地鐵來的，她這麼說的時候，我就覺得裡面有鬼！」

艾麗絲感到不寒而慄。

「真想不到有人下這麼大的決心要害死我。她也恨我嗎？」

「哦，我並不那樣想。但露絲．萊辛小姐是個能幹的年輕女人。她已經在兩次謀殺案中成了共犯，她不會粗心去冒掉腦袋的風險。毫無疑問，當時一定是露西拉．德雷克把你要嫁給我的決定透露給她了。這樣，她就得趕緊動手。因為我們一旦結婚，我就成了你的近親，而不是露西拉了。」

「可憐的露西拉。我真為她難過。」

「我想我們都為她難過，她是一個不會害人、善良的人。」

「他真的被抓住了嗎？」

安東尼望著雷斯。雷斯點點頭說：「今天早晨，他在紐約登岸時被捕了。」

「他想過以後要和露絲結婚嗎？」

「那是露絲的想法。我想，她也許能讓他娶她。」

「安東尼……我想我不大喜歡我的財產。」

「好啊，乖乖，如果你高興，我們可以用那些錢來做些高尚的事。我有足夠的錢生活，可以使妻子生活得很舒適。如果你高興，我們可以把那些錢統統送掉……捐贈給兒童之家，或者向老人免費供應菸草，或者，你看在全英國推廣一個提高咖啡品質的運動怎麼樣？」

「我還得留一些錢，」艾麗絲說，「以防我想要離開你時，我還能體面地和你分手。」

「我想，艾麗絲，我們就要結婚安定下來了，這時候可不能有這樣的想法呀。再說，你連一句『托尼，你真了不起』或者『安東尼，你真聰明』都還沒說呢。」

雷斯上校微笑著站了起來。

「我到法拉第家去喝茶，」他大聲說，「我想你不去了吧？」他調皮地衝著安東尼微微眨了眨眼睛。

安東尼點點頭，雷斯走出房間。他在門口停了下來，回過頭來說：「幹得漂亮。」門關上以後，安東尼說：「剛才那句話在英國人來說就是最高的評價了。」

艾麗絲用平靜的聲調問道：「他曾經認為是我殺的，對吧？」

「你不該因此而對他有偏見，」安東尼說，「你知道，他碰過的漂亮間諜多如牛毛，她們全都擅長偷竊祕密公文和從陸軍少將那裡騙去祕密情報，這使他的性格變得古怪，判斷事物也受到影響。他總認為這種案子是個漂亮女人幹的！」

「托尼，那你為什麼知道不是我殺的？」

「那是因為愛！」安東尼輕聲說。

他臉上的表情改變了，突然嚴肅了起來。他摸摸放在艾麗絲旁邊的小花瓶，花瓶裡孤單單地插著一枝有紫紅色花朵的綠色小枝。

「竟在這個時節開花，這是什麼花呀？」

「在溫暖的秋天，它有時是會開花的，這是一種奇特的花。」

安東尼將那枝花拿出花瓶，舉起它，貼近面頰。他瞇著眼睛，看到了那秀美的栗髮，一雙笑吟吟的藍眼睛和一對鮮紅的、熱情的嘴唇……

他用平靜的語調說：「現在你不再覺得她老在身邊了吧？」

「你指的是誰？」

「你知道我指的是誰。羅絲瑪莉……我想，她是知道你身處危境的。」

他用嘴唇觸吻了一下芳香的綠枝，將它輕輕扔出窗外。

「再見了，羅絲瑪莉，謝謝你……」

艾麗絲柔聲地說：「她使人懷念……」接著，又用更溫柔的聲音說：「願愛情永誌不渝……」

專文推薦

藏在日常細節中的冒險

楊照（作家）

一開始，就都在那裡了。

一九二〇年，阿嘉莎．克莉絲蒂出版了《史岱爾莊謀殺案》，神探白羅就已經退休了。而且在這個案子裡，藉由敘述者海斯汀的轉述，就鋪陳出克莉絲蒂小說最基本的偵探原則：

「那些看來或許無關緊要的小細節……它們才是重要的關鍵，它們才是偉大的線索！」

「豐富的想像力就像洪水一樣，既能載舟亦能覆舟，而且，最簡單直接的解釋，往往就是最可能的答案。」

「沒有任何謀殺行為是沒有動機的。」

還有，一個不討人喜歡的死者，一群各有理由不喜歡死者、因而也就都有殺人動機的人，這些人彼此之間構成複雜的關係，有的互相仇視，有的互相愛戀，麻煩的是，有些愛人其實貌合神離，有些仇人其實私下愛慕；更麻煩的是，不論是愛或是仇，都有可能是扮演出來的。

一個外來的偵探必須周旋在這些嫌疑者之間，從他們口中獲取對於案情的了解，換句話說，他必須在很短的時間內，搞清楚誰是誰、誰跟誰吵架、誰跟誰偷情，然後判斷誰說的哪一句是實話、哪一句是謊言。常常謊言比實話對於破案更有幫助。

再偷偷透露一下，如果要和小說裡的凶手及小說背後的作者鬥智，就像克莉絲蒂對英國社會的了解，祕訣就在於要去追究小說裡的人物背景，尤其是他們的階級地位。基本上，階級地位愈高、權力愈大、愈有錢者，說的話就愈不要相信。例如在《史岱爾莊謀殺案》中，僕人、園丁說的話遠比有頭有臉的人說的要可信多了。就算要說謊，他們的謊言也比較天真，而且往往出於善良動機。當你歸納線索時，就會知道他們並非故意說謊，那是因為他們的認知受到蒙蔽或誤導，而你慢慢就從這蒙蔽或誤導中被引導到真相。

《史岱爾莊謀殺案》出版那年，克莉絲蒂三十歲，但書稿其實早在五年前就寫好了，畢竟要找到有人願意出版一個看來再平凡不過的家庭主婦寫的小說，並不是那麼容易。

所有和克莉絲蒂接觸過的人，都對於她的「正常」留下深刻印象。她看起來就和她那個年紀的典型英國家庭主婦一樣，害羞、靦腆，只能在社交場合勉強跟人聊些瑣事話題，完全無法演講，甚至連只是站起來對眾賓客說幾句客套話，請大家一起舉杯，她都做不到。她不演講，也很少答應接受採訪，就算採訪到她也很難從她口中得到有趣的內容。她會講的，幾乎都是記者本來就知道、或者自己就可以想得出來的。

例如說白羅這個神探的來歷。克莉絲蒂回答：他應該是個外國人，這樣就能在英國日常生活中看出英國人自己看不出的線索。她自己碰過的外國人，只有第一次大戰剛爆發時到英國避難的比利時人。比利時警察怎麼能跑到英國來？那一定是因為他已經退休了。他有潔癖，所以對於現場會有特殊的直覺，馬上感受到不對勁的地方。一個有潔癖的人，好像應該長得矮小些才相稱，一個矮小有潔癖的人最適當的名字，就是希臘神話裡的大力士「赫丘勒斯（Hercules）」，製造出荒唐的對比趣味。那白羅這個姓是怎麼來的呢？克莉絲蒂很誠實地說：「我不記得了。」

一切都如此順理成章，一切都如此合邏輯，不是嗎？有記者問她怎麼看自己的舞台劇〈捕鼠器〉，創下了英國劇場、甚至全世界劇場連演最多場紀錄的名劇？克莉絲蒂的回答也還是中規中矩，合理合節：那是一齣小戲，在一個小劇院演出，成本很低，任何人想到了都可以帶家人或朋友去看，老少咸宜，並不恐怖，也不特別荒謬打鬧，可是又什麼都有一點，包括恐怖和荒謬打鬧的成分。

她的身上找不出一點傳奇、怪誕色彩，那她為什麼能在五十年間持續寫偵探小說，創造了那麼多謀殺，還創造了那麼多詭計？

首先因為她是女性，以及她的身世，包括她的階級身分，使得她在描寫故事場景時比一般男性作者來得敏感。因為在她之前的偵探推理小說男性作家的階級身分都是高高在上，基本上他們會從較高的角度看社會，比較看不到底層的感受。

而她的婚變以及婚變中遭逢的痛苦，都使她更能體會與觀察，將英國社會的複雜細節融入小說的核心情節，讓探案與線索分析結合在一起。

克莉絲蒂一生結過兩次婚，第一次在一九一四年，婚後不久，丈夫就參加了歐戰，是英國皇家空軍最早一批飛行員。一九二六年，這個丈夫有了外遇，直率地向克莉絲蒂要求離婚，在那之前，克莉絲蒂的媽媽才剛過世，雙重打擊之下，又遇到車子無法發動，克莉絲蒂崩潰了，她棄車而走，忘記了自己究竟是誰，躲進一家鄉間旅館，登記時寫了她心裡唯一有印象的名字——她丈夫情婦的名字。

離婚後，一次在晚宴中，有人提起近東烏爾考古的最新收穫，克莉絲蒂就取消了原定要去西印度群島的計畫，改訂了跨越歐洲到君士坦丁堡的「東方快車」，是的，就是這趟旅程給了她寫《東方快車謀殺案》的靈感。不過更重要的是，在烏爾，她認識了一位年輕的考古學家，比她小十四歲，這個人後來成了她的第二任丈夫。

這位考古學家陪她去參觀在沙漠中的烏克海迪爾城，卻在沙漠中迷路困陷了。幾小時中克莉絲蒂卻沒有一點驚慌不安，當下考古學家就決定要向她求婚。

原來，克莉絲蒂的內心是有這種冒險成分的。要不然她不會兩次選到的，都是喜愛冒險的丈夫，而她本身大概也不會吸引一個在各種危險情境下挖掘古代寶藏的人，讓他願意向一個大他十四歲的女人求婚。

這樣說吧，維多利亞時代後期的英國環境，壓抑限制了克莉絲蒂冒險、追求傳奇的內在衝動，她只好將這樣的衝動寄託在丈夫和寫作上。她一邊陪著第二任丈夫在近東漫走，一邊在小說中寫各式各樣的謀殺與探案。謀殺和探案都是冒險，還有，偵探偵查中做的事——蒐集線索，還原命案過程——其實和考古學家的考掘，如此相似！

克莉絲蒂寫得最好的，正是「藏在日常中的冒險」。她個性中的雙面成分，造就了特殊的偵探魅力。既嚮往非常傳奇，卻又有根深柢固的日常邏輯信念，兩者都在克莉絲蒂的小說中扮演了重要角色。她的謀殺案幾乎都和日常習慣緊密編織在一起，日常環境成了兇手最重要的掩護。有些日常規律明顯地被破壞了，讓我們很自然以為那會是謀殺的線索，沿著這些線索形成了閱讀中的推理猜測，然而白羅早就提醒了，真正重要的反而是那些「細節」，也就是看來像是依隨日常邏輯進行的事，或說藏在日常邏輯中因而不被看重的事，那裡要嘛藏著凶手的核心詭計、煙幕，要嘛藏著凶手致命的破綻。

凶案的構想，就是如何讓異常蓋上日常、正常的面貌，又如何故意將日常、正常予以扭曲，製造假象；那麼偵探要做的，就是如何準確地在日常中分辨出真正的異常，將假的、明顯的異常撥開來，找出細節堆疊起來的異常真相。

此外，克莉絲蒂的小說裡隱藏著極其曖昧的情感價值觀，最典型、最有名的就是《東方快車謀殺案》。透過追查過程，讓讀者知道為什麼凶手要訴諸於這種手段，其動機具有可同情之處，再加上克莉絲蒂對身分階級的觀察，她比較相信或讓讀者相信那些沒有權力、地位的人，隨著偵查節奏去認識可能或必須懷疑的人。克莉絲蒂最擅長營造「多重嫌疑犯」的小說特質，因為讀者在閱讀時必須被迫去認識很多不一樣的人。在她最受歡迎的作品，大概都具備這樣的特質。

當然，她的作品中還有兩個最突出的神探，即白羅和瑪波。白羅是比利時人，但為什麼必須是外國人？這是因為英國人具有高度階級意識，這種觀念一路滲透到所有互動細節，包括人與人之間如何說話。而白羅因為不是英國人，他會發現一般英國人不太看得出來的東西，以及兩個人互動的方法哪裡不正常。至於瑪波為什麼得是老太太？她一如那個年代的老人家，總是靜靜坐著打毛線，因為不起眼，自然讓人放鬆防備，所以瑪波探案的線索都是來自於這樣的互動模式。

然而，白羅有很明顯的優勢，瑪波的身分使她基本上只能進行「靜態」的辦案，案子的空間受到侷限，白羅卻可以跨越各種空間，恣意揮灑。而且白羅擁有警官身分，可以合理出現在各種犯罪現場，瑪波能出現的地方，相形之下就勉強、不自然多了。白羅是明白的 outsider，在英國，只要他出現，就會覺得有外人在而感到緊張，於是很容易露出平常不會表現的行為；瑪波則看起來是insider，但實質上是outsider，因為總是沒人發現她、當她空氣人。這兩人的探案，是兩個極端。雖然讀者最愛白羅，但克莉絲蒂自己偏愛瑪波勝於白羅。

不管後來的偵探、推理小說發展了多少巧妙詭計，克莉絲蒂卻不會過時，因為她的推理如此密切地和日常纏繞在一起；活在日常中，我們就無可避免被克莉絲蒂的「日常細節推理」吸引，隨時讀來都充滿驚奇趣味。

名家盛讚克莉絲蒂（依推薦時間排序）

金庸（作家）

克莉絲蒂的寫作功力一流，內容寫實，邏輯性順暢，也很會運用語言的趣味。閱讀她的小說，在謎底沒有揭露之前，我會與作者鬥智，這種過程非常令人享受。其作品的高明之處在於：布局的巧妙完全意想不到，而謎底揭穿時又十分合理，讓人不得不信服。

詹宏志（作家、PChome 網路家庭董事長）

推理小說在從先輩柯南・道爾等人的發明中出現力量時，誕生了一位《天方夜譚》故事中每天說故事說個不停的王妃薛斐拉・柴德，也就是「謀殺天后」克莉絲蒂，整個世界對聽這些故事才有如此的熱情。他們捨不得睡覺，每天問後來還有嗎、還有嗎，永遠不肯離去，這就是克莉絲蒂對推理小說的最大貢獻。

可樂王（藝術家）

所謂「克莉絲蒂式」的推理小說，就是一場和一個天才的寫作者或高明的恐怖份子在紙上捕掠捉殺的戰事。即便是一列火車、一處飯店或一間酒吧，在克莉絲蒂寫來皆充滿神祕和猜謎。在人生適合的下午裡，我總是一面嚼著口香糖，一面跟著矮子偵探白羅穿梭謀殺現場，克莉絲蒂的推理作品無疑是推理世界中最充滿「魔術性」的小說。

吳若權（作家、節目主持人）

我從小就對推理小說情有獨鍾，克莉絲蒂一系列的作品尤其令我愛不釋手。多年來，閱讀推理小說的經驗讓我覺悟：讀者在文字情節中推展開來的驚嘆，不只是因緣於故事的本身，而是自我性格的投射。從這個觀點來看克莉絲蒂一系列的作品，她簡直就是洞徹人性的算命師。而讀者，在她的文字中，發現了自己無可奉告的命運。

藍祖蔚（國家電影及視聽文化中心董事長）

做過藥劑師，難免懂得毒藥；嫁給考古學家，難免也就嫻熟文明的神祕；再加上曾經失蹤九天，一切不復記憶的離奇經驗，的確提供了寫作靈感，但若少了想像力，那些片羽靈光縱使辛辣如辣椒，卻不足以成菜。

推理小說重布局、重人物描寫，克莉絲蒂最厲害的卻是犀利的人性觀察，她一手創造的白羅探長，潔癖個性完全和她相反，更將她所憎厭的人格特質集於一身，殊不知，唯有不對著鏡子寫作，才能夠跳出框架與制式反應，開闢無限寬廣的新世界，建構多面向的詭異迷宮。

看完她的小說，你只會更加訝異，到底是什麼樣的心靈才能成就這般視野？

李家同（作家、前暨南大學校長）

克莉絲蒂的整體布局十分細膩，最後案情也都講解得非常詳細，回頭去看，在書中都找得到線索。故事的情節與內容也很好看，不是像一個流氓在街上被殺掉那麼單調。……看小說應該要花腦筋、要思考，從小就要養成思辨的能力，看她的小說，就是對邏輯思考能力極佳的訓練。

袁瓊瓊（作家）

雖然被公認是冷靜理性的謀殺天后，但是在理性之下，克莉絲蒂的底色依舊是感情。克莉絲蒂很明白，所有的慾望之後，都無非是某種愛情。在以性命相搏的犯罪世界裡，凶手以終結他人的性命來遂私欲，不過是為了成全自己的愛，或者是成全自己的恨。

鄧惠文（精神科醫師）

以推理小說作家而言，克莉絲蒂的風格相當獨樹一格。她的偵探在辦案時，靠的不光是科學證據的搜集，而是大量運用犯罪心理學，及對人性的深刻了解。例如在《五隻小豬之歌》中，白羅便是藉由聽取嫌疑犯訴說案情時所不自覺顯露的主觀意識及中心思想，而看出其中破綻，找出真凶。白羅是靠腦袋辦案，以心理層面去剖析案情，即使人們敘述的是同一件事，他可以聽出不同角色因出發點及看待角度不同所透露的情緒觀感，從而抽絲剝繭，還原事實真相。

克莉絲蒂所塑造的人物也生動且各具特色，不同個性所出現的情緒反應描寫，皆細膩而準確，讓讀者產生豐富的想像空間，一展卷便欲罷而不能。

吳曉樂（作家）

克莉絲蒂使用的語言平易近人，主要是以角色與情節的對應來斧鑿出故事的深度，堆疊出讓讀者回味的迂迴空間。而她筆下的角色往往性別、階級、性格、族群各異，塑造出多元又豐富的人物群像。

文學作品不問類型，若要流傳於世，最終仍得上溯至「人性」的理解與反思。而阿嘉莎．克莉絲蒂的作品中，我們可以看到人類屢屢得和自己的人生討價還價，或千方百計讓主觀意識與客觀條件達成某種程度的整合，讀者在重建人物的心理軌跡時，也見識到自身的是非成敗，我認為，這也是克莉絲蒂的作品能夠璀璨經年、暢銷不衰的主因。

許皓宜（心理學作家）

克莉絲蒂筆下的故事看似在談人性的醜惡，實則像一位披著小說家靈魂的心靈引導者，用她的文字訴說著人們得不到「愛」時的痛苦。於是在故事終了的剎那，你不得不對人生多了幾分「看透感」：原來，我們心裡的那些痛苦、報復與自我折磨的慾望，不是因為「憤恨」，而是起於對「愛的失落」。這或許是我們在情感世界中最珍貴且深刻的一種覺察了。

推理小說荒謬驚悚嗎？不，它其實很寫實。它幫我們說出心裡的苦、怨、醜陋的慾望，於是，我們可以重新學習愛了。

一頁華爾滋 Kristin（影評人）

從有記憶以來，閱讀克莉絲蒂最迷人之處往往不在真正的凶手是誰，而是在於「Why」（為什麼）與「How」（如何進行），在於人性與心理描摹的故事肌理。依循其書寫脈絡，會發覺不只是邏輯清晰、布局縝密、著重細節，她總能完美掌握敘事節奏，書中人物彷彿真實存在般鮮明躍然紙上，讀者情緒會隨精準文字保持流轉、跳動、收放，掩卷時並無太多真相水落石出的暢快，反倒淡淡的惆悵化為餘韻襲上心頭，原來還是種種意料之外，卻屬情理之中的人性盲目使然。私以為，那成就了克莉絲蒂的推理故事之所以無比迷人的主因之一。

冬陽（推理評論人）

雖然阿嘉莎．克莉絲蒂的作品並非我的推理閱讀啟蒙，卻是養成閱讀不輟的重要推手。首先，她無庸置疑是個說故事能手，打開我名為好奇的開關；其次是設計犯罪事件的巧妙多元，既日常又異常，凶手更是叫人意想不到。沒錯，我相信每個當讀者的都忍不住想破案，想早偵探一步識破詭計，或者像考試結束鈴響前一秒，瞎猜都要指著某個角色大喊「你就是犯人」！然後會忍不住作弊——不是翻到最後幾頁窺探真凶身分，而是往前翻查讓人起疑的段落、偵探顯然掌握重要線索的時刻，直到忍不住豎白旗投降，看神探（我知道啦，真正把我耍得團團轉的聰明人是作者）頭頭是道地分析我遺漏錯置的片片拼圖，終於看清真相全貌。這，就是偵探推理，我因此熟悉遊戲規則、沉醉在每一場迷人故事裡，成為這個類型書寫的俘虜，享受至今不疲的美好滋味。

石芳瑜（作家、永樂座書店店主）

布局細膩、處處留下線索，破案解說詳細，說明了這位安靜、害羞的推理小說女王心思縝密，且充滿想像力。密室殺人，完美犯罪，《東方快車謀殺案》不愧為古典推理小說的經典。再加上神祕的東方色彩，隨著火車抵達的迫切時間感，連非推理小說迷都會神經拉緊，讀完大呼過癮。

家庭主婦缺少人生經驗？處女座的阿嘉莎．克莉絲蒂充分展現她過人的寫作天分，靠得是從小開始的閱讀，以及對偵探小說的著迷。三十歲寫下第一本偵探小說《史岱爾莊謀殺案》的克莉絲蒂，在那個時代並不能說是「早慧」，但寫作生涯五十五年中，共創作了八十部偵探小說，卻令人難以企及。這位害羞靦腆的小說女神，大概是相信只要有足夠的理由，每個人都有殺人的可能！

余小芳（暨南大學推理研究社指導老師、台灣推理作家協會常務理事）

學生時代加入推理社團，社課指定讀物便是經典作品《一個都不留》，成為我對克莉絲蒂的初步印象，自此沉浸於推理小說的世界。隔年寒假陪同學參與轉學考，在斜風細雨的走廊中，滿足讀完《東方快車謀殺案》。隨著歲月遠走，已昇華成趣味回憶。

踏入推理文學領域需要認識的作家，阿嘉莎．克莉絲蒂絕對名列其中，她的作品常有英國小鎮風光、莊園式的謀殺、設備豪華的交通工具等，還有特色鮮明的偵探活躍其中。書中少有血腥、暴力的橋段，布局巧妙且結構嚴密，手法純粹、知性，故事內容與人物性格融為一體，以高超的想像力結合說好故事的能耐，為推理小說開創新局面。克莉絲蒂推理全集重編改版，值得新舊讀者一起探索。

林怡辰（國小教師、教育部閱讀推手）

多年後，還是難忘第一次閱讀阿嘉莎．克莉絲蒂作品的感動和激動。這套將近一世紀的作品，文筆流暢，邏輯縝密，過程中不斷與作者較量、猜出兇手，直到最後解答不禁佩服，蛛絲馬跡處處展現作者的精妙手法，於是又拿起另一部作品，再次沉溺在謀殺天后所編織的日常世界中的奇幻，無可自拔。犯罪動機和手法穿越時空限制，如今讀來合理且依舊令人感動，閱讀中趣味橫生，難怪成為後來諸多偵探小說的原型。

克莉絲蒂創作生涯中產出的八十部推理作品，至今多部躍上大銀幕，無怪乎被稱之為「經典」，喜愛推理偵探作品的人不可不讀，你會驚異於她在文字中施展的魔法！

張東君（推理評論家、科普作家）

我愛克莉絲蒂！這位在台灣有時會被稱為克奶奶的超級暢銷推理小說家，即使是自認沒讀過她的書的人，也都會在各種書籍或影視作品中看到對她致敬的片段。由於她喜歡旅行和冒險，那些經驗與體驗都成為書中的場景，因此閱讀她的作品時，不只是雀躍地跟著偵探推理，也有了虛擬的旅行體驗。或者當成旅遊導覽書，在出發去尼羅河、去英國鄉間、去搭船搭火車時，就塞一本克奶奶的作品到隨身背包中。

我還是大學新生時，就聽學姐說她哥哥經常看克奶奶的小說，而且邊看邊狂笑。於是我跟著效仿，在某次搭飛機之前買了第一本小說當旅伴，不只看得超開心，看完後還到處找尋書中出現的那種有兜帽的斗篷，當成出門時的必備用品。克奶奶的作品是跨越文字、國界的。只要看過一本，就會不停地追下去。還好，真的是還好只有八十本。何況這次是全新校訂的紀念珍藏版，當然不能錯過！

發光小魚（呂湘瑜）（文史作家、助理教授）

一部好的偵探小說，除了情節設計巧妙之外，還需要洞悉人性，如此方能合理地交代人物的言行舉止與動機。阿嘉莎．克莉絲蒂便是其中翹楚，她的作品不管是偵探、愛情小說或戲劇，必要元素都是謎題與人性。在寧靜無波的場景下暗潮洶湧，永遠都有意料之外，讀者的情緒也會隨著劇情的進行起伏糾結。克莉絲蒂觀察到時代的變化，將犯罪心理融入作品中，於是，看她的小說不只能得到解謎的快樂，同時對人性也能夠有所省思。

此外，克莉絲蒂豐富的人生歷練及旅行經歷，例如一九二二年的環球之旅、居住過也旅行過的巴黎和埃及，甚至是追隨考古學家丈夫前往的中東，都讓她的小說讀來更加充滿異國情調。如果你也愛旅行，不如就讓我們一同搭上那一班南法的藍色列車，或由伊斯坦堡出發的東方快車，跟著白羅鑽進一樁奇案，一嘗旅程中破解謎題的快感吧。

盧郁佳（作家）

國小時，家裡買了一套阿嘉莎．克莉絲蒂全集，從此成了我的毒品，在白癡課本將我的腦袋啃噬成海綿般空洞時，撫慰受創的心靈，那時我仍對人心險惡一無所知。

數學課教你列算式，樂趣遠不如克莉絲蒂教你住宅平面圖、偷換時序的密室魔術，你從庭園長窗進房間，我從房門直通鄰房，他從走廊進房……從而學會故事是建構邏輯。她文風多變，時而《四大天王》中讓神探白羅向助手海斯汀大賣關子，眉頭緊皺，山雨欲來，預示天翻地覆，只能靠他拯救世界；時而用維吉尼亞．吳爾芙《自己的房間》中俏皮的語言，讓貧苦村姑安妮在《褐衣男子》中回憶南非出生入死的冒險，竟源於她耽讀村裡圖書館爛舊的冒險愛情小說，還有戲院每週末放映〈帕米拉歷險記〉，帕米拉每集從飛機跳落高空、搭潛艇、爬上摩天大樓，每次被黑幫老大抓到總不一刀斃命，卻老要用瓦斯毒死她，暗示續集又會逃出生天。

長大才發現，克莉絲蒂小說就是我的〈帕米拉歷險記〉：它以歌劇般輝煌龐大的天真陰謀、精細的人際觀察（一句話重音放在哪個字、從膝蓋鑑定女人的年齡等），召喚年輕讀者抱持浪漫精神投入未知的壯遊，瘋魔、衝撞、冒犯，傷痕累累毫無懼色。正如瓦斯在冒險片中太多、現實中卻太少；陰謀在現實中沒有克莉絲蒂寫得那麼複雜，但她刻畫的心理卻是現實中解謎的試金石。

賴以威（臺灣師範大學電機系副教授）

或許可以為經典下幾個定義：該領域的愛好者更都讀過；不是這個領域的愛好者，許多人也都聽過；影響後續的作品，在很多著作中都可以看到它的影子；值得反覆再三閱讀，每隔一陣子再讀都可以獲得閱讀的樂趣，有更多的體悟。我永遠記得第一次讀《東方快車謀殺案》時，被那宛如嚴謹設計數學謎題的鋪陳、推進給深深吸引、震撼。從這幾個角度來說，克莉絲蒂的推理小說被稱之為「經典」，可說是當之無愧。

謝哲青（作家、旅行家、知名節目主持人）

克莉絲蒂小說的魅力在於透過每個角色的對白，藉由不斷的說話來表現人物的個性，以彰顯其人格特質中一些無法被忽略的事實。我們從他們的言語、講話的過程和字裡行間，竟然就能知道誰是凶手。

我從克莉絲蒂的小說學到很多，除了推理小說有趣的事實之外，最重要的是，我在工作的職場跟人應對的時候，如何從語言和對話裡去捕捉某些隱而不顯的事實。許多人們欲蓋彌彰的東西，無論心事也好、祕密也好，克莉絲蒂都會用文學的手法，讓你理解語言的奧妙和魅力。

克莉絲蒂的書寫會讓你覺得彷彿自己也在現場，你可以從聽到的對話當中，學會如何理解人心的一些小技巧，這是小說家最出色、最偉大的地方。我們必須學習傾聽別人說話——這些人講話是真誠的嗎？他想要跟你分享什麼資訊？這些資訊可靠嗎？——這是我在閱讀推理小說時，最大的收穫和理解。

阿嘉莎・克莉絲蒂大事記

1890		• 九月十五日出生於英格蘭德文郡托基鎮。
1894	4 歲	• 開始在家自學，父母親、姐姐教導閱讀、寫作、算術和彈鋼琴。
1895	5 歲	• 家中經濟走下坡，舉家搬至法國，學會流利的法語。
1905	15 歲	• 在巴黎寄宿學校學鋼琴和聲樂，但生性極度害羞，未成為職業鋼琴家，最終回到英國。
1907	17 歲	• 陪同母親前往埃及調養身體，對社交活動充滿興趣，但尚未對日後感興趣的埃及古物點燃熱情。 • 回英國後繼續寫作、參與業餘戲劇表演。
1908	18 歲	• 寫出第一篇短篇小說〈麗人之屋〉，同時也寫出第一部愛情小說《白雪黃漠》，以筆名向出版社投稿，但屢遭退稿。
1912	22 歲	• 與英國皇家軍官亞契・克莉絲蒂（Archibald Christie）熱戀。 • 八月爆發第一次世界大戰，亞契奉派到法國作戰。
1914	24 歲	• 耶誕夜結婚，亞契隨即返回戰場。克莉絲蒂參與紅十字會工作，在醫院擔任護士和藥劑師，因此對藥理和毒物非常熟悉，造就後來多部推理小說情節都以毒藥殺人。
1916	26 歲	• 開始嘗試寫推理小說，寫出第一部小說《史岱爾莊謀殺案》，主角偵探赫丘勒・白羅的靈感，來自於大戰期間英國鄉間的比利時難民營。本書歷經數家出版社退稿後，終獲柏德雷・海德（The Bodley Head）圖書公司的出版機會，之後並簽下另五本小說的合約。
1919	29 歲	• 前一年亞契返回英國，八月生下女兒露莎琳。

1920　30 歲　• 出版《史岱爾莊謀殺案》。

1922　32 歲　• 出版第二部小説《隱身魔鬼》，主角是夫妻檔偵探湯米和陶品絲。
• 與亞契至南非、澳洲、紐西蘭、夏威夷和加拿大等國旅行十個月，在南非得到《褐衣男子》的靈感。

1923　33 歲　• 三月出版第三部小説《高爾夫球場命案》，白羅再度登場。

1926　36 歲　• 四月母親過世，克莉絲蒂陷入憂鬱。
• 六月在「威廉·柯林斯父子出版社」出版《羅傑艾克洛命案》。
• 八月亞契因外遇提出離婚，十二月初一次爭吵後，克莉絲蒂離家棄車失蹤，消息登上全國新聞。

1927　37 歲　• 一月在悲痛心情中寫出《藍色列車之謎》，第一次創造出聖瑪莉米德村，即後來瑪波小姐居住的村子。
• 分居期間在雜誌刊登以白羅為主角的短篇小説，後來集結出版《四大天王》。
• 十二月在雜誌刊登短篇小説〈週二夜間俱樂部〉，瑪波小姐初登場，後來收錄在一九三二年出版的短篇小説集《十三個難題》。

1928　38 歲　• 十月正式離婚，仍保留「克莉絲蒂」姓氏。
• 秋天搭乘「東方快車」前往土耳其的伊斯坦堡，再轉往伊拉克首都巴格達，參觀考古現場烏爾，認識考古學家伍利夫婦（Leonard and Katharine Woolley）。

1930　40 歲　• 二月應伍利夫婦之邀再訪烏爾，認識考古學家麥克斯·馬龍（Max Mallowan），九月於英國愛丁堡結婚。這段婚姻開啟克莉絲蒂旺盛的創作生涯，兩人到中東考古現場的旅行為許多作品帶來靈感。

- 婚後克莉絲蒂開始維持固定的寫作行程。十月出版《牧師公館謀殺案》，是第一部以瑪波小姐為主角的小說。
- 出版第一部以「瑪麗．魏斯麥珂特」（Mary Westmacott）為筆名的《撒旦的情歌》，並陸續發表了五部非犯罪小說。

1932　42歲
- 出版《危機四伏》。

1934　44歲
- 出版《東方快車謀殺案》，是白羅海外辦案三部曲之一，故事靈感來自中東的旅行經歷。一九七四年第一次改編成電影大獲好評。

1936　46歲
- 出版《美索不達米亞驚魂》，白羅海外辦案三部曲之二。

1937　47歲
- 出版《尼羅河謀殺案》，白羅海外辦案三部曲之三，故事背景是年輕時與母親同遊的埃及。一九七八年第一次改編成電影大受歡迎。

1939　49歲
- 二次大戰期間，克莉絲蒂在大學學院醫院擔任義務藥師，學習到最新的毒藥知識，對於推理小說寫作大有助益。
- 出版《一個都不留》，是克莉絲蒂最著名作品之一。

1941　51歲
- 出版《密碼》，呈現出克莉絲蒂對戰爭的看法。
- 出版《豔陽下的謀殺案》。

1942　52歲
- 出版《藏書室的陌生人》、《五隻小豬之歌》等名作。

1944　54歲
- 以「瑪麗．魏斯麥珂特」為筆名出版第三部作品《幸福假面》，被美國書評人發現是克莉絲蒂的作品，讓她從此失去匿名創作的自在樂趣。

1950	60 歲	• 獲選為皇家文學學會的會員。
1953	63 歲	• 出版《葬禮變奏曲》。
1956	66 歲	• 一月獲頒大英帝國爵級大十字勳章（GBE）。 • 十一月以「瑪麗．魏斯麥珂特」為筆名出版《愛的重量》，是這個筆名的最後一部作品。
1958	68 歲	• 成為「偵探作家俱樂部」主席。
1960	70 歲	• 馬龍獲頒大英帝國爵級大十字勳章。
1961	71 歲	• 獲得艾克塞特大學頒發榮譽文學博士學位。
1968	78 歲	• 馬龍獲封為爵士，克莉絲蒂亦被稱為馬龍爵士夫人。
1971	81 歲	• 獲頒大英帝國爵級司令勳章（DBE），獲封為女爵士。
1973	83 歲	• 出版最後一部創作《死亡暗道》，亦為湯米和陶品絲最後一次辦案。
1974	84 歲	• 最後一次公開露面，出席電影《東方快車謀殺案》首映會。
1975	85 歲	• 八月六日，白羅成為有史以來第一次在《紐約時報》頭版刊出訃聞的小說主角，宣傳九月即將出版的《謝幕》，這也是白羅最後一次辦案。
1976	86 歲	• 一月十二日去世。 • 十月出版《死亡不長眠》，瑪波小姐的最後一次辦案。

克莉絲蒂推理原著出版年表

1920　史岱爾莊謀殺案 The Mysterious Affair at Styles（神探白羅系列）
1922　隱身魔鬼 The Secret Adversary（神探湯米＆陶品絲系列）
1923　高爾夫球場命案 The Murder on the Links（神探白羅系列）
1924　白羅出擊 Poirot Investigates（神探白羅系列）
1924　褐衣男子 The Man in the Brown Suit（神探雷斯上校系列）
1925　煙囪的祕密 The Secret of Chimneys（神探巴鬥主任系列）
1926　羅傑艾克洛命案 The Murder of Roger Ackroyd（神探白羅系列）
1927　四大天王 The Big Four（神探白羅系列）
1928　藍色列車之謎 The Mystery of the Blue Train（神探白羅系列）
1929　七鐘面 The Seven Dials Mystery（神探巴鬥主任系列）
1929　鴛鴦神探 Partners in Crime（神探湯米＆陶品絲系列）
1930　牧師公館謀殺案 The Murder at the Vicarage（神探瑪波系列）
1930　謎樣的鬼豔先生 The Mysterious Mr. Quin（神探鬼豔先生系列）
1931　西塔佛祕案 The Sittaford Mystery
1932　十三個難題 The Thirteen Problems（神探瑪波系列）
1932　危機四伏 Peril at End House（神探白羅系列）
1933　十三人的晚宴 Lord Edgware Dies（神探白羅系列）
1933　死亡之犬 The Hound of Death
1934　三幕悲劇 Three Act Tragedy（神探白羅系列）
1934　李斯特岱奇案 The Listerdale Mystery
1934　帕克潘調查簿 Parker Pyne Investigates（神探帕克潘系列）
1934　東方快車謀殺案 Murder on the Orient Express（神探白羅系列）
1934　為什麼不找伊文斯？ Why Didn't They Ask Evans?
1935　謀殺在雲端 Death in the Clouds（神探白羅系列）
1936　ABC 謀殺案 The A.B.C. Murders（神探白羅系列）
1936　底牌 Cards on the Table（神探白羅系列）
1936　美索不達米亞驚魂 Murder in Mesopotamia（神探白羅系列）

1937　巴石立花園街謀殺案 Murder in the Mews（神探白羅系列）
1937　尼羅河謀殺案 Death on the Nile（神探白羅系列）
1937　死無對證 Dumb Witness（神探白羅系列）
1938　白羅的聖誕假期 Hercule Poirot's Christmas（神探白羅系列）
1938　死亡約會 Appointment with Death（神探白羅系列）
1939　一個都不留 And Then There Were None
1939　殺人不難 Murder Is Easy/Easy to Kill（神探巴鬥主任系列）
1940　一，二，縫好鞋釦 One, Two, Buckle My Shoe（神探白羅系列）
1940　絲柏的哀歌 Sad Cypress（神探白羅系列）
1941　密碼 N Or M?（神探湯米＆陶品絲系列）
1941　豔陽下的謀殺案 Evil Under the Sun（神探白羅系列）
1942　五隻小豬之歌 Five Little Pigs（神探白羅系列）
1942　藏書室的陌生人 The Body in the Library（神探瑪波系列）
1942　幕後黑手 The Moving Finger（神探瑪波系列）
1944　本末倒置 Towards Zero（神探巴鬥主任系列）
1945　死亡終有時 Death Comes as the End
1945　魂縈舊恨 Sparkling Cyanide（神探雷斯上校系列）
1946　池邊的幻影 The Hollow（神探白羅系列）
1947　赫丘勒的十二道任務 The Labours of Hercules（神探白羅系列）
1948　順水推舟 Taken at the Flood（神探白羅系列）
1949　畸屋 Crooked House
1950　謀殺啟事 A Murder Is Announced（神探瑪波系列）
1951　巴格達風雲 They Came to Baghdad
1952　殺手魔術 They Do It with Mirrors（神探瑪波系列）
1952　麥金堤太太之死 Mrs. McGinty's Dead（神探白羅系列）
1953　黑麥滿口袋 A Pocket Full of Rye（神探瑪波系列）
1953　葬禮變奏曲 After the Funeral（神探白羅系列）

1954　未知的旅途 Destination Unknown
1955　國際學舍謀殺案 Hickory, Dickory, Dock（神探白羅系列）
1956　弄假成真 Dead Man's Folly（神探白羅系列）
1957　殺人一瞬間 4:50 from Paddington（神探瑪波系列）
1958　無辜者的試煉 Ordeal by Innocence
1959　鴿群裡的貓 Cat Among the Pigeons（神探白羅系列）
1960　哪個聖誕布丁？ The Adventure of the Christmas Pudding（神探白羅系列）
1961　白馬酒館 The Pale Horse
1962　破鏡謀殺案 The Mirror Crack'd from Side to Side（神探瑪波系列）
1963　怪鐘 The Clocks（神探白羅系列）
1964　加勒比海疑雲 A Caribbean Mystery（神探瑪波系列）
1965　柏翠門旅館 At Bertram's Hotel（神探瑪波系列）
1966　第三個單身女郎 Third Girl（神探白羅系列）
1967　無盡的夜 Endless Night
1968　顫刺的預兆 By the Pricking of My Thumbs（神探湯米＆陶品絲系列）
1969　萬聖節派對 Hallowe'en Party（神探白羅系列）
1970　法蘭克福機場怪客 Passengers to Frankfurt
1971　復仇女神 Nemesis（神探瑪波系列）
1972　問大象去吧 Elephants Can Remember（神探白羅系列）
1973　死亡暗道 Postern of Fate（神探湯米＆陶品絲系列）
1974　白羅的初期探案 Poirot's Early Cases（神探白羅系列）
1975　謝幕 Curtain: Hercule Poirot's Last Case（神探白羅系列）
1976　死亡不長眠 Sleeping Murder（神探瑪波系列）
1979　瑪波小姐的完結篇 Miss Marple's Final Cases（神探瑪波系列）
1991　情牽波倫沙 Problem at Pollensa Bay
1997　殘光夜影 While the Light Lasts

國家圖書館出版品預行編目（CIP）資料

魂縈舊恨 / 阿嘉莎・克莉絲蒂（Agatha Christie）著；陳亦君、曾胡譯. -- 二版.-- 臺北市：遠流出版事業股份有限公司, 2024.04
面；　公分. -- (克莉絲蒂繁體中文版20週年紀念珍藏 ; 62)
譯自 : Sparkling Cyanide
ISBN 978-626-361-533-5(平裝)

873.57　　113001928

克莉絲蒂繁體中文版 20 週年紀念珍藏 62

魂縈舊恨

作者 / 阿嘉莎・克莉絲蒂
譯者 / 陳亦君、曾胡

主編 / 陳懿文、余式恕　校對 / 呂佳真
封面、內頁設計 / 謝佳穎　排版 / 連紫吟、曹任華
行銷企劃 / 舒意雯　出版一部總編輯暨總監 / 王明雪

發行人 / 王榮文
出版發行 / 遠流出版事業股份有限公司
地址 / 104005臺北市中山北路一段11號13樓
電話 / (02)2571-0297　傳真 / (02)2571-0197　郵撥 / 0189456-1
著作權顧問 / 蕭雄淋律師

2003年10月1日 初版一刷
2024年4月1日 二版一刷
定價 / 新臺幣380元 (缺頁或破損的書，請寄回更換)

ISBN 978-626-361-533-5

遠流博識網 http://www.ylib.com　E-mail: ylib@ylib.com
遠流粉絲團 https://www.facebook.com/ylibfans

www.agathachristie.com